モリエール
傑作戯曲選集

柴田耕太郎　訳

鳥影社

目　次

I　新訳に当たって ……………………… *3*
II　訳文比較 ……………………………… *4*
III　読者、俳優、演出家の方々へ ……… *10*

女房学校 ……………………… *15*

スカパンの悪だくみ ……………… *101*

守銭奴 ……………………… *169*

タルチュフ ……………………… *263*

あとがき ……………… *359*

I　新訳に当たって

　言葉は 30 年で古びると言われる。例えば、中世には「思案所」と優雅な名前が付いていたという、我々が毎日お世話になる例の場所。ずっと使われていると臭いがつくようで「便所」⇒「お手洗い」⇒「トイレ」⇒「化粧室」、さらに最近は「パウダールーム」（？）と呼び名が変わってきている。古典新訳がちらほらと始まったのも、ようやく出版業界がその必要性を感じたせいか。ここでは、戯曲の新訳をする際の、旧訳の位置付けについて、私見を述べたい。

1　なぜ新訳か
　40 年前、当時代表的な新劇団であった俳優座の「守銭奴」を観劇したが、少しも楽しめず、モリエールがシェイクスピアと並ぶ大劇作家であるのが理解できなかった。そのあとすぐフランスに遊び、コメディ・フランセーズでこの演目を見て、びっくりした。やたらと面白いのだ。演出・演技が洗練されていたこともあろうが、一番は言葉の問題だろう。具体的にはテンポ。同じ内容の台詞が日本語の倍の速度で語られる。読む場合もさりながら、上演用の翻訳としては出来るだけ短く訳すことが必要だ。ずっとこう思っていてようやく翻訳の機会を得た次第。

2　新訳の工程
　旧訳をいくつか並べて、いいとこ取りしても全体としての統一感は望めまい（原文の分からぬ演出家が上演台本づくりでよくとる手立て）。解釈に難儀する箇所だけ既訳に頼っても、それが誤訳だったらどうなる（シェークスピア戯曲で坪内逍遙が誤訳した箇所は以後の訳者も右へ倣いしている点は、かつて指摘した［明星大学日本文化学部 2007 年度紀要「戯曲の翻訳」］）。

　そこで本書所載のモリエール作品訳出に当っては、次のような手順を踏んだ。
①仏語原文を克明に読む：語義と掛かり方を特定化する
②直訳する：意味を広くとった仏文和訳
③日本語訳二種（鈴木力衛訳、秋山伸子訳）、英訳二種（オックスフォード版、ペンギン版）を用意する：信頼できる訳でなければならない
④疑問箇所を検討する：自分の直訳、日本語訳と英訳、都合五種を原文と突き合わせる
⑤解釈を出す：文法的、論理的、文脈的観点から妥当と思われる理解を選定する

⑥和文和訳する：直訳に手を入れ、読んでおかしくない日本語にする
⑦台詞にする：舞台の台本として俳優が朗ずるに足る、かつ簡潔な言葉に練る
⑧点検する：原文と突き合わせ、訳し漏れ・訳し過ぎがないか確かめる

3　思ったこと
　当然のことながら、翻訳といってもさまざま。私が商品（訳してお金をいただいたもの）として手掛けたものだけでも産業翻訳・出版翻訳・映像翻訳・舞台翻訳がある。そしてそれぞれの分野がまた細かく分かれる。舞台翻訳にしても、ミュージカルとストレート・プレイでは訳のスタイルが異なる。台詞劇にしぼっても、小劇場用（会話調の訳文がおおむね相応しい）、大劇場用（聴かせる硬めの訳文がおおむね相応しい）では求められる訳文が違ってくる。モリエール戯曲であっても、散文で書かれた「スカパンの悪だくみ」と韻文の「タルチュフ」とでは、必然的に訳文は口語調と文語調に分かれてくる。
　モリエールの邦訳全集は、昭和初期になされた吉江喬松編のものが嚆矢だ。今回は参照しなかったが、いささか誤訳・悪訳があるそうだ。むべなるかな。だがそうした初訳者がいたからこそ、それを乗り越えるようにして、新しい訳が生まれるのである。「翻訳なんて後からやった方がいいに決まっている。でなければやる意味があるまい」とシェークスピア作品の翻訳もある英文学者中野好夫は言った。私も「意味がある」翻訳を目指し、モリエールに取り組んだつもりだ。読者の判断を待ちたい。

II　訳文比較

　シェークスピアほどではないが、モリエールにも既訳が幾種かある。新訳の必要があるのか？　その意義を自分なりに納得しようと模索した。そこでまず忠実な直訳をし、鈴木力衛訳、秋山伸子訳と並べてみた。

　　＊印　　　　上下の行の訳文が原文の順序と逆転
　　下線　　　　検討箇所
　　(1)……　　私のコメント
　「忠実な直訳」においては , は 、に置き換え ： ； はそのまま使った。

「女房学校」（忠実な直訳）　700字

第4幕
第1場

アルノルフ
実のところ、俺はじっとしているのに苦労する、
俺の精神は幾千もの心配を抱え込んでいる、
あのいかれた若者のすべての努力を断ち切る＊
内外に算段をとるために＊：(1)
俺の視線を受け止めた裏切女めの何たる眼差し、
自分がしたこと全てにいささかも動揺していない。
俺を死ぬほどの目に合わせているくせに、
自分は何もしていないといった感じを人に与える風情だ。(2)
アレをじっと視て、その落ち着いた様子を見るにつけ、
俺は身のうちに怒りの気持ちが増すのを感じた、
そしてわが心を燃やす煮えたぎる激情が、
心のなかでわが恋の熱情を募らせたようだ。
オレはアレに苛立ち、憤怒し、絶望した、
そのくせ、俺にはアレが可ほど美しく見えたことはなかった；
アレの目が可ほど俺の目を突き刺すように思えたことはなかった、
アレの目に可ほど差し迫った欲望を持ったことはなかった、
そして俺の哀しい運命の不面目が仮に成就してしまうなら＊
俺はその中で死なねばならないと感じる＊。
何ということか。俺はアレの教育に勤しんできたつもりだ、
たっぷりの優しさと用意周到さを以て；
子供のときから家へ来させていた、
そしてその中で最大の愛情のこもった期待を涵養してきたはずだ；
俺の心はアレの現れ始めた魅力の上に打ち立てられているはずだった、
そして十三年間俺のためにアレを仕込んできたものと信じていた、(3)
それが、アレが惚れこんだ莫迦な若者が
俺からアレを強奪しにやってくるなどとは、
それもアレが俺と結婚寸前の今となって。
駄目だ駄目だ、あほだら小僧め、
いくら立ち回ろうが無駄だ：それとも俺が徒労に終わるのか、
それともそう、俺が貴様の希望を打ち砕いてやり、
全くもって、貴様が俺を嘲笑できないようにしてやるかだ。(4)

「女房学校」鈴木力訳　（比較のため改行したが、元々はなし）　711字

第4幕
第1場

アルノルフ
どうもはや、じっとなぞしてはおられんわい。
家の内外に締まりをつけるのに、*
あれやこれやと気をつかうことばっかりだ。*
あの色男めのもくろみを、ぺしゃんこにしてやらなきゃならんからな。(1)
あの裏切り女め、よくもしゃあしゃあとわしに顔を合わせられたもんだ！
勝手な真似をしでかしおって、どきりとする様子もなかったよ、
わしを死ぬほどの目にあわせておきながら、
彼女の素振りを見たところじゃ、いっこう知らぬ存ぜぬといったふうだった。(2)
とりすました顔つきを見るにつけ、
じりじり腹が立ってくるばかりだ。
わしの気持が燃えあがって、煮えくり返すほど逆上するにつれ、
どうやら惚れた弱味がいや増して来るようだ。
彼女に会えばいらいらもし、腹も立ち、絶望もしているんだが、
彼女があんなに美しく見えたこともなく、
彼女の目があれほどわしの胸を打ち、
情欲をかき立てられたこともない。
運悪くこんな不幸が続くなら*、
焦がれ死にするくらいが落ちだろう*。
はてさて！　わしはあんなに優しく*、
あんなに注意をはらって彼女の教育をしてやった*、
子供のときから家へ引き取って、
晴れて夫婦になれる日を心待ちに待っていた。
美しく育ってゆくにつけ、あれこれとさきざきのことも考えてみた、
十三年ものあいだ、わしとしてはできるだけのことをしてやったつもりだった。(3)
だというのに、あの小僧っ子め、彼女を丸めこんで、
結婚したも同然ないまとなって*、
わしの掌中からさらって行こうというのか*？
いいや、ならぬ、断じてならん！　おばかさん、坊ちゃん、
おまえが策略をめぐらしたってだめなこった、わしの丹精が徒になるか、
おまえさんの希望が空になるか、どっちかにしてくれる。
いい気になってわしを愚弄しようなんて、できない相談だよ。(4)

「お嫁さんの学校」秋山伸子訳（比較のために改行したが、元々はなし）666字

第4幕
第1場

アルノルフ
もうじっとしてはいられない。
いろいろ目配りして、
家の内外を正して、
生意気なあいつのたくらみをすべてぶち壊してやる。(1)
あの恩知らずめ、何ていう目つきで俺の目を見返したことか。
あんなことをしておきながら、何とも思ってないなんて。
あの調子じゃ、この俺が今にも死にそうになったって、
「あたしには関係ないわ」って涼しい顔をするだろうよ。(2)
目をじっと見つめると、相手はますます落ち着き払う。
反対にこの俺は、ますます腹が立ってくる。
腹わたが煮えくりかえって、それが心臓にまで伝わって、
燃え出したものだから、恋の炎のほうもますます激しくなったみたいだ。
あの女のせいで、苛立ち、腹を立て、つらい目にあわされているというのに、
あれが今まであんなに美しく見えたことはなかった。
あの娘の眼差しがあれほど俺の目に突き刺さったことはなかったし、
あれをあんなに欲しいと思ったことはなかった。
俺の不幸が決定的になったら、*
死ぬよりほかにないって思ったんだ。*
何てことだ。今までの教育は何だったんだ。
あんなに心を込めて、用心深くやったのに。
子供の頃にあの娘を家に引き取って、
楽しい期待はふくらむばかり。
美しい娘に成長していく姿を見て、
この俺のために十三年間も大切に育ててきたのに。(3)
若い馬鹿な男が現れて、娘はそいつに夢中だ。
俺は娘を横取りされそうだ。
俺たちはもう結婚したも同然なのに。
そんなこと絶対にさせるものか。絶対にさせない。馬鹿な奴、
おまえがどんなにあがいたところで、無駄だ。俺のもくろみが失敗に終わるか、
おまえの望みが水の泡になるか、
どっちにしても、このままじゃ済まさないぞ。(4)

（1）avoir peine a：ⅰ）……するのに苦労する
　　　　　　　　　　ⅱ）……し難い（否定が強く感じられる場合）
　　　　忠実な直訳：じっとしているのに苦労する
　　　　鈴　木　訳：じっとなぞしてはおられん
　　　　秋　山　訳：じっとしてはいられない
・原文に含みがあっても、日本語ではどちらかに訳さねばならないことがよくある例。

　　dedans et dehors：内外
　　　　忠実な直訳：内外に（算段をとるために）
　　　　鈴　木　訳：家の内外に（締りをつけるのに）
　　　　秋　山　訳：家の内外を（正して）
・具体例にとるか心の中にとるか、原文ではあいまいな例。
・le dedans et le dehors なら「家の内外」ととれるが、定冠詞がないので抽象的な「内外」ととりたいが。

　　pour：ⅰ）ために
　　　　　ⅱ）ためには
　　　　　ⅲ）ために……する
　　　　忠実な直訳：とるために
　　　　鈴　木　訳：つけるのに
　　　　秋　山　訳：正して
・目的、根拠、結果のどれか。英語の for と同じく、解釈が入らざるを得ない例。

（2）時制
　　　　忠実な直訳：合わせているくせに……人にあたえる風情だ。
　　　　鈴　木　訳：合わせておきながら……知らぬ存ぜぬといったふうだった。
　　　　秋　山　訳：死にそうになったって……顔をするだろうよ。
・原文は譲歩＋条件法だが、流れにより現在形、過去形、未来形にするのは翻訳の誤差の範囲。

（3）日本語への咀嚼
・忠実な直訳は、いわば人工日本語。これをかみ砕かねば、きちんとした日本語にならない。そこで表現が変わってくるのは当然のこと。

にならない。そこで表現が変わってくるのは当然のこと。

(4) ou　どちら
　　・ouが二つ使われていて、どこで切るか。また選択か言い換えかで、解釈が変わってくる。

　さて、ここで考えた。
①忠実な訳は、原文の構造をそのまま生かし、語義は広めにとり解釈は控えるようにしたが、どうしても意味を狭めねば日本語として意味をなさない箇所がでてくる。
②鈴木力衛訳は、読み物としてはよいかもしれないが、上演では原文の1,5倍の時間が掛かってしまうだろう。
③秋山伸子訳は、話し言葉が生かされた丁寧な訳で、小劇場系での上演に適しているかも知れない。
④本場の舞台に対抗するには、台詞、アクションとも原語並みのスピード感が必要。原文内容の理解とスピード感は両立しにくいが……。

　ならば二段階にしてはどうだろう。忠実な翻訳で意味を理解した上で、それを和文和訳し、思い切り凝縮した訳文とするのだ。
　というわけで上演台本を作ってみた。原文は十二音綴の韻文、つまりコメディではあるが詩で書かれている。役者には朗々と詠んでもらいたい。

[モリエール　女房学校]（上演台本例　柴田訳）　405字

第4幕
第1場

アルノルフ
こうしているのが辛い
千々の思いに心が痛む、
すぐさま動いて
<u>若造をギャフンと言わせたいのだが。</u>(1)
あの娘を睨みつけたが
まるでたじろぎもしない、
<u>人をこんな目に会わせながら
何ひとつ知らない素振り。</u>(2)
あのしとやかななりを見るにつけ
煮えたぎる思いがこみ上げるが、
心を燃やす焔は
かえって愛する気持ちを募らせる。
怒りと憎しみ恐れが入り混じり、
そのくせ初めて見たはっとする美しさ
射られるような眼差しに、
思わずこの身が突き動かされる。
哀れな運命が泥にまみれれば
俺の心は張り裂けてしまうだろう。
何とも、慈しみ気を配り
アレを育ててきた、
<u>幼い頃から家に来させ
ゆったりと将来に思いを馳せてきた。
アレの咲き出ずる魅力を糧に
十三年の間じっと待ってきたつもりだ、</u>(3)
それが変な男に惹かれ
そのまま浚われようとしている、
結婚寸前の今となって。
駄目だ駄目だ駄目だ小僧、
<u>お前がうまく立ち回れるか
俺がお前の望みを打ち砕くか、
決着を着けてくれよう。</u>(4)

Ⅲ　読者、俳優、演出家の方々へ

① 読み物と台本の両方をよくばりに狙った。上演にあたっては、不要な代名詞は削る、理解しやすい語順にする、などのテキストレジを行っていただいて結構です。
② 『女房学校』『タルチュフ』については、韻文であることに鑑み、極力（98％）行ごとに意味完結させ、かつ前後の行の意味転倒は避けた。句読法も極力（95％）原文に合わせた（カンマは読点に、コロンとセミコロンは句点に対応）。その分読みにくい場合があることをご容赦願いたい。
③ 昔観た新劇の中での良質な舞台をイメージして、割と硬めに訳してある。
④ 原文上演の長さに近づけたく、訳文を凝縮した（端折ってはいない）。
⑤ 「原著者（この場合、モリエール）が日本人だったらどう書くか（どう書くと訳者が考えるか）」という翻訳の基本原則に従った。
⑥ 一人称（私、僕、アタシなど）、二人称（貴方、君など）とも、発話者は統一した言い方をするのが通例だが、必要により変えた場面がある。同じ対象に対する人称表記（貴方、あなた。人、女、ひと。など）も、場合により変えている。
⑦ 登場人物間の意識の流れを訳したつもりである。読者にとって読みやすく、役者なら相手の台詞が受けやすいものになっていれば幸いである。

モリエール傑作戯曲選集
1

モリエール

女房学校

［ものがたり］
アルノルフは分別をわきまえた中年男。幼い頃に引き取った娘アニェスを自分の妻にすることに決めた、と親友のクリザルドに語る。ところがアニェスはふとしたことから、アルノルフの旧友オロントの息子オラースと知り合い、相思相愛の仲になる。怒ったアルノルフは下男のアラン、召使のジョルジェットに指示し、二人の妨害を図る。してやったりとアルノルフが溜飲を下げるもつかの間、オロントとその市民仲間アンリックが駆けつけ、アニェスはアンリックの娘であることが判明。オラースとアニェスは目出たく結ばれることとなり、アルノルフは途方に暮れてその場を立ち去る。

【登場人物】

アルノルフ…………別名ド・ラ・スーシュ氏
アニェス……………アルノルフに育てられた無垢な少女
オラース……………アニェスの恋人、オロントの息子
アラン………………百姓、アルノルフの家僕
ジョルジェット………百姓女、アルノルフの下女
クリザルド…………アルノルフの友人
アンリック……………クリザルドの義弟、アニェスの父と判明
オロント……………オラースの父親、アルノルフの親友

【人物関係図】

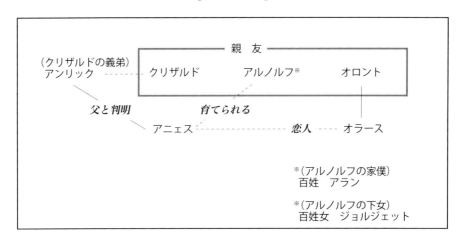

場面は町の広場

第1幕

第1場

クリザルド、アルノルフ

クリザルド：
すると、ご結婚なさるというわけですか。
アルノルフ：
左様、今日明日中に全て終えてしまいたい。
クルザルド：
ここは私たちだけですから、何を話しても
聞かれることはありますまい。
友人として率直に申し上げれば、
それは貴方のおためになりませんよ。
どんな風に進めようとしているのか分かりませんが
妻を娶るというのは、貴方にはいささか危険なことです。
アルノルフ：
なるほど。他の人なら自分の身に置き換えて
懸念する理由があるかもしれません。
貴方の口ぶりからして、結婚すれば必ず角が生える、
寝取られ男になるものと決めつけています。
クリザルド：
そうなるかどうかは偶々(たまたま)の災難のようなものです。
やたらに気にするのは馬鹿げたことでしょう。
でも私が気懸りなのは、何百もの亭主族が
可哀そうにも耐え忍んできたひどい嘲(あざけ)りのことです。
お判りですよね、立派なひともそこらの人も、
貴方の辛辣な批評をみな蒙っているのですから。
何しろ貴方の最大の趣味ときたら、行く先々で
他人さまの秘め事をあからさまにすることで。

アルノルフ：
いいではないですか。家の主人がここほど忍耐強い
町が一体他にありますか。
亭主族はありとあらゆるひどい目に会い
完全に手玉に取られているではないですか。
亭主がせっせと金を稼ぐ、それを女房は
浮気相手の男に呉れてやる。
少しはマシだが、情けないことに変わりない別の亭主は
自分の女房に毎日贈り物が来るのを見ながら、
私に徳があるからよ、などと女房に言われるまま
嫉妬も起こさず嫌味の一つも返さない。
ガタガタ騒ぎ出す奴もいますが、何の得にもなりやしない。
別の奴は優しくて、事態をなるがままにしておく。
そして自宅に伊達男がやってくると
礼儀正しく手袋もマントもとってやる。
巧みな女房ともなると相手の色男のことを
真面目な夫にいい加減に打ち明ける、
すると夫は女房の操が守られているものと信じ、
色男の無駄な努力を憐れむ鷹揚な態度を示す。
別の女房は、華美な装いの訳を言い逃れるために
使ったお金は全部賭けで稼いだのなどとのたまう。
するとおめでたい亭主はどんな賭けで稼いだのか
考えもせず、神に感謝をささげる。
つまりこれは皆風刺の対象となるのです、
観客として、笑わざるを得ないではありませんか。
こうした愚かな連中を……

クリザルド：
分かります。でも他人を笑う者は
仕返しに自分が笑われることを恐れねばなりません。
よくあるでしょ、世間の人が集まって
噂話に打ち興じるのが。
でもそうした場所で人が何をいうのを聞こうとも
私が尻馬に乗って燥ぎまわることはありません。
私はいつも控えめにしています。場合によっては、

じれったい男の有様を皮肉りたくなったり
亭主たちが唯々諾々と受け入れる理不尽を
許しがたく思っても、
私はそのことを口に出して言う気には決してならないのです。
なぜなら、結局嘲りというしっぺ返しを恐れなければなりませんし、
そんなこと自分とは無縁だなどと
言い切ることは誰であれできないからです。
ですから私の額（ひたい）に関するかぎり、避けられない運命のため
いわゆる人間的な不名誉をこうむることになっても、
私流の処し方なら、まずもって確かなのは
他人は密かにニヤッとするだけで許してくれるはずです。
まして気立てのいい人々なら、ああしょうがないな、と
心配してくれることもあるでしょう。
でもそれが、貴方だと事情は違ってきます。
もう一度言いますが、貴方には大きなリスクがあるのですぞ。
いつも貴方の言葉はひどく人を嘲弄します、
罵倒された亭主の気持ちになってみてください。
貴方を悪魔のように憎く思っているのですから、
罠に掛からないようにするには抜かりなくやることです。
そして街中で物笑いの種にされないよう
誰に対しても気をつけねばなりません。
アルノルフ：
何をおっしゃいますか。ご心配は無用です。
この点において私をだませるのは相当な手練（てだ）れです。
女どもが我々男に角を生やさせようと使う手口の
抜け目ないやり方も狡猾な仕掛けも私は充分知っています。
そして奴らのはしっこさにいかに男が騙されやすいかも。
この問題については安全この上ない策をとっています。
私が結婚しようとする女は全くもっての単純素朴
有害な作用が私の額に及ぶのを防いでくれます。
クリザルド：
でも愚かな女なんてものは大体……
アルノルフ：
愚かな女と結婚するのは、自分が愚かにならないためです。

心より申し上げるのですが、貴方の奥方は実に賢い方です。
でもよくできた女は悪い前兆ですぞ。
才能あふれた伴侶をもつことが
ずいぶんと負担になる例もよくあります。
私が才気煥発な女性を妻にするとしましょうか、
クラブ、サロンのことしか話さない。
散文、韻文で甘い文章を書き、
その許に侯爵、文化人が集まってくるような。
それで賢夫人の御亭主の名の下に
私は聖人よろしくじっと佇んでいるというわけ。
いいや、私はそんな立派な相手なぞまっぴら御免です、
文章が書け、必要以上のことを知っている女性などは。
私が望む女は、少々鈍くともよい
脚韻が何か知らなくてもよい。
脚韻遊びに興じるとき、
順番が来て、さあどの音を入れますかと聞かれて
クリームパイ、と応えるような女です。
要するに、極度の無知加減であること。
はっきり申し上げれば充分なのです
神に祈り、私を愛し、縫い物ができればそれだけで。
クリザルド：
愚かな女こそ望むところだと。
アルノルフ：
左様、醜い愚かな女の方が
美しくて教養のある女よりよいのです。
クリザルド：
教養と美しさは……
アルノルフ：
貞節であれば充分。
クリザルド：
だがいずれにせよ、頭の弱い女に
貞節であることが何か分っているでしょうか。
思うに、一生をそうした女と暮らすのは
実に退屈なだけでなく

そもそも、それでもって
額の安全が保証されると思いますか。
知的な女が義務に背くこともあるでしょう。
でもそれは少なくとも、自分の意志をもってやることです。
だが愚かな女だと元々良識がないのですから
自分で何をしているか意識せずにまずい事をしかねません。
アルノルフ：
この結構かつ深遠な議論については、
パンタグリュエルがパニュルジュにこう答えています、
愚かでない女と一緒になるようわしを説得してみよ
聖霊降誕節までしつこくそれを説いてみよ、
最後まで行って啞然とするだろうよ
全然わしを説得できていないことに。
クリザルド：
もう何をかいわんやですな。
アルノルフ：
人にはそれぞれやり方があります。
妻に関しては、あらゆる点で私は自分流を貫きたい。
幸い金は充分ありますから、自分では
私に合った伴侶を求めたく思います。
そして従順で私に頼り切って
財産とか家柄をひけらかすことのない。
他の子たちの中で大人しく落ちついた様子が
4歳だったあの子への気持ちを私に抱かせました。
その母親が貧乏で逼迫しておりましたので、
貰い受けようかと尋ねる気になったのです。
私の望みを母親の百姓女はよく分ってくれて、
重荷だった娘を喜んで譲り渡してくれたのです。
世俗的なこととはかけ離れた小さな修道院に預け
私の方針にそってあの子を育てさせました。
それは、いくつかの注意をしてあの子を
出来るだけ知恵をつけさせず仕立てあげることでした。
幸いにも私の期待通りの成果が上がり
大きくなって見ると、その純真無垢さは限りなく

大いに神にその御業(みわざ)を感謝いたし、
私の好み通りの妻になるものと確信しました。
そこで家に来させることにしましたが、拙宅は
四六時中人の出入りがあるものですから、
いろいろ考えて離れたところ
誰も訪ねてこない別宅に置きました。
善良な性質を損なわぬよう
あの娘と同じく素朴そのものの連中を選び世話させています。
何故いちいちそんな話をと、仰(おっしゃ)るでしょうね。
私の用心深さを知っておいていただきたいからですよ。
全ての結論は、親しい友である貴方を
今晩夕食にお招きし、あの子も同席させますから
しっかり吟味の上で、出していただきたいと思います。
そして、私の選択が正しかったかどうか見てください。
クリザルド：
いいでしょう。
アルノルフ：
食事をするうちに、あの娘の
人となりと、純真さを判断できますよ。
クリザルド：
その件では、貴方が仰っることが
私にはまず……
アルノルフ：
とにかく会ってもらえればずっとよく判ります。
驚くほどの単純素朴さの中に
時折こちらが思わず微笑んでしまうほどのことを言うのです。
この間も（こんなことってあるでしょうか）
妙に深刻な顔をして、こう聞くのです
それもなにより無邪気な様子で、
子供は耳でできるのですかと。
クリザルド：
それはご同慶の至りで、アルノルフさん。
アルノルフ：
おや。相変わらずその名で呼ぶのですか。

クリザルド：
いや否が応でも、つい口を突いて出てしまう、
ド・ラ・スーシュ氏なんて頭にありませんからね。
一体何でそんな名前を思いついたのですか、
四十二にもなって、改名しようとは。
それも自分の土地の腐った木の幹からとって、
いかにも領主然とした名を世間に示すなんて。
アルノルフ：
当家はこの名で知られております、
スーシュのほうがアルノルフより私の耳に心地よく響きます。
クリザルド：
先祖からの名前を捨て、怪しげな理屈で新たな姓を名乗るなんて
ちょっと間違ってはいませんか。
近頃じゃそうした手合いが多いようですがね。
貴方と比べて、嫌な気を起こさせようという訳ではありませんが、
グロ・ピエールという百姓を知っています、
ほんのわずかの土地しかないくせに
そこの周りに溝を掘って土塁を上げ
ドリールつまり島氏（しまうじ）なんて仰々しい苗字を掲げましたよ。
アルノルフ：
その種の例は御免蒙りたいですな。
でも何と言われようと、ド・ラ・スーシュは私が持っている名前です。
それには然るべき理由があり、私はこの名に誇りを感じているのです。
別の名前で呼ばれても嬉しくありません。
クリザルド：
でも皆それに慣れるのに苦労してますよ。
第一手紙にその文字を記すこと自体……
アルノルフ：
教養の無い人はしょうがありません。
でも貴方は……
クリザルド：
まあいいでしょう。そんなことで争うのは止めましょう
せいぜいこの口を慣れさせるように致します。

アルノルフ：
ではまた。ここで帰宅の合図にトントンと戸を叩きます。
そしてただ、戻ったよと言うのです。
クリザルド：(去りながら)
まあ、とにかくあの人はおかしいよ。
アルノルフ：
妙なことにやたらに頑固だ。
恋や愛のこととなると、誰もが
自分の意見にしがみつくのは奇妙なことだ。
よし。

第2場

アラン、ジョルジェット、アルノルフ

アラン：
誰か叩いてるようだ。
アルノルフ：
開けろ。なにしろ
十日のご無沙汰だ、喜ぶぞ。
アラン：
どなたで。
アルノルフ：
俺だ。
アラン：
ジュルジェットやい。
ジョルジェット：
あい、何かね。
アラン：
戸を開けろ。
ジョルジェット：
あんたが行けば。
アラン：
おめえが行け。

ジョルジェット：
おら、いかね。
アラン：
おらもいかねえ。
アルノルフ：
何をしている。
待たせておくのか。おい、頼むよ。
ジョルジェット：
誰が叩くだ。
アルノルフ：
ご主人様だよ。
ジョルジェット：
アラン。
アラン：
何だね。
ジョルジェット：
旦那様だよ。戸をお開けよ。
アラン：
おめえ、開けろ。
ジョルジェット：
火を吹いてるだよ。
アラン：
おら、猫にやられねえように、雀を見張ってるだ。
アルノルフ：
お前ら二人とも、戸を開けないなら
これから四日間食事をやらんぞ。
いいか。
ジョルジェット：
どうしておらが行こうとするのを邪魔するかね。
アラン：
それはこっちが言いたいことだ。邪魔しやがって。
ジョルジェット：
そこどきな。

アラン：
何言ってるだ、お前こそどけ。
ジョルジェット：
おらが戸を開けるだ。
アラン：
ばか、開けるのはおらだ。
ジョルジェット：
おめえにゃ開けさせね。
アラン：
おめえにだって。
ジョルジェット：
おめえにも。
アルノルフ：
こいつら、いつまで待たせるつもりか。
アラン：
おらでごぜえますよ、旦那さま。
ジョルジェット：
おらが召使でやす。
おらこそ。
アラン：
ご主人様がそこにいなけりゃ、
おらおめえを……
アルノルフ：（アランの一撃をくらって）
うへっ。
アラン：
こりゃどうも。
アルノルフ：
この大ばか者。
アラン：
こいつのせいです、旦那……
アルノルフ：
二人とも黙れ。
けんかは止めて、俺の話をよく聞くんだ。
おい、アラン。皆、どうしてた。

アラン：
旦那様、わしらは……旦那、わしらは……すいません
わしらは……
（アルノルフ、三度アランの頭に載った帽子を放る）
アルノルフ：
おい貴様、主人の前で帽子をかぶるのが
無礼だと知らんのか。
アラン：
その通りで、済みません。
アルノルフ：（アランに）
アニェスを下へ。
（ジョルジェットに）
俺が不在の間、あれはさみしそうだったか。
ジョルジェット：
全然そんなことは。
アルノルフ：
ないだと。
ジョルジェット：
ありでした。
アルノルフ：
一体……
ジョルジェット：
ええ、ほんとうで。
四六時中、貴方様のお帰りをお待ちになって。
家の前を馬でもロバでもラバでも通ると
貴方様ではないかと思い違いされるありさまで。

第3場

アニェス、アラン、ジョルジェット、アルノルフ

アルノルフ：
手仕事か、よいことだ。
さあアニェス、旅から戻ったぞ。

嬉しいか。
アニェス：
はい、嬉しいことです。
アルノルフ：
俺もお前にまた会えて、嬉しいぞ。
見たところ、調子はよさそうだが。
アニェス：
ノミがいなければ。かむんですもの。
アルノルフ：
ああ、まもなく、追っぱらってくれる人間を見つけてやるからな。
アニェス：
それは嬉しいこと。
アルノルフ：
考えておこう。
いま、何をしている。
アニェス：
コルネット頭巾を編んでいます。
貴方さまの夜着、貴方さまの帽子は出来ています。
アルノルフ：
なるほど。結構なことだ。よし、上へあがっておれ、
心配はいらない、すぐ戻ってくるからな。
あとで大事な話がある。
(皆、引っ込む)
時代の花形たる才媛才女、知恵の塊の令夫人、
愛情と慈愛あふれる奥方様、
貴方がたの韻文、小説、
手紙、恋文、学問どれも
この正直でつつましやかな娘に比べれば何の値打ちもありませんぞ。

第4場

オラース、アルノルフ

アルノルフ：
大切なのは持参金ではない
名誉さえ守られれば……あれ誰だ、ひょっとして……いや
そんな筈は。いやそうだ、いや違う。そうだ、確かに、オラ……
オラース：
アルノルフさ……
アルノルフ：
オラース。
オラース：
アルノルフさん。
アルノルフ：
これは奇遇な。いつからここに。
オラース：
九日前です。
アルノルフ：
そうか……
オラース：
すぐお宅に伺ったのですが、お留守で。
アルノルフ：
田舎へ行っていた。
オラース：
ええ、一日違いでした。
アルノルフ：
子供は何と早く成長することか。
こうして本人を間近に見て驚くよ
まだ小さかった時のことを思うと。
オラース：
そうですか。
アルノルフ：
でも、そう、君の父親のオロントさん

大切に思っている親友だが、
一体どうしている。何と言っている。相変わらず元気か。
何くれとなく互いに気にかけているはずだが、
もう何年もご無沙汰だ。
オラース：
おまけに、便りの行き来もなかったようですね。
アルノルフさん、父は僕ら以上にご機嫌ですよ。
僕は親父から貴方宛ての手紙を託されています。
でもその後、別の手紙でこちらへ来ると知らせてきました、
その理由は僕にはまだ分からないのですが。
親父たちの市民仲間のひとりを御存じですか、
しこたま財産をこさえてここに戻ってきた人を。
アメリカに十四年もいて。
アルノルフ：
いや。何という名前だか聞かなかったか。
オラース：
アンリックです。
アルノルフ：
知らん。
オラース：
父の言い方からすると、まるで僕が
その男を知っていなければならないかのようです。
そして二人でこっちに来ると書いてきました、
手紙には記されていない重要な用件のために。
アルノルフ：
親父さんと会うのはじつに嬉しい事だ。
出来る限りの歓待をして差し上げよう。
(手紙を読んで)
友人なのだから、こんな丁寧さは要らないのに、
それに型通りの挨拶は無用なことだ。
こうして書いてきている気づかいがなくとも
君は俺の金を自由に使って構わないのだよ。
オラース：
僕は言葉通りに受け取る人間です。

実はいま百ピストール入用なのです。
アルノルフ：
分かった。そのように使ってもらうのは俺の望むところだ。
手元に有ってよかった。
財布ごと持ってゆけ。
オラース：
必ず……
アルノルフ：
そんなことはいい。
ところで、この町はどうかね。
オラース：
人が大勢、建物が立派。
楽しむものもいっぱいありそうです。
アルノルフ：
誰もが自分流に楽しむことができる。
だが色男の名に値する者にとっては、
この土地には満足できることがたんとあるぞ。
女たちはここでは皆尻軽だし、
恋愛の気分が蔓延して、ブロンド女も赤毛女もいる。
そして亭主どもときたら、世界に類を見ないお人よし。
王侯貴族の色遊びを楽しめるし、じっくり観察すれば
しばし喜劇を見させてもらえる。
君ももうどこかの女に夢中になったのではないか、
結構な御運が君に舞い込んだのではないかな。
君のようなカッコいい男は金貨以上の結果を生み出すことができるぞ。
亭主族をびくつかせてやれ。
オラース：
包み隠さず言えば、
ここで僕はある恋の冒険をしました。
親しい貴方だから正直に言います。
アルノルフ：
なるほど、また新たな艶っぽい話か。
俺の覚書帳に記しておこう。

オラース：
でもお願いですから、ご内聞に願います。
アルノルフ：
うん。
オラース：
よく分ってらっしゃるでしょ、
秘密が漏れると、思惑が全て断たれてしまうのを。
思い切って言います、
僕の魂はここで一人の美しい女(ひと)の虜になりました。
最初のささやかな試みは大いに成功し、
僕は彼女の家へうまく入り込めたのです。
そして、自慢するわけでも相手を侮辱するわけでもありませんが
僕は今、きわめていい立場に立っています。
アルノルフ：(笑って)
それで。
オラース：(アルノルフにアニェスの住まいを示し)
ここから見える壁が赤い家の、
あの家に住んでいる若い女性、
単純素朴としか言えないのですが、それはとんでもない策謀のせいです
世間と交流させまいとするケチな男の仕組んだ。
でもこの女性は無理やり押し込められている無知のなかに
人を引きつける魅力を輝かせているのです。
じつに雅やかな性質、なんだか分からないがとても優しいもので
どうあっても人の心がそれに抗しがたくなるような。
すでにお目に留まってはいませんか、
実に豊かな魅力に富むこの若い愛の星を、
名前はアニェスというのです。
アルノルフ：(脇で)
ああ。目が廻る。
オラース：
彼女がいる家の主人は
ドラ・ズッスーとかスッスーとか言う名で、
まあ名前などどうだってよいのですが
聞くところでは金持ちだが、良識はまるでナシ

そして実に変な奴との評判です
ご存じありませんか。
アルノルフ：（脇で）
とんだ煮え湯だ。
オラース：
何もおっしゃいませんね。
アルノルフ：
ああ、よく知っている。
オラース：
馬鹿者ですかね。
アルノルフ：
そう……
オラース：
どうなんですか。
ねえつまり、そうなんですか、やきもち焼き。お笑いですね。
愚か者、みんなが言ってる通りの奴なんでしょうね。
ともあれ、いとしいアニェスは僕を虜にしました。
じつに美しい宝石です、誰が何と言おうと。
罪ですよ、これほど類い希なる美女が、
こうした滑稽な男のいいようにされるなんて。
僕としては全力でもって、僕の心打ち震える願いの全てをもって
嫉妬深い男の前に立ちふさがり、思いを遂げようと考えます。
僕が貴方に遠慮なくお借りした金子(きんす)は
この正義の企てをきっちりと推進するためのものなのです。
人がどんな努力をするにせよ、僕よりずっとご存じでしょう
お金があらゆる大事をなす鍵となることを。
そして、人を迷わすこのやさしい金属が
戦争と同じく恋愛においても、征服を早めるということを。
つまらなそうなご様子ですね、何か
僕の計画にご不満なのでしょうか。
アルノルフ：
いや、ちょっと考え事をしていて……
オラース：
自分の話ばかりで、うんざりさせてしまいました。

さようなら。のちほどまたお礼に伺うことにします。
アルノルフ：
ああ。なんという……
オラース：(戻ってきて)
済みません、もう一度。内緒ですよ
僕の秘密をぜったい外に漏らさないでください。
アルノルフ：
いったい俺の心は……
オラース：(戻ってきて)
ことにうちの父には、
知ったらきっとかんかんに怒ります。
アルノルフ：(またオラースが戻ってきたと思って)
おっと……ふう、この話の間じゅう実に苦しかった。
こんなに心があわてふためくことが他にあるだろうか。
なんと性急に、なんと軽率に
あいつはこの俺に自分の恋の自慢をしに来たことか。
俺の別名を間違って覚えているからにせよ、
粗忽者め、浮かれようにもほどがあるぞ。
でもどんなに辛かろうと、俺は我慢して
心配の種がはっきりするまで
奴のぶしつけな饒舌を最後まで続けさせねばなるまい。
そして徹底的に奴らの秘密の関係を知らねばなるまい。
追いかけよう、まだ遠くには行っていまい。
嬉しくない事が分かるかもしれないと思うと身震いがする、
だが、人間というやつは、知りたくもないことを知る努力をするものだ。

第2幕

第1場

アルノルフ

アルノルフ：
考えて見れば、あれでよかったのだろう
足がもつれ、あいつの行方を追えなかったことが。
俺の心の由々しき悩みを
奴の眼に隠しおおせなかったろうから。
俺がいま余儀なくされている悲しみを悟られ、
奴が知らないでいることを知られるのも癪だ。
だが、俺はまんまと騙され、
シャレ男を望みのままに闊歩させるような人間ではない。
流れを断ち切ってやる、そして今すぐ知りたい
どこまで奴らの企みが広がっているのか。
そこが大事だ、なにしろ俺の名誉がかかっている。
俺はあの女(おんな)を文字通り妻と考えている。
アレが過ちを犯せば、俺は恥をかくことになる。
アレがやったすべてのことは結局、俺の身にはねかえる。
ああ、旅は不幸をもたらし、不在は過ちを呼ぶ―か。

第2場

アラン、ジョルジェット、アルノルフ

アラン：
ああ、旦那様、こんどは……
アルノルフ：
黙れ。二人ともこっちへ来い。

そこから、そうだそのまま。こっちへ来い、こいと言うに。
ジョルジェット：
ああ。おっかねえ。血が凍る。
アルノルフ：
俺がいないときも、言いつけを守っていたろうな、
二人とも、示し合せて俺に背いたか。
ジョルジェット：
おっかねえ。旦那様。お許しを。
アラン：（脇で）
どこかの犬が旦那を嚙んだ、そうに決まってる。
アルノルフ：
フウっ。気ばかり焦って、うまく話を始められない。
息がつまる、着ているものを脱ぎたい。
お前たちは黙って見ていたのか、馬鹿者め
男が来るのを……こら逃げようとするな
動きでもしたら……いいか直ちに……おいちゃんと
言うのだ……そうだ、お前ら二人……こら
少しでも動いたら、死ぬほど叩いてやる。
どんなふうにあの男は屋敷に入り込んだのだ。
エッ。話せ、早く、さっさと、すぐに、いそげ、
ためらわず、言わんか
アランとジョルジェット：
あ、ああ。
ジョルジェット：
心臓がパクパクする。
アラン：
死にそうだ。
アルノルフ：
汗が止まらぬ、一息つこう。
風を入れねば。散歩でもするか。
あの小せがれが子供だった時、どうして判ったろう
大きくなってこんなことをしでかそうとは。天よ、傷むわが心に憐れみあれ。
そうだ、事の経過を知るには穏やかに
直接アレの口から聞き出すほうがよいだろう。

この怒りをまず抑えるとしよう、
我が心よ、忍耐だ。静かに、静かに。
お前らとっとと立って家へ入り、アニェスに降りてくるよう伝えろ
待て。俺の苦しみをこいつらがアレに教えたら、
いらぬ心の準備をさせてしまう。
俺自身が引っ張り出してこよう。
お前ら、ここで待っておれ。

第3場

アラン、ジョルジェット

ジョルジェット：
あらま、何とおっかねえ事。
あの眼ににらまれて、身がすくんだわ。
これまで一度も、あたしゃあんな恐ろしい様子を見たことないで。
アラン：
こないだのお人が旦那を怒らせたんだ。それははっきりしてる。
ジョルジェット：
それにしても、呆れたやりようだこと、
お嬢様を家に閉じ込めておくよう、うち等にお命じなさったのは。
一体どうして世の中からお嬢を隠そうなんて思いなさるのかね。
それも、誰も一切近づかせないようにするなんて。
アラン：
それは嫉妬っちゅうもんのせいだ。
ジョルジェット：
でも、どこから旦那はそんな思い付きをされたかね。
アラン：
そいつは……そいつは、あのお方が焼餅焼きだからよ。
ジョルジェット：
なるほど。でもどうして、あんお人は焼餅焼きなのかね。どうしてあんなに怒るのかね。
アラン：
つまり嫉妬というやつは……分かるかジョルジェット、
つまり……あのな……人にやたらな心配ごころを起こさせるもので……

それで、周りの人たちを追っぱらうのさ。
お前に一つ例え話をしてやろう、
もっと分かりやすくするためにな。
こんなことあるだろ、おめえがポタージュをかき混ぜている時
もし誰か腹ペコの奴が来て食おうとしたら、
おめえ怒るだろう、やっつけようとするだろ。
ジョルジェット：
んだ、そりゃ納得だ。
アラン：
それと全くおなじことよ。
女は実際、男にとってのポタージュなのさ。
で、他の男が指を自分のポタージュのなかに
突っ込もうとするのを見ると
ものすごい剣幕で怒るものさ。
ジョルジェット：
そうか。だども、いったいどうしてみんな同じようにしねえのかな。
そんな場合でも、楽しそうにしてる男だっているでねえか。
自分の女房がだよ、カッコいい男と一緒にいても。
アラン：
そりゃみんながみんな、がっつきとは限らねえからよ、
自分だけ満腹しようだなんて。
ジョルジェット：
あれ見間違えでなけりゃ
旦那さまがお戻りだ。
アラン：
おめえの眼は正しい、あのお方だ。
ジョルジェット：
とても悲しそうにしとるだが。
アラン：
悩みがあるからよ。

第4場

アルノルフ、アニェス、アラン、ジョルジェット

アルノルフ：
あるギリシャの哲学者が、アウグスツス皇帝に言った、
正しく同時に有益な教訓として。
自分が怒りたい出来事があったとき
何よりもアルファベットをそらんじて御覧じろと。
全部唱える前に、怒りは和らいでいる、
それで、する必要のないことをしないで済ませられる。
アニェスの件では、この教訓に従おう。
散歩を口実に、
アレをここから連れ出そう。
この物狂おしい気持ちはそのままにして
アレを巧みに会話に引き込むようにしよう。
アレの心をゆっくりとさぐってゆくのだ。
おいで、アニェス。お前ら、中に入っておれ。

第5場

アルノルフ、アニェス

アルノルフ：
散歩は楽しいな。
アニェス：
楽しいです。
アルノルフ：
いい天気だ。
アニェス：
とてもいい天気。
アルノルフ：
何か変わったことは。

アニェス：
子猫が死にました。
アルノルフ：
そいつは残念。だがそれがどうした。
われわれはみな死ぬものだ。それぞれ定めがある。
俺が田舎に行っていたとき、雨は降らなかったか。
アニェス：
いいえ。
アルノルフ：
退屈だったか。
アニェス：
いえ全然。
アルノルフ：
この九日、十日、何をしていたかね。
アニェス：
シャツを六つ、それと、帽子も六つ。
アルノルフ：（いささか感傷的に）
世間というものはなアニェス、妙なものでな。
そこかしこで悪口がささやかれるが、
そのひとつでこんなことを言われた。誰か若い男が
俺のいない間に、家へ来たと。
お前がそれに会って、話をじっと聞いていたと。
だが、俺はいささかもこうした為にする言葉は信じない。
それは何かが誤って伝わったものだと断言……
アニェス：
あら。断言してはだめです、負けてしまいます。
アルノルフ：
何だと。本当だというのか、男が……
アニェス：
確かなことです。
殆んどこの家にずっといました、断言します。
アルノルフ：（脇で）
この告白の真摯な態度、
少なくともこの娘は真面目であるのがよく分る。

だが、いいかアニェス、俺の記憶が確かならば
俺はお前に誰にも会わぬように命じたはずだが。
アニェス：
はい。でも、貴方様はどうしてだかご存じないのです
訳を知れば、貴方だってきっと私と同じようにしたはずです。
アルノルフ：
かも知れない。では先ず、その話をしておくれ。
アニェス：
それがとてもヘンなのです、でも本当なのです。
私はバルコニーに出て、涼みながら編み物をしていました。
若い素敵な男性が一人、近くの木の下を通りかかりました。
そしてその人は目が合うと
すぐに私に丁寧なお辞儀をしたのです。
私は、礼儀に反したくないものですから
こちらでも同じようにお辞儀を返しました。
間を置かず、その方はもう一度私にお辞儀をしました。
私は、あわてて又お辞儀のお返しをしました。
するとその方は、さっと三度目のお辞儀をしました、
それで私もつられて三度目のお辞儀をしたのです。
その方は過ぎては戻り、そして相変わらず一層激しく
その度ごとに新しいお辞儀を私にするのです。
私の方は、目を離すこともできず、
やはり同じように新しくお辞儀を返していました。
やがて夜が来なかったら、きっと
いつまでも続けていたでしょう、
こちらから途中で止めるのも口惜しいし
礼儀知らずだと思われたくもなかったし。
アルノルフ：
なるほど。
アニェス：
翌日戸口にいますと
一人のお婆さんが私に近づいて、こんな風に話しかけてきました。
お嬢さん、神様が貴女を祝福してくださいますように、
そして貴女の魅力がいつまでも続きますように。

神は、あなたが与えられた物を悪用するために
あなたをそんなに美しく造られたのではありません。
そして、あなたは自分が人の心に傷を負わせたことを知らねばなりません、
その人は今嘆き悲しんでおられます。
アルノルフ：(脇で)
ああ、悪魔の手先。地獄に落ちろ。
アニェス：
わたしが誰かを傷つけたのですか。私はとても驚きました。
そうです、とお婆さんは言いました。しかも深手ですぞ。
昨日、あなたがバルコニーから見ていた男性です。
エエッ、私は言いました。わたしに傷つけられたのですか。
気が付かずその人の上に、わたしは何かを投げ捨てたのでしょうか。
いいえ、とお婆さん。あなたの瞳がこの致命的な打撃を与えたのです。
そして、あなたのその眼差しこそが、全ての不具合の源なのです。
ああ、神さま。私はびっくり仰天しました。
わたしの目が世の中に害を与えるのですか。
はい、とお婆さん。あなたの瞳、お嬢さん、
それは人を殺しかねない毒を自分では知らずに流すのですよ。
それで、その方は可哀そうに衰弱しておられます。
親切なお婆さんは続けました。もしこのまま
あなたが無慈悲にあの方に手を差し伸べるのを拒むなら、
あの方は二日以内に墓場に行くことになってしまいますよ。
ああもう、私は言いました。そうなったらわたし、どんなに心が痛むでしょう。
それで、その方を救うために、わたしは何をすればよいのですか。
お婆さんは言いました。お嬢さん、あの方はただ望んでおられるのです
あなたに会って、あなたと話をすることだけを。
貴女の眼、それだけが、あの方の破滅を防ぐことができるのです。
そして、貴女の眼が引き起こした害悪の薬となることができるのです。
ああ、私は言いました。でしたら喜んで。あの方がそう思っていらしゃるなら
ここでわたしに会いたいだけ会っていただいて構いません。
アルノルフ：(脇で)
ああ、呪われた魔法使いめ、魂の毒殺者め。
地獄がそのお前の慈善の代償を与えてくれよう。

アニェス：
そうしてその人は私に会いに来て、病を癒すことになったのです。
貴方だって、私のしたことが尤もだとお思いになるでしょ。
第一お助けしないまま死なせるなんて
私が決め込むことなどできたでしょうか。
私って、苦しんでいる人を見過ごせないたちで、
雛が死ぬのを見ても、涙を流してしまうのです。
アルノルフ：(小声で)
これは全く、無垢の心のなせる業だ。
軽率にも家を留守にしたことを反省せねばならぬな。
いない間の細かい戒めを与えぬまま、この品行の良き娘を
悪賢い女たらしの罠にさらしてしまったのだから。
極悪人め、そのよこしまな願いのまま、
遊びでは済まない程の事をしでかしたのではあるまいな。
アニェス：
なんですの。ぶつぶつ言ってらっしゃるようですけど。
私が申し上げたことはまずいことだったのでしょうか。
アルノルフ：
いや。だがその後どうなった、その続きを教えておくれ、
その若者は家に来て、どんなふうに時を過ごしたのかね。
アニェス：
まあ、あの方がどれほど喜ばれたか、知っていただきたかった。
あの方は私を見た途端、病が癒えました。その早いこと。
私には素敵な宝石箱のプレゼント、
そして、アランとジョルジェットにはお金を下さって。
貴方だってきっとあの方を好きになって、そして同じことを言ったはずです……
アルノルフ：
なるほど、だが二人きりでいるときそいつは何をした。
アニェス：
あの方は誓ってくださいました。かけがえのない愛情で私を愛すると。
そして、この世で一番優しい言葉を下さいました、
他には較べものにならない語り口で。
その言葉が話されるのを聞くたびに
とろける気分が私をくすぐり、自分では何だか分からないものが

女房学校

中で蠢くのです。
そして、私は胸が一杯になります。
アルノルフ：(脇で)
おお、何という診断を運命は下してくれることか。
問いかける俺だけがすべての不幸をしょい込むのか。
(アニェスに)
そうした優しい気働きのほかに、
そいつは何かの好意をお前に示さなかったか。
アニェス：
ええ、いっぱい。あの方は私の手と腕を取り
飽きずにそこに接吻をなさいました。
アルノルフ：
それでアニェス、そいつは他には何も取らなかったか。
(狼狽したアニェスを見て)
ふう。
アニェス：
ええ、あの方、私から……
アルノルフ：
何。
アニェス：
取りました
アルノルフ：
ええっ。
アニェス：
その……
アルノルフ：
何だって
アニェス：
言えません、
きっとお怒りになります。
アルノルフ：
いいや。
アニェス：
怒るにきまってる。

アルノルフ：
いいや、怒らない。
アニェス：
じゃ、誓ってください。
アルノルフ：
よし、誓う。
アニェス：
あの方、私から……きっと怒るわ。
アルノルフ：
いいや。
アニェス：
怒る。
アルノルフ：
いや、いや、いや、いや。なんとまあ、厄介な秘密だ。
奴は何を取ったのだ。
アニェス：
あの方……
アルノルフ：（脇で）
地獄に落ちた気分だ。
アニェス：
あの方私から、貴方が下さったリボンを取ったのです。
だって、拒めなかったんですもの。
アルノルフ：（一息つきながら）
リボンはさておこう。だが、俺は知りたい
奴はお前の腕にキスする以外、他には何もしなかったのか。
アニェス：
あらっ。他のこともするのですか。
アルノルフ：
いやそうではないが。
だが、自分が罹っていると奴がいう病から癒えるために、
奴はお前を頼みに他の処方を求めなかったか。
アニェス：
いいえ。でも、もしあの方が望むのなら、あの方を救うために
私はどんなことでも応じたはずです。

アルノルフ：
天の心遣いのおかげで、この程度で済んでよかった。
だが俺がこれでまたヘマをしたら、その時は取り返しがつかなくなる。
よし、アニェス。これはお前の無垢さから出た事だ。
それについて、俺はお前に何も言わない。過ぎたことは過ぎた事。
いいか、その色男はお前を嬉しがらせて、狙っているのは
お前をだまし、そしてその後あざ笑うことなのだ。

アニェス：
あら。そんなこと絶対。あの方私に何度も何度も誓いました。

アルノルフ：
ああ。誓いの何たるかをお前は分っていない。
とどのつまりだ、宝石箱を受け取り
ああした伊達男の無駄話を聞くこと、
奴らお得意の甘い言葉につられ
手にキスをさせ心をくすぐらせるままにしておくこと、
それはしてはいけない最大の罪悪なのだよ。

アニェス：
罪悪とおっしゃいますか、神さまがそう思召すのでしょうか。

アルノルフ：
そうだ、それは神が下したもう裁きにつながる。
天はこうした行為を御怒り(おいか)になる。

アニェス：
御怒りに。でもどうして天がお怒りにならねばならないのですか。
だってそれって、ああ。とても楽しく、とても気持ちいいのに。
こうした楽しみがあるって本当に驚きです。
だって私、そうしたこと経験しませんでしたもの。

アルノルフ：
そうか。そうした甘酸っぱさは確かに大いなる喜びだろう、
甘い言葉、優しい愛撫は。
でもそれはきちんと真面目に味わわねばならぬものなのだ。
つまり結婚することで初めて、罪悪でなくなるのだ。

アニェス：
結婚すれば、罪悪でなくなるのですか。

アルノルフ：
そうだ。
アニェス：
だったら私をすぐ結婚させてください、お願いします。
アルノルフ：
お前が望むなら、俺も同意だ。
お前を結婚させるために、ここにきているのだから。
アニェス：
そんなこと出来るのですか。
アルノルフ：
ああ。
アニェス：
何とうれしいこと。
アルノルフ：
そうか、婚姻はお前にとっても嬉しいものなのだな。
アニェス：
貴方は私たち二人を……
アルノルフ：
ぜったい確かなことだ。
アニェス：
そうなったら、貴方に大いに感謝致します。
アルノルフ：
いや。それはお互い様ということ。
アニェス：
私は判断できないのです、からかわれていても。
本気で言っているのですか。
アルノルフ：
ああ、すぐにわかる。
アニェス：
私たち結婚できるのですか。
アルノルフ：
そうだ。
アニェス：
いつできます。

女房学校　　47

アルノルフ：
今晩にでも。
アニェス：(笑って)
はい。
アルノルフ：
うれしそうだな、それこそ俺が望むことだ。
アニェス：
うまく言えない。貴方にどんなにありがたく思っていることか。
あの方共々、私はとても嬉しく思います。
アルノルフ：
誰共々だと。
アニェス：
あの方……
アルノルフ：
あの……あの方は俺の勘定に入っていない。
亭主を選ぶのに、お前はあまりに性急だ。
俺が準備していると言ったのは断固別の人間だ。
あの方はどうかといえば、いいか、はっきり言っておこう
例え奴がお前の関心を引こうとした病のゆえ墓場へ行くことになっても
お前には今後あいつとのすべての交流を禁止する。
お前に挨拶しに宅(うち)に来ても
奴に対しぴしゃっと鼻先で戸を閉めるのだ。
そして奴が戸をノックしたら窓から石を投げつけるのだ
二度と現れないよう本気でやるのだ。
聞いているか、アニェス。俺は隅に隠れ、
お前のやり方をじっと視ているからな。
アニェス：
あんなに素敵な方なのに。それって……
アルノルフ：
ああ、いらぬ言葉だ。
アニェス：
私はそんなことをする気に……
アルノルフ：
それ以上つべこべ言うな。

上へあがっていろ。
アニェス：
でもどうして貴方は、そんな……
アルノルフ：
もういい。
俺が主人だ。申し渡す、俺に従え。

第3幕

第1場

　　　　アルノルフ、アニェス、アラン、ジョルジェット

アルノルフ：
よし、すべてうまく行った、満足だ。
お前たちは俺の命令によく従った。
あの女たらしめ啞然としてたぞ。
これも賢明な指導者に従えばこそだ。
アニェス、お前が純真だったばっかりに
危うく付け込まれるところだった。
俺が教えなければ、お前は直走っていたはずだ
地獄と破滅への大道を。
ああした伊達男のやりようは決まっている、
綺麗なズボン飾り、羽根飾り、たくさんのリボン、
豊かな髪、美しい歯、甘い話ぶり、
だが言っただろう、その下には爪が隠されている。
あれは真の悪魔だ、そのゆがんだ口が
女性の名誉という獲物を貪り食おうとする。
だが重ねていう、俺が注意を払ったおかげで、
お前は貞節なまま窮地を脱したのだ。
奴の望みを煙と化した、
奴に石を投げるお前の態度、
あれで俺の気持ちは固まった、
お前に言い渡しておいた結婚をすぐやろうと。
だが何よりまず、与えておくのがよかろう
お前に有益となるいくらかのささやかな教訓を。
椅子をこちらの涼しいところへ。お前ら何か……

ジュルジェット：
旦那様のお教えはしっかり覚えておりますだよ。
あの若い方にワシらうまく丸めこまれたですが、
でも……
アラン：
万一やって来ても、オラは決して言葉を鵜呑みにしねえだ。
それに馬鹿にしてるでねえか、この前にくれた
2エキュ、あれは目方が足りなかった。
アルノルフ：
夕食のことについては、俺が命じたように計らえ。
そしてさっき言ったように、結婚契約のために
お前らどちらか手が空き次第ここに呼んでこい、
街の角にいる公証人を。

第2場

アルノルフ、アニェス

アルノルフ：(坐って)
アニェス、針仕事を休め俺の話を聞け。
頭を少し上げて、顔をこちらに向けなさい。
そうして俺を見るのだ、この訓話のあいだじっと。
一言洩らさず俺の言葉を心に刻みつけるのだ。
俺はお前と結婚する、アニェス、そして一日に百回
お前は自分の運のよさに感謝せねばならない。
自分が生まれ合わせた素性の賤しさをよく考えろ。
そして同時に、俺の善意をありがたく思うのだ、
そのお蔭で、貧しい村娘の卑しい状態から
栄えある町娘の地位に上ることができたのだからな。
そして褥と抱擁を心から楽しむのだ、
他の全ての婚約の可能性をふり切ったこの男との。
是非にと乞われた20もの誉れある結婚相手を断り
お前に忠実であろうとしているのだぞ。
いいか、お前は常々、理解しておかねばならぬ、

このありがたい絆がなければ、お前は卑小な身でしかないことを。
これをお前が胆に銘じ
俺の嫁としてふさわしくなるために、
またいつもお前が自分の身をわきまえていて
俺が自分の判断を良かったと思えるようになるために。
結婚というものはなアニェス、遊びではないのだ。
女としての身分が厳格な義務に結び合わさるものなのだ。
自由気ままであったり、人生を好きに楽しもうなどとしては
この義務はまっとうし得ない。
お前たち女は、従属するものでしかない。
絶対の力はヒゲを持つ男の側にある。
社会はこの二つから成り立つのは勿論だが、
一方は至高であり、もう一方はその下位に置かれる。
一方はあらゆる点に於いて他方を支配する。
それは、その責務において兵士が
直属将校に服従を示し、
従僕が主人に、子供が父親に
修道士が修道院長に、従うようなものだ。
だが、素直さ、従順さ、恭順さ、
そして深い尊敬の念、の点では
主人、領主、頭目たる夫に対し当然払うべき
ものとは全く比べものにならない。
夫が妻にきつい視線を投げた時
妻の義務は直ちに目を伏せることだ。
そして、面と向かって夫をあえて見るのは、
夫が妻に愛情のこもった優しい眼差しを向けた時のみなのだ。
このことを今の女房族は判っていない。
だがそういった悪い例を見習ってはならない、
そうした醜い色好みの女の真似をしないよう注意しなさい、
こういう連中が脱線行為をして、町中の話題となる。
そして悪い男が近づいて来たら気を付けるのだ、
それにはどんな若い色男の話にも耳を傾けないことだ。
思い致しなさい、お前を俺という人格の片割れにすることで
俺の名誉は、アニェス、お前に懸っているということを、

この名誉は柔らかく、とても傷つき易いということを、
こうした事柄に関してはいささかも遊びがあってはならないということを、
さらに、悪い行いの女は未来永劫
煮えたぎる地獄の釜の中に投げ入れられるということを。
俺が言っていることは繰り言ではないぞ。
だからこの教えをしっかり心に留めなければならない。
こうした教訓に従い、色恋沙汰から逃れるならば
お前の魂は純白の清らかなバラのままでいられる。
だが俺の名誉を傷つけるようなことがあれば、
お前の魂はそのとき石炭のようにまっ黒になってしまう。
誰の目にも、おぞましく映ることだろうし、
いつかお前は悪魔の宿命を分かち持つことになってしまうだろう。
そうならないように、天が汝を御見守り下さいますよう！
膝をついてお辞儀を。修道院で修道女が
聖務の日課をそらんじなければならないように、
婚姻に入るに際しても、同じようにしなければならない。
それで、ここに我がポケットに重要な書付がある。
（立ち上がって）
お前に教える、妻たるものの日課
誰が書いたものだか知らないが、立派な人だ
これがいつもしっかり頭に入っているようにしておくれ。
さあ。きちんと読めるかどうかやってごらん。

アニェス：（読んで）
婚姻についての箴言
または
結婚する女の義務
附：日々の信仰実践

箴言1
誠実な結びつきにより
新床に入ろうとする女は
今日の風潮に惑わされることなく
頭にしっかり入れておかねばならない、

妻を娶る男は、自分のためにのみその妻を娶るものであることを。
アルノルフ：
それの意味することはあとで説明する。
今は、ただ読むだけでよい。
（アニェス、続ける）

箴言Ⅱ
妻は自分を所有する夫が
望む範囲でしか
着飾ってはならない、
夫のみが妻の美しさを享受すべきだからである。
他人が妻を醜いと思うことは
いささかも重要でない。

箴言Ⅲ
無用なもの。いらぬ流し目、
化粧水、美白液、塗り粉、
そして花のカンバセをなす千もの顔料。
これらはいつにおいても夫の不名誉を招きかねぬ麻薬である、
また美しくあろうとする注意は
自分の夫だけに向けられるべきものだからである。

箴言Ⅳ
夫の名誉を守るため、外出時には帽子の下に
妻は目の色気を隠さねばならない。
というに、自分の夫を喜ばすには
ほかの人間を喜ばせてはならぬからである。

箴言Ⅴ
良き規則は禁じている
夫に用があって来る人以外
如何なる人間をも受け入れることを。
恋愛気分をもって
奥方にしか用事のない者を

夫が良く思うはずはないからである。

箴言Ⅵ
男たちからの贈り物は
妻は自分に禁じねばならない。
というに、この時世に
訳もなく贈り物などする輩は居ないからである。

箴言Ⅶ
備品に於いては、妻は不自由を厭ってはならない、
筆記用具入れ、インク、便箋、羽根ペンは無用である。
よきしきたりにおいては、夫こそが
自家にて文を交す必要のあるものは全て書くからである

箴言Ⅷ
放埓な集まり
これを当事者はよき集まりなどと称しているが
これらは毎日、妻の精神を堕落させる、
これを避けるのが良き方策である。
というに、ここに於いてこそ連中は共謀し
夫族の裏をかくからである

箴言Ⅸ
夫に心身を捧げようとする全ての妻は
賭け事を差し控えねばならない、
きわめて有害なこととして。
というに、遊びごとがうまくゆかないと
女たちしばしば更なる刺激を
得ようとすることになるからである。

箴言Ⅹ
時に応じての散歩会
もしくは野原で催す食事会
こうしたものを、妻は試みてはならない。

智慧ある人の言によれば
こうした会合においては夫が
いつもきまって支払うことになるからである。

箴言XI

アルノルフ：
あとは一人で読みなさい、いずれ少しずつ、
この内容については、きちんと教えてあげよう。
ちょっと用事を思い出した。
一言二言で済ませられる、遅くなることはない。
部屋へ戻っておれ。そしてこの本を大切に持っていなさい。
公証人が来たら、しばらく待ってもらってくれ。

第３場

アルノルフ

アルノルフ：
あの娘を妻にするのが一番だ。
思う通りに、あの子の心の向きを変えてやる。
手の中の蠟のかけらのようなものだからな、
俺の好むがままに形を作れる。
不在中に危うく
アレの無垢さのせいとはいえ、引っかけられるところだった。
だが正直なところ、世話する女の
過ちがこの程度でよかった、
この種のことなら治療は簡単だ。
単純な人間は指導しやすい。
もし正道を踏み外しても
即座に二言でもって戻すことができる。
だが才走った女はまさしく別の生き物だ、
俺たちの運命はその女の頭に委ねられてしまう。
いったんそいつが何か始めだしたら、何物もそれを躱(かわ)すことができない、

いくら矯正しようとしても、ずれてしまう。
奴らは知恵を働かせ、我々の教えを茶化し、
また自分の罪を徳にみせかけてしまう。
そして腹黒い目的に達するために
回り道をみつけ、どんな周到な用心をも掻い潜る。
そうした攻撃に備えようとしても、できないまま人は疲れてしまう。
利口な女は策謀にたけた悪魔だ。
その気まぐれが心ひそかに夫の不名誉を狙ったら
もうあきらめるしかない。
どんな立派な人でも、対処できずお手上げになることの何と多いことか。
ところで、俺の憎き粗忽者にはそうした人々をあざ笑う資格などない。
奴は自分の余計な自慢話により、報いを得るのが定めだ。
これが我々フランス人のよくある欠点だ。
幸運に恵まれると、
秘密を洩らさないでいるのがとても辛くなる。
そして呆れたことに、彼らは虚栄心に引かれ、
黙ったままでいるぐらいなら、首をくくるのを選ぶほどだ。
ああした軽い男を選ぼうとするなんて
そんな女は悪魔に心を惑わされているとしか言えない。
そして何と……いや、あいつがやって来た。俺の心のうちは隠して、
そしてあいつの悩みが如何なるものか、少し探ってやろう。

第4場

オラース、アルノルフ

オラース：
またお宅から戻るところでした。運命は僕に教えています
お宅では貴方に会えないものと。
でも、何回も懲りずに参りますよ、そしたらそのうち……
アルノルフ：
おや、そうした無意味なあいさつは抜きにしよう。
こうした儀式ほど嫌なものはない、
私にいわせれば儀式はくだらないものだ。

呪われた慣習であって、大多数の人々は
そこに愚かにも自分の人生の三分の二を費やしてしまう。
だから遠慮なく、帽子を被ろう。君の愛の冒険はどうなった。
オラース君、どこまで進んだものかな。
さっきは、考え事をして気が散っていた。
俺は君の恋の速攻ぶりに感心しているよ。
俺の気持ちはそいつにいたく関心を寄せているのだ。
オラース：
それが、僕の心を貴方に打ち明けてからというもの、
なぜか僕の身には不幸が押し寄せてきています。
アルノルフ：
おお、そいつは。どんな風に。
オラース：
運命は残酷です。
あの美しい人の養い親が田舎から戻ってきたのです。
アルノルフ：
それはお気の毒。
オラース：
それ以上に、僕が悔しく思うのは
その男は僕ら二人の秘密の仲を知っているのです。
アルノルフ：
なんと。どこから、そんなに早く嗅ぎつけたのだ。
オラース：
分かりません。でも、とにかく、確かなことなんです。
僕はいつもと同じ時刻に
ささやかな訪問をするつもりでいました、
それが、僕に対する口調も顔つきもすっかり変え
下男と女中が通行を阻んだのです。
こんな風に言って「お戻りください。迷惑ですから」
そして荒々しく僕の鼻先で扉を閉めました。
アルノルフ：
鼻先で扉を。
オラース：
鼻先で。

アルノルフ：
穏やかでありませんな。
オラース：
僕は扉越しに彼らに話そうとしました。
でも僕がどう言葉を尽くしても、彼らはこう答えるのです。
「お入りいただけません。主人が禁じております」
アルノルフ：
扉を開けなかった。
オラース：
はい。そして窓から
アニェスはツンケンと
主(あるじ)がいることを示し、手に石を持ち
荒立てた声とともにそれを投げつけたのです。
アルノルフ：
どんな石で。
オラース：
砂岩でしたが、けっして小さいとは言えません。
両手でもって僕の訪問にお見舞いしてくれたのです。
アルノルフ：
なんとまあ。それはひどい。
君がそんな風にされて俺は残念だ。
オラース：
ええ、主(あるじ)の有難くない帰宅で途方にくれました。
アルノルフ：
確かに、君の気持ちを思うと実に悲しい。
オラース：
この男が僕に対しすべてを遮断するのです。
アルノルフ：
なるほど、でもそれは大したことではあるまい。
切り抜ける方法を君なら見つけ出すだろう。
オラース：
何とか知恵をめぐらせ、
焼餅男の裏をかいてやらねばなりません。

女房学校　59

アルノルフ：
君にはたやすい事だろう、いずれにせよ
娘は君に惚れているのだろうからな。
オラース：
むろん。
アルノルフ：
君ならうまくやってのけられる。
オラース：
そのつもりです。
アルノルフ：
石で追っぱらわれたと言うが、
そんなことで怯(ひる)んではならんね。
オラース：
もちろん。
まず僕は例の男がそこにいるのだと感じました。
そいつが見られぬようにしてすべてを指図(さしず)しているのだと。
でも僕が驚き、貴方もきっと驚くことを
お話ししますよ。
あの若い美女がなした大胆な振る舞い、
いささかもあの人の純朴さからは予想できない振る舞い。
やっぱり愛は偉大な教師なのですね、
愛は今までに無かったものを突如生み出すのです。
そしてときには、愛の教えによって
人間の習性さえ瞬時に全く変わるのです。
愛は僕らの中にある、自然の障壁をこじ開けます、
そして、その効果は突如、奇跡の様相を呈するのです、
ケチを気前よくし、
臆病者を勇士に、乱暴者を礼儀正しい人に、
どんなに鈍い人間をもすっかり機敏にし、
素朴そのものを溢れる叡智に変えます。
そう、この最後の奇跡がアニェスに起こったのです。
あの紋切型に聞こえる言葉を僕に発したとき、
「お戻りください、私の心はあなたの訪問をお受けしないと決めました。
私は貴方のおっしゃることを全部存じております。これが私の答えです」

貴方も驚かれたこの砂岩というか大きめの石、
それに手紙がピッタリ付いて僕の足元に落ちてきたのです。
そして石につけられた文を見て僕は感動しました、
言葉に裏の意味を含ませ、石を投げるその機転に。
このような行動に貴方は驚きませんか。
愛というものは、人の精神を研ぎ澄ますことができるのではありませんか。
そして、だれも否定できないでしょう、そうしたくましい愛の炎が
心のなかに思わぬものを形作ってゆくと。
この芸当をどういったらよいですか、この手紙を。
ああ。貴方だってこの素晴らしい対応を感心せずにおれないでしょう。
でも、滑稽だと思いませんか、
あの変な奴がこの茶番劇で僕の嫉妬深い恋敵を演じているのを。
どうです。
アルノルフ：
ああ、大いに面白い。
オラース：
だったらもっと笑ってくださいよ。
（アルノルフ、無理やり笑う）
最初僕の恋に対しむかっ腹を立てたあの男、
こいつは自宅に立てこもって、石で威嚇しました、
僕が梯子を使って家のなかに入ろうとするのを防ぐかのように。
そしてこいつは滑稽にも恐怖にかられ僕を追っぱらおうと、
家の全ての使用人を僕にけしかけようとしたのです。
それが自分の作ったからくりによって、
無知な状態にしておいたはずの女性に自分の眼を欺かれようとしてるのですからね。
当然ながら、奴が帰ってきたことは
僕の愛にはとても迷惑なのですが、
これを思うと可笑しくて仕方がないのです。
心から笑わずにはおれません。
あの、あまり面白くなさそうですね。
アルノルフ：（無理やり笑って）
いや失礼、出来るだけ笑っているつもりなのだが。
オラース：
僕は味方である貴方に手紙をお見せ致しましょう。

心が感じているそのままを、彼女はこの文にちゃんと書き出しているのです。
その感動的な、それも善良さ、
無垢と無邪気の優しさあふれる言葉で。
澄んだ魂が初めて受けた恋の傷みを
吐露しているのです。
アルノルフ：(小声で)
なんとまあ、やんちゃ娘よ。物を書くという行為を何に役立てるのかお前は。
俺の指図に逆らって、お前はその術を習得していたのか。
オラース：(読む)
お手紙差し上げたく存じます。でもどこから書き始めて良いものやら分からず悩みます。貴方に知っていただきたいのですが、それをどう書いたらよいのか分かりません。自分の書く言葉に自信がないのです。自分が無知のままに育てられていることに気付き始めたものですから、何かまずいこと、書くべきではないことを書いてしまうのでないか心配です。実は私は貴方がなさった事がよくわからないのです。でもあなたに対してするように言われたことをして、死ぬほど残念に思っています。また、貴方無しではこの世がとても耐えがたい物であろうとも思っています。さらに貴方のおそばにおれたらどんなに心休まるものかとも思っております。たぶんこんなことを書くのはよくないことなのでしょう、でも私はそうせざるを得ないのです。そして、私はこれが咎められることでなく、言ってもよいことであるのを望みます。私はきつく言われました、全ての若者は嘘つきだと。言うことを耳に入れてはならないと。そして、貴方がおっしゃったことは私をもてあそぶためにすぎないと。でもわたしはどうしても、貴方がそんなだとは思えないのです。あなたの言葉が心に響いているので、それがウソ偽りだとどうしても思えないのです。率直に教えてください、本当のことを。というのは、私にはまったく邪心がないのですから、もし貴方が私にウソをついているのだとしたら、貴方はとてもひどい人になります。それで、私はそんなことになったら、絶望で死んでしまうでしょう。
アルノルフ：
くそっ、雌犬め。
オラース：
何ですって。
アルノルフ：
いや、別に。咳が出て。
オラース：
こんなに優しい表現があったでしょうか。

謂れ無く押し付けられる環境にあっても
とても美しい資質が発揮されていませんか。
これは罰すべき罪ですよ、
こんな素晴らしい心根を悪意をもって傷つけるだなんて。
無知と愚かさの中に
この女性の天性の素質を窒息させようとするだなんて。
恋がこの状態から覆いをはごうとし始めたのです、
そしてもし何か善き星の計らいがあれば
僕は自分が望むまま、この札付き野郎、
人非人、死刑執行人、下司、暴虐者に……
アルノルフ：
さらばだ。
オラース：
あれっ、もう行かれるのですか。
アルノルフ：
急に用事を
思い出した。
オラース：
でも何しろ見張りが厳しいので、ご存じありませんか
この家に入り込める人を誰か。
僕は遠慮なくお尋ねします、別に悪いことではないでしょ
お互い味方同士、互いの役に立つようにしましょうよ。
あの家ではみんな、僕が来ないか見張っているのです。
そしてさっき会いに行った女中も下男も
同情してくれそうな様子はいささかも見せません、
僕の話を聞いてもらおうと思っても、聞く耳を持ちません。
こんな場合に備えて、ひとりの老婆を手なずけていました、
本当に人間業とは思えない腕前の。
家に入りこむ際、彼女が知恵を授けてくれたのです。
でも四日前、可哀そうにこの女は死にました。
ですから貴方におすがりするのです。
アルノルフ：
心当たりは全くない。俺がいなくても君は方法を見つけられる。

女房学校

オラース：
ではまた。よろしくお願いします。

第 5 場

アルノルフ

アルノルフ：
奴の前で、苦痛限りなしだ。
ひりひりする不快を隠すのが何と辛いことか。
無知なくせに、あの女は大した才覚を示すことよ。
裏切り女め、あんなに無垢にみえたはずが、
悪魔があれの心に悪知恵を吹きこんだのだ。
とんだ書き物のおかげで俺は生きた心地がしない。
分っている、あの男が、無作法者め、あの娘をだましたのだ、
俺に代わって奴はあの子の心に腰をすえた。
救いのない絶望、俺にとって死ぬほどの苦痛だ。
アレの心が飛び去ることは二重の苦しみだ、
愛と名誉が同時に失われるのだから。
自分の立場が奪われたのがひどく悔しい、
俺の苦心・用心が裏目に出たのもひどく悔しい。
アレの淫らな愛を罰するために、思いつくのは
ただじっとアレの運が悪い方にゆくのを待つことだけだ、
アレが自分で自分を罰する成り行きになるように。
だが、愛している者を失うのは極めてつらい。
天よ。考えに考えた挙句選んだ相手だからこそ
これほどの執着に駆られるのでしょうか？
あの娘には親もなく、親類もなく、財産もない。
あの娘は無にした、俺の気配り、俺の善意、俺の親切心を、
なのに、俺はアレを愛している、こうした卑怯な芸当を見せられたあとでも
この愛なしで済まされぬほどに。
愚か者よ、お前は恥ずかしくないのか。ああ、俺の心は破裂する、悔しい
そして俺は俺の面(つら)に千もの平手打ちをくらわせてやりたい。
家の中をちょっと覗いてみよう。だがそれはただ知るためだ

アレの態度がかくも腹黒い言動のあとでどうなっているか。
天よ。我が額が醜悪さから免れえますように
あるいは額に印が出ても、耐えられるよう
我にせめて与えたまえ、こんな場合に
澄ましていられる人の我慢強さを。

第4幕

第1場

アルノルフ

アルノルフ：
こうしているのが辛い
千々の思いに心が痛む、
すぐさま動いて
若造をギャフンと言わせたいのだが。
あの娘を睨みつけたが
まるでたじろぎもしない、
人をこんな目に会わせながら
何ひとつ知らない素振り。
あのしとやかななりを見るにつけ
煮えたぎる思いがこみ上げるが、
心を燃やす焔は
かえって愛する気持ちを募らせる。
怒りと憎しみ恐れが入り混じり、
そのくせ初めて見たはっとする美しさ
射られるような眼差しに、
思わずこの身が突き動かされる。
哀れな運命が泥にまみれれば
俺の心は張り裂けてしまうだろう。
何とも、慈しみ気を配り
アレを育ててきた、
幼い頃から家に来させ
ゆったりと将来に思いを馳せてきた。
アレの咲き出ずる魅力を糧に
十三年の間じっと待ってきたつもりだ、

それが変な男に惹かれ
そのまま浚(さら)われようとしている、
結婚寸前の今となって。
駄目だ駄目だ駄目だ小僧、
お前がうまく立ち回れるか
俺がお前の望みを打ち砕くか、
決着を着けてくれよう。

第2場

公証人、アルノルフ

公証人：
ああ、ここにいらした。折よくうかがえました。
お望みの結婚書類を作成するために。
アルノルフ：(彼が眼に入らず)
一体どうしたものか。
公証人：
通常形式がよろしいでしょう。
アルノルフ：(彼が眼に入らず)
じっくりと用心を練らねば。
公証人：
貴方の利益に反するような契約は致しません。
アルノルフ：(彼が眼に入らず)
あらゆる不意の出来事から身を守らねばならない。
公証人：
貴方の財産関連は私にお任せいただけば充分です。
金を受け取っていないのに捺印してしまう
ことだけ気をつけてください。
アルノルフ：(彼が眼に入らず)
世間に知られたら困る、
この揉め事が町中で噂となっては。
公証人：
そうした面倒は起こりません、

女房学校　67

契約書は秘密裏に作ることができます。
アルノルフ：（彼が眼に入らず）
だがアレのことをどうすればよいだろう。
公証人：
寡婦給与財産権は配偶者たるものが貴方にもたらす財産に応じて調整されます。
アルノルフ：（彼が眼に入らず）
俺はアレを愛している、そしてこの愛が俺の大きな障害なのだ。
公証人：
こうした場合、相手の女性を有利にすることができます。
アルノルフ：（彼が眼に入らず）
如何なる報いをアレに与えるべきか。
公証人：
法律では決まっております、夫たる者は妻たる者に授けねばならない
当人が持参してきた三分の一をと、でもこの規則は有名無実でして、
夫たるものはそれを望めば、もっと増やすことができるのです。
アルノルフ：（彼が眼に入らず）
もし……
公証人：（アルノルフ、彼に気付く）
先取特権に関していえば、法律は夫婦を一体とみなしています。
つまりですな、夫たるものは好きなように
妻たるものに授けられるのです。
アルノルフ：（公証人だと判って）
あれっ。
公証人：
夫たるものはさらに妻たるものを有利にすることができます、
夫たる者が妻たるものを非常に愛している場合、そして夫たる者が妻たる者に
恩恵を与えようとする場合、それはいわゆる法定後家分によります。
これは当該妻の死去により当人の権利は遺失されますが、
恒久的寡婦財産分与なら当該妻の相続人に渡るものとなり、
あるいは別の意志が当該人にあれば、慣習法によることとなります。
すなわち正式な契約書を通しての生前贈与契約という手です。
これはやり方によって、単純贈与か相互贈与ということになります。
どうして肩をすくめるのですか。私が馬鹿なことを話しているというのですか、
私が契約書の形式を知らないとでも。

誰が私にそんなことを言えますか、誰も。決まってるじゃありませんか。
私が知らないとでもいうのですか、夫婦の契りを交わした場合の慣習法による規則を、
すなわち動産、不動産、後得(ごとく)財産は共有である、
特に一方が放棄するという証書がない限り。
私が知らないとでも、妻たるものの財産の三分の一は
夫婦の共同財産になるということを。それは……

アルノルフ：
ああ、もっともなことだ。
あんたは何でもよく知っている、誰があんたに文句を言った。

公証人：
貴方ですよ、私を馬鹿だと思っているような様子をみせ、
肩をすくめ、顔を顰(しか)めたじゃありませんか。

アルノルフ：
こいつはイカレちまってる、絡みやがって。
さらば、とっとと御下がりください。

公証人：
契約書を作るため私を呼んだのではありませんか。

アルノルフ：
そうだ、俺はあんたを呼んだ。だが延期になった。
必要なときが来たら、また呼ぶ。
人の思いごとに余計な口をさしはさみおって。

公証人：
この人はおかしいよ。どう考えても。

第3場

　　　　　公証人、アラン、ジョルジェット、アルノルフ

公証人：
御主人の言いつけで私を探しに来たのではなかったかね。

アラン：
へえ。

公証人：
お前さんはどう思ってるか知らんが、

すぐにあの人に俺からの言葉だと伝えておくれ、
アンタは札付きのアホだ、とな。
ジョルジェット：
かしこまりました。

第4場

　　　　　アラン、ジョルジェット、アルノルフ

アラン：
旦那様……
アルノルフ：
こっちへ来い、お前らは俺の仲間だ、
聞いている、よくやった。
アラン：
公証人が……
アルノルフ：
放っておけ、いずれ別の日にやる。
俺の名誉を傷つけようとする奴がいる。
お前ら俺の身内にとっても、由々しき事になるぞ、
もし奴がお前らの主人から名誉を奪うとしたら。
そうしたらお前らはどこも歩けなくなるし、
見る人は皆お前らをあざ笑うことにもなろう。
いいか、これは俺と同様お前たちにも関わることである以上、
お前らの側も十分な警戒をし、
あの色男めがどうあっても手出しできないようにする必要がある……
ジョルジェット：
さっきお教えいただきましたです。
アルノルフ：
だが奴の弁舌に打ち負かされないよう身構えねばならない。
アラン：
そうでがす。
ジョルジェット：
うちらは身の守り方を心得ておりやす。

アルノルフ：
もし奴がやさしく言ってきたらだ。「アラン、ねえ君、わかってくれるね。
ちょっと助けて、僕の憂いを払ってくれよ」
アラン：
このくそ間抜け。
アルノルフ：（ジョルジェットに）
よし。「ジョルジェット、僕の可愛い人。
君はほんとうに優しいね。人柄もとてもいいし」
ジョルジェット：
この愚か者。
アルノルフ：（アランに）
よし。「僕のやろうとしていることに
何を警戒してるんだい、こんなに真面目なのに」
アラン：
このペテン師。
アルノルフ：（ジョルジェットに）
大変よろしい。「僕の死は確実になってしまうよ
もし君がこの僕のひどい悲しみを憐れんでくれなければ」
ジョルジェット：
おめでたい人だね、このお調子者
アルノルフ：
結構。
「僕は只でお願いするような人間じゃないよ。
役立ってくれたら恩に着るよ。
でもとりあえずこれ、酒でも飲んだらどうだい
そしてこれはジョルジェット、オシャレな小物でも買ったらどうだい。
（二人とも手を伸ばし、金を受け取る）
これは僕の感謝を示すほんのしるしさ。
こうしてわざわざ君たちにお願いしているのも
あの美しい人に会わせてほしいからだよ」
ジュルジェット：（アルノルフを押し戻し）
それだけで済むものかね。
アルノルフ：
よしそれでいい。

女房学校　71

アラン:(アルノルフを押し戻し)
出てゆけ。
アルノルフ:
よし。
ジョルジェット:(アルノルフを押し戻し)
さあ、とっとと。
アルノルフ:
よし。おい、もういいから。
ジョルジェット:
ちゃんとできてますか。
アラン:
旦那様の思った通りに。
アルノルフ:
ああ、よくできた。金以外はな。金は受けとっちゃいかん。
ジョルジェット:
その点は忘れてました。
アラン:
もう一度始めましょうか。
アルノルフ:
もういい。
充分だ。二人とも戻っていろ。
アラン:
他に何かやることは。
アルノルフ:
ない。いいから、戻っておれ。
金はとっておいてよい。さあ行け、あとで一緒になる。
眼をしっかり見張って、抜かりなくやるんだぞ。

第 5 場

アルノルフ

アルノルフ:
目端がきく密偵として、雇おう

あの街角の靴直し屋を。
アレをずっと家の中に閉じ込めておきたい。
厳重に監視させ、そして追っぱらうのだ
リボン売り、かつら屋、髪結い、
ハンカチづくり、手袋業者、古着屋を、
こいつらは皆、密かに毎日使い走りをしている
隠しごとの恋を成功させるために。
長らく世間を見つめてきたこの俺だ、その微妙な仕組みはよく知っている。
あの若造はよほどの術策を弄さねばなるまいに、
恋文一つ、この家の中に入りこませるには。

第6場

オラース、アルノルフ

オラース：
ここだといつも貴方に出会えますね。
実を申せば、今危うくのがれて来たばかりなのです。
意外な出来事が待ち構えているとも知らず、貴方とお別れして行くと
僕はアニェスがひとりバルコニーに出ているのを見ました。
近くの木の葉陰から涼をとっていたのです。
僕に目配せをすると、庭に降りてきて
庭の戸を開けてくれました。
でも僕らが部屋に入るとすぐ
彼女は階段にあの嫉妬男の足音がするのを聞きました。
アニェスは機転をきかせて
僕を衣裳ダンスの中に隠しました。
奴はいきなり入ってきました。見たわけではありません。
でも音をききました、大股で何も言わず歩き廻るのを。
時折哀れな溜息をつきながら、
そして時には机を強く叩き、
纏わりつこうとする子犬を蹴飛ばし、
さらに突然、そこらへんにあった帯を投げつけ、
あろうことか、いらだった手で毀したのです

あの美しい人が暖炉に飾っておいた花瓶を。
きっと、この角の生えた寝取られ男は
僕らが交わす愛の矢に気付いたに違いありません。
それで怒りのやり場がない
といった体で何度も何度も辺りをぐるぐる回って、
この不安な嫉妬男は自分の悩みをなんら洩らすことなく
部屋から出てゆき、僕は戸棚から出られたのです。
奴が又戻ってくる恐れもあり、僕らはこれ以上
一緒にいないことにしました。
それは危険に身をさらすことでしたから。でも今晩
遅く彼女の部屋に忍び込むことにしました。
三度の咳で僕がいるのを知らせる合図にし、
それに応じ窓が開くことになっています。
その窓から梯子とアニェスの助けで
僕の愛は見事実を結ぶことになるでしょう。
僕の唯一の味方として、貴方には是非このことを知っておいていただきたい。
心の歓喜はそれを他人におすそ分けすることで、いやがうえにも高まります。
至高の幸せを僕は百倍味わえます。
誰かに知ってもらわなければ、本当の充実感は得られません。
僕の恋の幸せを貴方なら分かち合っていただけると思います。
さようなら。必要なことをこれからじっくり考えに参ります。

第7場

アルノルフ

アルノルフ：
何と。俺を絶望させようとする邪見な星は
俺が息をする暇も与えてくれないのか。
次々と奴らは示し合せて、用意周到だったはずの
俺の用心をめちゃくちゃにしてくれる。
ああ、人生の円熟の年になって、だまされ男になってしまうのか。
若い無知な女と若い軽率な男のために。
俺はこの二十年、人生の達人とみなされてきた。

亭主族の哀しい運命をじっくり見定め
きちんとすべての出来事を調べ上げてきた、
どんな用心深い男でも運悪く陥ってしまう類のものを。
他人の不面目を心の中で反芻しながら
俺は女房を娶るにあたっての手立てを探ってきた、
俺の額が全ての侮辱から守られると保障され
他の男の額が蒙っても俺の額はそれを免れる手立てを。
この崇高な意図のために、俺は実行に移したものと信じていた
考えられる全ての方策を。
それが、どんな人間であれ現世においては
のがれ得ない運命に捉えられるがごとく、
結婚について俺が獲得した
広い経験と知識がありながら
それも二十数年熟考を重ね
完全に用心して振る舞って
亭主族の哀れな定めとは無縁であったものを、
結局、彼らと同じ情けない状態にいる自分を見るなどとは。
ああ運命の死刑執行人よ、俺をたぶらかしたな。
だが俺にはまだやれることがある。
もしアレの心があの憎き金髪男の元へ飛んで行ってしまっても、
俺はせめて、アレの身を奪い去らせぬことはできよう。
恋の冒険がたくらまれる今夜
奴らが考えているほど簡単に、事を進ませるわけにはゆかない。
こんな悲しみの中でも、何がしかの楽しみはあるものだ、
奴がこの俺に仕掛けた罠をぺらぺら明かしたのがそうだ。
敵に死をもたらそうとする粗忽者が
その当人であるはずの俺を身内扱いしたのがそうだ。

第8場

クリザルド、アルノルフ

クリザルド：
散歩の前に夕食をとるのではなかったですかな。

アルノルフ：
いいや。今夜は食事なしです。
クリザルド：
その気まぐれはどこから。
アルノルフ：
いや、勘弁してください。ちょっとした面倒が生じましてな。
クリザルド：
貴方の決めた婚姻はやらないのですか。
アルノルフ：
他人の問題に首を突っ込まないでいただきたい。
クリザルド：
おやおや、どうしてそんな突然。貴方の悩みは如何なるものなのですか。
貴方のお目出度ごとに
まずいことでも起きたのですか、
顔つきを見れば、悩みがあるのが分かりますよ。
アルノルフ：
何が来ようと、少なくとも私には有利な点があります
普通の人々とは違うという。
漫然と色男の来襲に耐えているばかりの連中とは。
クリザルド：
奇妙なことですな、あまたの知識溢れる貴方が
いつも男女間の困りごとでは逃げ腰になるというのは。
そうならないことに貴方は至高の幸せを置き
あらゆる点で些かも他の名誉のことを思い浮かべないというのは。
ケチ、残忍、陰険、意地悪、卑怯
そういったことはあなたのお考えでは、この貞操という義務に比べ何物でもない。
間男されなければ、それだけで名誉の男子というわけですか。
そもそも、なぜ貴方は信じようとなさるのですか、
こうした偶然の事態に我々男子の栄光が左右されるなどと。
そして筋目正しい人でも自らを苛まねばならないなどと、
自分では妨げることのできない嬉しからざる災いに対して。
一体どうして思うのですか、結婚すれば
女房の勝手次第で、亭主は恥を掻いたり周りから褒められたりするなどと、
また女房の不義がもたらす恥辱を蒙り

醜い男になってしまわないかと怯えねばならないなどと。
割り切って考えてはどうです、誰でも妻を寝取られる可能性はあると。
ものの分かった紳士なら
誰にも起こりうる偶然の事故なのだから
自分もしょうがないと思うはずですよ。
それに、結局世間からどんなに悪しざまに言われようと、災難は
本人の受け取り方次第ではないですか。
そして、こうした困難に直面した場合、うまく行動するには
あらゆる点において極端さは避けるべきで
お人よし過ぎる人を真似てはいけないのです。
そういった人はこの種の出来事にも恰好をつけます。
女房の色男の名をいつも口に出すようになり
至る所で賞賛し、その才能を褒めちぎり
彼らとごく親密な付き合いをしてみせ、
彼らの参加する催し物、パーティーの一員となり、
のほほんとしている彼らの見栄っ張り具合には今さらながら驚かされます。
こうした在り方は全く以て非難されるべきものです。
だが、もう一つの在り方もその点ではさして変わりません。
色男と友達づきあいするのは何とも認められませんが
もう一つの慎重さを欠く亭主も賛成できません。
そいつが苛立って軽率にもわめきちらし唸りまくると
そのやかましさに世間の耳目を引きつけ
かえって本人自身が望んでいるように見えます、
自分たちの恥を皆に知ってもらうのを。
この二つの間にこそ、適正な道があるのです、
こうした場合に慎重な人であればちょっと立ち止まって考えるはずです。
そしてこの道を選べば、もう赤面する必要はありません、
女房が我々を陥れる最悪の事態に際しても。
何と言おうとも、結局間男などというものは
そう大げさに言い立てず、気楽に構えて然るべきものです。
そして私が口を酸っぱくして言うように、一番賢明なのは
万事あるがままに受け止め、良い方に考えてゆくことです。
アルノルフ：
この結構な御託宣を聞いた後では、全ての裏切られた亭主族は

鷹揚なる美徳に感謝しなければなりますまいな。
貴方の話を聞くものは誰でも
喜んで賛意を表明することでありましょう。
クリザルド：
そんなことを言っているのではありません、美徳は甘いものではありません。
でも妻を娶る方法については
サイコロゲームをするつもりがよろしかろうと思います。
そこでは思う通りの目が出るわけではない。
かっとならず、頭を働かせ
どうしたら帳尻りを合わせられるか考えて楽しむのです。
アルノルフ：
それはつまり気分よく食べて、寝ていれば
それでいいのだと自分に言い聞かすわけですな。
クリザルド：
御冗談を。でも包み隠さず申せば
この世の中には、もっと心配すべきことがタンとありますよ。
そして、貴方が恐れていらっしゃる事より
もっとつらい目に私たちは会うことってあるのです。
問題にしている二つのことのうちから選ぶとしたら、
私は貴方の恐れている方になるのがよいと思っています、
貞節一方の女の亭主になるより。
大体そう言った女は性格が悪く、亭主のちょっとした過ちでも非難する。
この貞節の権化、誠実の女悪魔は
自分たちの身持ちの堅さをよすがに立てこもり
自分は亭主に恥さえ搔かせねばよいと、
男を顎でこき使おうとする。
そして我々男子は女房にいいようにされる。
もう一度言います、君、判ってください、
間男されるなんて日常茶飯のどうってことないものだと。
場合によっては、そちらの方が望ましいことだってある、
それにはそれの楽しみが、他のものと同じくあるのだと。
アルノルフ：
屈辱に甘んじておれとでも。
私にはとても体験したくないことですな。

むしろ秘めた情事の被害は避けるように……
クリザルド：
被害を避ける、などと言ってはなりません。
運命が予め決めたものなら、貴方がいくら心配しても無駄なことです。
運命は、いくら言っても貴方の意見など聞きますまい。
アルノルフ：
私が。間男される可能性があると。
クリザルド：
ほら、ちょっとおかしいですよ君。
貴方が虚勢を張らずとも、何千の人々が現に間男されています。
容貌、心根、お金、不動産などで
貴方と比較にならないほどのものを持っている人たちが。
アルノルフ：
私は誰ともそんな比較はされたくないですな。
でも、こうしたからかいは、私には迷惑です。
すぐやめてください、頼みます。
クリザルド：
すぐそうやって怒る。
いずれ理由は分かるでしょうがね。でも覚えておいて欲しい
この件に関し名誉を重んじる貴方がどう考えようと、
そうならないと誓おうとしても
私が今言ったことのようになる可能性はあるということをね。
アルノルフ：
いや俺は、断じてならないと誓う。今からこの悩みごとの
よい治療薬を探しに行こう。

第9場

アラン、ジョルジェット、アルノルフ

アルノルフ：
諸君、今こそお前たちの協力が必要だ。
君らを信頼している。
だが、この場でそれを発揮してくれ。

そして、若しお前らが俺の信頼に応え、よくやってくれたら
たっぷりの褒美をやるからな。
お前らもよく知っているあの男は、おしゃべりは無用だぞ
こちらはちゃんとご存じだが、今夜俺に罠を仕掛け
アニェスの部屋に梯子を伝って入って来ようとしている。
だが俺たち三人は奴に待ち伏せをくらわせてやるのだ。
お前ら一人ずつ硬い棒を持ってこい
そして、奴が梯子の最後の踏板を踏むとき、
それは俺が窓を開ける時だが、
お前ら二人競って、この破廉恥漢を攻撃せい。
あいつの背中にしっかり思い知らせてやるのだ、
二度と近づくまいと骨身に沁みるほど。
だがいいか、如何なる場合でも俺の名前を呼んではならんし、
俺が後ろに控えていると決して感づかせてはならん。
気合いを入れてやれ、俺の怒りの分も。
アラン：
殴ることにかけては、何と言ってもわしらのもんです。
見ていてください、おらの叩き方はそりゃ激しいもので。
ジョルジェット：
おらのだって。女ですに男より力は弱そうに見えるだが、
びっしっと打ちのめす技は引けを取りませんです。
アルノルフ：
では戻っておれ。ことに無駄なおしゃべりをしないように注意しろ。
これはきっと将来のよい教訓になるだろう。
この町にいる全ての亭主族が
このように女房の色男を取り扱ったら
間男される数もぐっと減るだろうよ。

第5幕

第1場

アラン、ジョルジェット、アルノルフ

アルノルフ：
馬鹿者め、なぜあんなことをした
アラン：
旦那様のお指図通りに……
アルノルフ：
言い訳がましいことをいうな。
叩けとは言ったが、殺せとは言ってない
背中を打てとは言ったが、頭とは言ってない
ガツンと一発思い知らせればそれでよかったのだ。
天よ、何たる災難を我に下したもうか。
あの死んだ様子では万事お手上げだ。
家へ戻っていろ。そして一切口をつぐむことだ、
俺の命令には何ら疾(やま)しいところはなかったのだからな。
日が明けたら弁護士のところへ相談にゆこう
とんだとばっちりにどう対応したらよいのか。
ああ俺は一体どうなるのだ、あいつの親父は何と言うだろう
思いがけなくこの事態を知ったら。

第2場

オラース、アルノルフ

オラース：
あそこに誰かいるようだけど。

アルノルフ：
こんなことになるとは……誰だ、そこにいるのは。
オラース：
あの、アルノルフさんでは？
アルノルフ：
然り、でそちらは……
オラース：
オラースです。
お願いがあってお宅へ伺うところでした。
ずいぶん早く御発ちなのですね。
アルノルフ：(小声で)
何たる当惑
魔法にかけられたか、幻影か。
オラース：
僕は悲しみのどん底に投げ込まれていたのです。
折よくこうして貴方に会えるなんて
神の御心でしょう。
全てうまくいったことをお知らせに来ました。
言葉では尽くせぬほどうまくいったのです、
それも、禍い転じて福という奴のおかげで。
あの人が用意してくれた二人の逢瀬を
どこで相手が感づいたのかまるでわかりません。
僕がちょうど窓辺に達しようとする時、
思ってもみない人影がいくつかあらわれました。
それが突然腕を振り上げたものですから、
驚いた僕は足を滑らせ、下まで落っこちました。
おかげで身体を思い切りぶつけはしましたが
さして殴られずに済みました。
例の嫉妬深い奴も中にいたはずですが、こいつらは
叩き過ぎで僕が墜落したと思い
こちらも痛さで身動きできなかったため、
自分たちが僕を打ち殺してしまったと信じ込み、
皆急に怯えだしたのです。
深い静寂のなか、奴らの話を聞いていると

互いに相手のやり口を非難し合い
事の成り行きを呪いながら、灯りも持たず
僕が死んでいるかそっと触りにきたのです。
暗い夜のこと、死人のふりをするのは
別に大変ではありませんよね。
そしてそのまま恐怖にかられ去ってゆきました。
外へ出ようと思った矢先、
僕が死んだのかと驚いたアニェスが
飛ぶようにしてそばに来ました。
連中の会話が
彼女の耳にまで達したのです。
この騒ぎで監視がゆるくなっているうちに
やすやすと家から逃れ出てきたのです。
でも僕が無事でいるのが分かると、例えようもないほど
強い気持ちをぶつけてきました。
こんな言い方をしていいでしょうか、ついにこの美しい人は
内なる心の声が彼女に与える助言に従って
もう元の家へ戻ろうとは思わず、
自分の運命全てを僕への信頼に賭けたのです。
いいですか、あの純粋無垢さがそのまま、
阿呆男のいいようにされれば彼女はどうなってしまうでしょう、
また一体どんな危険にさらされてしまうでしょう
この僕が情の薄い男であったとしたら。
いや、僕の愛は今きわめて純粋な炎となって燃え上がっており、
彼女をもてあそぶ位なら、死んだほうがましです。
あの人の魅力は境遇が変わればもっと輝きます。
僕を引き離そうったって駄目、死神でも呼んでこない限り。
きっと父は激しく怒るでしょう。
でもじっくり時間をかけて説得します。
あの美しさに眩暈する自分を褒めてやりたいのです、
人生、楽しくやらなけりゃ。
そこで折り入ってお願いです、
あの人をお手元に置いていただけませんか。
僕の心意気に免じ、お宅で一日二日預かってください。

女房学校

とりあえず世間の目から彼女を隠し、
うるさい追っ手をまかねばなりませんし、
それにこんな風に若い娘が男といては
妙に疑われかねませんから。
貴方の用心深さを頼みとすればこそ
わが身の恋の炎をすっかり打ち明けるのです。
心の広い味方としての貴方だけに
この愛の預け物を委ねることができるのです。
アルノルフ：
何等ご心配なく、君のお役に立とう。
オラース：
何卒よろしくお願いします。
アルノルフ：
確かにそう申し上げる、私にとっても嬉しいことだ。
君の役に立つこの機会を
天が私に下さったものと大いに感謝する。
何物もこれほど喜びをもってできることなどない。
オラース：
貴方のご親切には頭を垂れるしかありません。
実はお願いは無理かなと思っていたのです。
でもさすが世慣れていらっしゃる、そして賢明にも
若者の情熱を許す懐の深さがある。
下男が曲がり角であの女(ひと)を守っています。
アルノルフ：
だが、どうしようか。なにしろ明るくなってきている。
ここで身柄を引き取ったら、誰かに見られてしまう。
それに君がわが家に現れたりすれば、
召使たちが噂するだろう。確実に事を進めるためには
もっと暗い場所でなければ。
うちの路地が丁度いい。私はそこで待つことにしよう。
オラース：
それは何にも増しての用心です。
僕は貴方の手にあの女(ひと)をきっちりお渡しすればよいのです。
そしたら、忍び足でさっさと宿に戻ります。

アルノルフ：(ひとりで)
ああ、よかった。運命の風向きが変わった。
散々その気まぐれに悩まされてきたが、全てを埋め合わせてくれそうだ。

第３場

アニェス、アルノルフ、オラース

オラース：
ちっとも心配ない、君を連れてゆくところは。
これ以上安全な住まいはないから。
僕が君といたら、何もかもぶち壊しになってしまう。
この戸口から入るんだ、ずっとそのまま。
(アルノルフ、彼女の手を取るが、気づかれない)
アニェス：
どうして私を一人にするの。
オラース：
可愛いアニェス、仕方がないんだ。
アニェス：
だったらお願い、早く帰って来て。
オラース：
僕だって恋の炎に急き立てられてる。
アニェス：
貴方に会えないと、ちっとも楽しくないの。
オラース：
こっちだって、君がいないとつらい。
アニェス：
それが本当なら、ここにいて頂戴。
オラース：
これほどの愛情を疑うのかい。
アニェス：
でも、貴方が私を愛しているより、私の方がもっと貴方を愛しているわ。
(アルノルフ、彼女の手を引っぱる) そんなに引っぱらないで。

オラース：
危険なんだってば、
可愛いアニェス、ここでは僕ら二人が見られてしまう。
それで、絶対信用できる味方、君の手を引いている人が
僕らのために、いろいろ考えて尽くしてくれてるんだ。
アニェス：
でも知らない人に従（つ）いてゆくなんて……
オラース：
何も心配ない。
この人を頼りにしていれば、全て大丈夫。
アニェス：
オラースを頼りにしていたいわ。
それに私……
（手を引っぱるアルノルフに）
待って。
オラース：
ではね。陽が昇ってくる。
アニェス：
いつ戻ってくるの。
オラース：
すぐにだよ、絶対。
アニェス：
それまで、私さみしくてたまらない。
オラース：
天のおかげで、僕の幸せを邪魔立てするものはもういない。
これで、もう安心して休むことができる。

第4場

アルノルフ、アニェス：

アルノルフ：（マントで鼻を隠して）
いらっしゃい、あんたが泊まるのはそっちじゃない。
あんたの隠れ家は別の場所にわしが用意してある。

あんたの身柄をちゃんとした処に置いてやりたいのだ。
わしをご存じかな。
アニェス：(それと判って)
あらっ。
アルノルフ：
嘘つき女。この面構えにお前の五感は震えるだろうよ。
ここで俺に会うなんて思っても見なかったろう。
あいつの意のままお前にとり憑いた愛と言うやつを俺はぶち壊す。
(アニェス、オラースがいないか周りを見る)
目でもって色男に助けを求めるんじゃない。
お前を助けるには、奴は遠く離れすぎている。
ああ、あ。こんなにまだ若いのに、こうした芸当を使えるとはな。
たぐい希にみえるお前の素朴さ
赤ん坊は耳でできるの、などと問うくせに、
そのくせ夜に密会の約束を交わす術を心得ている。
そして色男について行くために、音もなく逃亡する。
なんてこった。男におもねるお前の甘い言葉。
どこかよい学校へ通ったにちがいない。
そこで何とまあ、お前はずいぶんと学んだことか。
もはや幽霊を見るのも怖くはないのか。
あの色男が夜、お前を大胆にしたのか。
ああ、このろくでなしめ。とんだことで背信を目論み、
俺の恩を無にし、こうした策謀を心に抱くとは。
ちいさな蛇よ、俺が懐で温めてやったのに、浮ついた気持ちが心に浮かぶや、
自分を撫でてくれた相手に対し、悪事を働こうとするなどとはな。
アニェス：
どうしてそんなに叫ぶのですか。
アルノルフ：
そうだ、俺は大いに間違っていた。
アニェス：
私は自分がしたことを少しも悪いと思ってはいません。
アルノルフ：
色男に従いてゆくことが、汚らわしい行為ではないのか。

アニェス：
妻にしたいと言われました。
私は貴方のお教えに従ったまでです。貴方はこう説かれました、
罪を取り除くには結婚しなければならないと。
アルノルフ：
そうだ、だがこの俺がお前を妻として娶ろうと望んでいるのだ。
そのことはお前に充分言い聞かせたはずだが。
アニェス：
ええ、でも素直に言わしていただければ、
私の気持ちでは、貴方よりあの方の方がよいのです。
貴方によれば、結婚は不都合で不愉快なものです、
貴方のお話しからは、結婚がとてもおぞましいものに思えます。
でも、そう。彼にかかると、結婚は楽しさに満ちたものになります。
結婚したいという強い気持ちを植え付けてくれるのです。
アルノルフ：
お前は、あの男を愛しているということか、裏切り者めが。
アニェス：
そう、私はあの人を愛しています。
アルノルフ：
で、お前は厚かましくも面と向かってこの俺に言うのか。
アニェス：
でもそれが事実であれば、なぜ言ってはいけないのですか。
アルノルフ：
愛さずにはいられないということか、この無礼者。
アニェス：
あら、私がいけないのでしょうか。ひとえにあの方のせいです。
あの人に会うまで、私、こんなこと思いもしませんでしたもの。
アルノルフ：
だがそういった恋の気分は追い払わねばならないのだ。
アニェス：
喜びを生むものを追い払えるでしょうか。
アルノルフ：
それが俺の気に入らないということが分からないのか。

アニェス：
いいえ。それで貴方が何か困ることがあるのですか。
アルノルフ：
なるほど、喜んで然るべきかもしれんな。
してみると、お前は俺を愛していないというわけかな。
アニェス：
貴方を。
アルノルフ：
そうだ。
アニェス：
もちろん、愛してません。
アルノルフ：
どうして、愛していないのだ。
アニェス：
私が嘘をいうのをお望みですか。
アルノルフ：
何故俺を愛さないのだ。無礼なお嬢さま。
アニェス：
何より、貴方が非難すべきなのは私ではありません。
何故貴方はあの方のように愛されようとなさらないのですか。
私は貴方にそれを妨げたことはないのですよ。
アルノルフ：
俺は全力でそうなろうとしてきた。
だが細心の注意を払った揚句、ことごとく無駄に終わってしまった。
アニェス：
そう、あの方は貴方よりその点、ずっとよく判っています。
なぜって、愛されるのにちっとも苦労しませんもの。
アルノルフ：
聞き分けのない娘だ、屁理屈をいってよく返答してくれることよ。
へっ、才女だってこの娘ほどうまくしゃべれまい。
ああ、この娘の性質を心得違いしていた。いや、この点、
馬鹿な女のほうが、道理の分かった男よりカンが鋭いのかも知れない。
そんなに弁舌巧みに言い逃れるなら、
美しき減らず口女よ、こんなに長い間

女房学校　　89

お前のために俺は身銭を割いてお前を養ってきたのではなかったかね。
アニェス：
あの方が、最後の一銭までお返しします。
アルノルフ：
俺の気持ちを逆なでする口答えをいくらでも考え付く。
浮気者め、あの男が全力を以てしても俺に返せるのか
お前が俺に受けた恩義を。
アニェス：
貴方が思うほど私はお世話になっていません。
アルノルフ：
お前を幼い頃から育ててやったのが何でもないだと。
アニェス：
その節はほんとうによくしてくださいました。
私を完全に愛らしく育ててくださいました。
私がそれを自慢に思い、よく考えれば
実はお馬鹿さんなのだと気付かないとでも思うのですか。
私自身、恥ずかしいのです。この年になって
できれば、お馬鹿さんと思われたままでいたくないのです。
アルノルフ：
お前は純真素朴から逃れたい。その代償がいくら掛かろうとも、
あの色男から何がしかを学びたいというのだな。
アニェス：
そうです。あの方からこそ、私は自分が知りたいものを知ることができるのです。
そして、貴方より彼にこそ大いに恩恵を受けていると感じます。
アルノルフ：
殴ろうとする気持ちを、何が押さえているのか分からない、
このやりとりの、心を逆なでする言いぐさへの仕返しに。
この女のしゃあしゃあとした態度を見るとひどく悔しい、
何発かお見舞いしてわが心を満足させてやりたい。
アニェス：
そうお出来になるなら、やってみて下さい。
アルノルフ：
この言葉、そしてこの眼差しが俺の心を弛めてしまう。
そして慈しみたい気持ちを生み出し、

ひどい言い草が撒き散らす毒を俺の心から消し去る。
奇妙なことだ、愛するということは。女に裏切られながら
男たちはこうした弱弱しさに陥るなんて。
誰もが皆、女たちの欠点を知っている。
出鱈目で分別がないのが女だ。
腹黒く、移り気で、
弱くて愚か、それだけがすべてだ。
これほど不誠実なものはない、なのに
世の中の男は、この生き物のために何でもするのだ。
よし分かった、仲直りしよう、さあ可愛い裏切り女よ
お前のことを全て許す、俺の優しさをお前に与える
だから、俺がお前に注いでいる愛情を考えてみてくれ
俺のほうをちゃんと見て、お前の方でも俺を愛しておくれ。
アニェス：
私の心にかけて、貴方の気にいるようにしたいと思います。
そのために、何をしなければいけないの。
アルノルフ：
可愛い子よ、大したことではない、お前さえその気になれば。
(ため息をつく)
この愛の溜息をひとえに聞いておくれ。
この物憂げな眼差しを見ておくれ、俺の姿に見入っておくれ。
そしてあの青二才と、奴がお前に捧げた愛とにおさらばおし、
奴はお前に何かの呪いをかけたのだ、
それにお前は俺といるほうが千倍も幸せになれる。
綺麗な服に身を飾りたいと思うだろう。
お前はそうしたものを身に着けていられる。
絶えず夜も昼も、俺はお前を可愛がる
身体をなで、接吻をし、そこら中なめまわしてやる。
お前が好きなように、振る舞えばよい。
何もガミガミ言わないさ、それでいいだろう。
(脇で)
どこまで情熱というやつはひた走るのか？
つまるところ俺の愛情に匹敵するものはないのだ。
俺の愛情のどんな証拠がほしいというのだ。

女房学校

俺が泣くのを見たいか、俺が自分を叩くのが望みか
頭の毛を掻き毟ればよいのか
自殺しろというのか。そう、こうしてほしいことがあれば皆言ってくれ
なんでもそのようにできるぞ、つれない娘め、俺の心の炎の証(あかし)を示すには。
アニェス：
やめて、貴方のお話はちっとも私の心を打ちませんもの。
オラースだったら、たった二言三言でぐっとくる気持ちを与えてくれますわ。
アルノルフ：
ああ。ここまで俺を無視するとは。ここまで俺を怒らせるとは。
よし元からの方針通りに事を進めよう。この強情な小娘め。
今すぐこの町から出てゆくのだ。
お前は俺の願いを挫いた、俺を最後まで追い詰めた。
しばらく修道院の奥ででも頭を冷やすがよい。

第5場

アラン、アルノルフ

アラン：
どうしたことでしょう、旦那。
アニェス嬢さんが死体と一緒にどこかへ行ってしまったようです。
アルノルフ：
ここにいる。俺の部屋へこれを閉じ込めておけ。
奴はここには探しに来まい。
ほんの一時
ちゃんとした住まいの準備に
馬車を用意してくる。しっかり家の内にいて
ぜったい目を離さないようしろ。
たぶん環境をかえればアレの心も
つまらぬ恋の迷いから覚めるだろう。

第6場

アルノルフ、オラース

オラース：
ああ貴方を探してました、苦痛に打ちひしがれて。
アルノルフさん、天は僕の不幸に止めをさしました。
底意地の悪い運命の矢弾によって
僕を愛するあの女(ひと)から引き離そうとするのです。
父がここに来る途中で一息いれています。
すぐ近くで馬車から降りるのを確かめました。
なんで父がやってくるか端的にいえば、
前はよく判らないと申し上げましたが、
有無を言わせず僕を結婚させるためなのです。
僕の気持ちを察していただけますか、
これほどひどい事態が身に起こったなんて。
昨日僕がお尋ねしたアンリックという奴が
この晴天の霹靂の原因なのです。
奴は父と一緒に僕の破滅をもたらしにやって来ます。
奴の一人娘を僕に押し付けようというわけなんです。
二人の話をちょっと聞いただけで、僕は気を失いかけました。
それ以上耳に入れるのは耐え難く、また
父が貴方のところへ寄ると言ったものですから、
これはまずいと思い、いそいで先回りしたのです。
後生だから、父には絶対何も明かさないでください。
僕らの約束が知れたら、激怒するでしょう。
父は貴方に多大の信頼を寄せているのですから、説得してください
僕の好まない婚姻を執り行うのを思いとどまるよう。
アルノルフ：
よし分かった。
オラース：
考えを変えるよう勧めてください。
僕を支え、この熱い気持ちに味方してください。

アルノルフ：
かならずそうしよう。
オラース：
貴方だけが頼りです。
アルノルフ：
結構。
オラース：
貴方が本当の父親のつもりでいます。
父に言ってやってください、僕ぐらいの年齢では……あっ、やってきた。
僕の言いたいこと、宜しくお願いします。
(舞台の袖にとどまる)

第7場

アンリック、オロント、クリザルド、オラース、アルノルフ

アンリック：(クリザルドに)
貴方を見た途端、
誰に言われずともすぐ分かりました。
愛すべき妹御の面影がそのまま貴方に宿っています、
かつて愛し合った我が妻の。
何と幸せだったことでしょう、あの酷い運命が
私の忠実だった妻を連れ戻してくれていたなら。
互いに心から喜びを味わい
長かった不幸のあと家族みんなで再会できましたものを。
だが、運命と言う避けられぬ力が
永遠にあの優しい人を奪ってしまった以上、
私たちは覚悟を決め、満足するしかありません
残され得た一粒種だけでもって。
貴方は私どもの身内です。貴方の賛同がなければ
残された娘をどうするか決めるのは手前勝手ということになります。
オロントさんの息子という選択は自ずと光栄なものです。
でも、これは私だけでなく貴方にも気に入ってもらわねばなりません。

クリザルド：
これほど似つかわしい御縁を疑うとしたら
私の目が節穴ということになってしまいます。
アルノルフ：
よし、君のための俺の出番だ。
オラース：
もう一度言いますが、どうか……
アルノルフ：
全く心配などするな。
オロント：（アルノルフに）
ああ。この抱擁はなんと愛情に満ちていることか。
アルノルフ：
貴方に会えて、なんと心に歓喜が満ちることか。
オロント：
私がここへ来ましたのは……
アルノルフ：
そのことは言わずとも結構。
理由はよく判っています。
オロント：
もうお聞き及びですか。
アルノルフ：
左様。
オロント：
それは何より。
アルノルフ：
息子さんがこの婚姻に抵抗しています。
先入観があって、嫌でたまらぬようです。
貴方の考えを変えるよう話してくれと頼まれました。
で、この私の貴方への忠告はこうです。
この縁を延ばすのは容認されない、
父親の権威を行使すべきである。
若者は力ずくで従わせねばなりません、
甘い顔を見せるのは彼らのためになりません。

オラース：
ひどい。
クリザルド：
でもどうしても嫌だという気持ちがあるなら
無理やりに事を進めるのもどうですかな。
わが兄弟も同じ考えでは。
アルノルフ：
何ですと。親が息子の言いなりになるというのですか。
父親が息子を従わせられないほどの軟弱さを
持っていていいというわけですか。
全く結構なことですな、今日びの父親は
自分が指示しなければならない相手から指図されるというわけですか。
いや、それはダメ、私の親友の名誉は私の名誉ですからな。
一端発された言葉は、絶対変えずに保ち
堅固な意志でしっかと前を見据え、
息子の我儘は断ち切らねばなりません。
オロント：
その通りです。この婚姻については
私が責任をもって息子を従わせます。
クリザルド：(アルノルフに)
驚きですな、この御縁に対する
貴方の大弁舌
一体どうした風の吹き回しで……
アルノルフ：
自分のしていることはよく判っています。言わねばならぬことを言っているまで。
オロント：
さよう、さよう、アルノルフさん。息子は……
クリザルド：
その名前はご法度ですぞ、
前に申し上げた通り、ド・ラ・スーシュ氏と呼ばねば。
アルノルフ：
いやそれはどうでも。
オラース：
なんてことだ。

アルノルフ：(オラースの方に振り向く)
そうだ、隠していたのだ。
いまや私がやろうとしていることが分かっただろう。
オラース：
ひどすぎる。

第8場

　　ジョルジェット、アンリック、オロント、クリザルド、オラース、アルノルフ

ジョルジェット：
旦那さま、あんたがそばにいないと、
アニェス嬢さんを抑えておくのは難儀だで。
あの娘はすぐ逃げ出そうとするし、
窓からだって身投げしかねませんです。
アルノルフ：
今すぐ、ここへ来させろ。
俺はあの娘を連れてゆく、怒らないことだな。
幸運が続くと人は高慢になる。
そして諺にいうごとく、「人にはだれも得意な時期はある」ものだ。
オラース：
天よ、我が不幸に勝る不幸があるでしょうか。
我が苦境ほどの苦境に陥った者があるでしょうか。
アルノルフ：(オロントに)
式典の日取りを早めなさい。
私も出席します。是非ともそうさせてください。
オロント：
もちろん、そのつもりです。

第 9 場

アニェス、アラン、ジョルジェット、オロント、アンリック、アルノルフ、オラース、クリザルド

アルノルフ：
おいで可愛い子、おいで
俺が手を焼く我儘娘。
お前の色男だ。今までのお礼に、
さっと優雅なお辞儀をしてやるがよい。
さらば。成り行きはいささか君の期待を裏切った。
だが、すべての恋人が満足の得られる結果を得るものでもないのだよ。
アニェス：
こんな風に私が連れ去られるのを黙って見ているの、オラース。
オラース：
何が何だか分からない、僕のショックは大きすぎて。
アルノルフ：
さあ行こう、話し上手なお嬢さん。
アニェス：
ここにいたいわ。
オロント：
一体どうなっているのか、お聞かせいただけませんか。
訳が分からずに皆顔を見合わせております。
アルノルフ：
いずれ時期をみて、ご説明致しましょう。
それまでおさらば。
オロント：
何処へ行こうとなさるのですか。
貴方は何もお話し下さってないではないですか、お聞きしたいのは今なのに。
アルノルフ：
息子さんの文句なぞ無視して、婚姻を進めるよう申し上げたはずです。
オロント：
ええ、でも婚姻を成り立たせるには、
お聞きおよびではないかと思いますが、

その当の娘さんがお宅にいるのですよ。
アンリックさんが、麗しきアンジェリックさんとの
忍ぶ恋で授かった娘が。
貴方のお話は、このことを踏まえてのものなのですか。
クリザルド：
私も訝しく思っていました。
アルノルフ：
何ですと……
クリザルド：
妹は正式に結婚しないまま娘を授かりました
その身の上は一族には隠されました。
オロント：
知られないよう偽名をつけてその子を
夫のアンリックさんは田舎へ養女に出したのです。
クリザルド：
この頃、諍(いさか)いがあって
彼は故国を捨てることとなりました。
オロント：
そして、海原に遙か隔てられたかの地に
渡り、幾多の困難を乗り越えました。
クリザルド：
詐欺や妬(ねた)みにより故郷で奪われた財産を
そこで充分取戻したのです。
オロント：
で、フランスに帰国するや、彼はまず探したのです
自分の娘の運命を託したはずの里親を
クリザルド：
その女は正直に語りました、
四歳のときにその子を貴方に渡したと。
オロント：
ひどい貧乏でどうしようもなく、貴方のお情けにすがったと。
クリザルド：
アンリックさんは、もうこみ上げる思いが一杯になり、
そのまま女にここまで案内させてきたのです。

女房学校

オロント：
女はすぐそばに来ています、
全てを明るみに出すために。
クリザルド：
君の激しい苦痛はおおよそ察しがつく。
だがこの展開はかえって君には好都合だ。
寝取られ男でないことが君にとって一番重要なことであるなら
ピッタリの手段は結婚しないことだからね。
アルノルフ：(気が動転して、言葉も発せられず去ってゆく)
ああ。
オロント：
どうして何も言わず立ち去るのだろう。
オラース：
ああ、お父様。
この謎についてはおいおいはっきり分かります。
貴方の深いお考えが前々から準備していたものを
この場における偶然が仕上げの筆遣いをしたのです。
僕は互いに慈しみ合う情熱の絆で
この美しい人と約束を交わしていたのです。
そして結論からいえば、彼女こそ貴方が探しにきた女性なのです、
僕が頑なに拒否し貴方を怒らせることになったかもしれない、当の。
アンリック：
この子を一目見たときから、つゆ疑いませんでした、
そのまま私は胸が一杯で、魂はわななき続けています。
ああ、私の娘よ。身も心も優しい興奮で震え何も言えない。
クリザルド：
我が兄弟、貴方と同じく私も感動で胸が一杯です。
でも、この場所はいかにも相応しくありません。
家へ入ってこの出来事の縺れを解きほぐしましょう、
あの友が善意でしてくれたこれまでの世話にも何がしか報いましょう。
そして、すべてを最善にしてくださる天の神に感謝致しましょう。

モリエール

スカパンの悪だくみ

[ものがたり]
アルガントとジェロントはナポリの裕福な商人。アルガントの息子オクターブは、親の許しを得ず薄幸な娘イアサントと結婚。ジェロントの息子レアンドルは、ジプシー娘のゼルビネットに恋している。オクターブの守り役シルベストルとレアンドルの守り役スカパンは悪友同士。オクターブ、レアンドルの不品行に親たちはかんかん。そのとばっちりを受けてスカパンはひどい目に会う。息子たちに懇願されたスカパンは、二人の恋路がうまく運ぶようケチな親たちから金を引き出し、また自分の受けた辱めを晴らすべくさっそく行動にかかるが……。

【登場人物】

アルガント…………オクターブとゼルビネットの父
ジェロント…………レアンドルとイアサントの父
オクターブ…………アルガントの息子、イアサントの恋人
レアンドル…………ジェロントの息子、ゼルビネットの恋人
ゼルビネット………エジプト人と思われたが、アルガントの娘と判明
　　　　　　　　　　レアンドルの恋人
イアサント…………ジェロントの娘と判明、オクターブの恋人
スカパン……………レアンドルの守り役、悪知恵にたける
シルベストル………オクターブの守り役、スカパンの悪友
ネリーヌ……………イアサントの乳母
カルル………………スカパン、シルベストルの悪友
二人の人夫

【人物関係図】

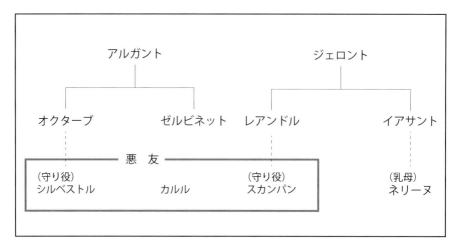

舞台はナポリ

第1幕

第1場

オクターブ、シルベストル

オクターブ：
嗚呼！　恋する心に辛い知らせだ、俺が陥った絶体絶命の窮地。
シルベストル、親爺が帰って来るって港で聞いたって？
シルベストル：
さようで。
オクターブ：
それも今朝着くって。
シルベストル：
それも今朝。
オクターブ：
で親爺は俺を結婚させようっていうんだな？
シルベストル：
さようで。
オクターブ：
ジェロントさんの娘と。
シルベストル：
ジェロントさんの娘と。
オクターブ：
それで娘はタラントからここへ呼ばれてるって。
シルベストル：
さようで。
オクターブ：
お前はその便りを叔父さんから聞いたと。
シルベストル：
叔父さんから。

オクターブ：
親爺は叔父さんに手紙でそれを知らせたと。
シルベストル：
手紙で。
オクターブ：
で叔父さんは僕らの事を全部知っているって。
シルベストル：
僕らの事全部。
オクターブ：
ああ。答えるのはいいが、人の言葉をオウム返しにしないでくれ。
シルベストル：
これ以上何を話せというのです。若旦那は事の次第をよく御存じで。おっしゃることに間違いございません。
オクターブ：
知恵を貸すぐらいできるだろう。この酷い状況に俺がどう立ち向かったらいいか。
シルベストル：
困ってるのはアタシも同じです。こっちこそ誰かに知恵を借りたいほどで。
オクターブ：
親爺が帰ってきたら、とんだ目に会う。
シルベストル：
アタシのほうだって。
オクターブ：
親爺が事を知った時、激しい叱責の嵐が俺の上に突如襲い掛かるだろう。
シルベストル：
叱責なんて何でもありません。その程度で済ませられるなら御の字ですよ。アタシの方は若旦那の向こう見ずのおかげで、高いツケを払うことになりそうです。見えるのです、遠くから 雷 雲のようなものが近づいてくるのが。やがて棍棒の雨霰となってアタシの肩に炸裂する。
オクターブ：
ああ、天よ。我がこの苦境をどう脱したらよいでしょう。
シルベストル：
そんな苦境に陥る前に、よく考えるべきだったですね。
オクターブ：
今さらそんな説教をされてもたまらない。

シルベストル：
若旦那のとんだ行動で、アタシはもっとたまりません。
オクターブ：
どうしたらよいだろう。どんな決断をするべきか。どんな手段に頼るべきか。

第2場

スカパン、オクターブ、シルベストル

スカパン：
オクターブさま、いかがしました。どうしたのです。何か揉め事でも。ひどく慌てたご様子で。
オクターブ：
やあ、スカパン。頭が混乱してしまって。絶望的だ。僕はあらゆる男のなかで一番不運な男だ。
スカパン：
どうして。
オクターブ：
僕の話を聞いてはいないのかい。
スカパン：
はあ。
オクターブ：
親爺がジェロントさんと戻ってきて、僕を結婚させようとしてるんだ。
スカパン：
で、それがどうしたのですか。
オクターブ：
何だ。君は僕の心配の原因を知らないのか。
スカパン：
存じません。でも、教えてくれれば聴きましょう。私は人を慰める力を持つ男ですからね。若い人の問題には気を引かれずにおれないのです。
オクターブ：
ああ、スカパン。君が何か工夫してくれるなら。そう、何かの手立てを考え出し、僕のいまの苦しみを切り抜けられるようにしておくれ。そうしたら一生恩にきるよ。

スカパン：
実のところ、この私がかかわろうとさえすれば、不可能というものはほとんどないのです。おそらく私は、機敏さと閃き（ひらめ）というすごい天分を与えられているのです。そのことを無知な連中は悪巧み、などというのですがね。自慢ではないが、この誇り高い技量において私ほど、名声とどろく者はどこにもいないはずです。しかしながら、その誉れは今日（こんにち）ひどく貶（おとし）められています。そして、ひどく悲しい出来事があってから、私は全てそうした事をやめているのです。

オクターブ：
どうして。何があったのだい、スカパン。

スカパン：
当局と悶着を起こしましてな。

オクターブ：
当局って。

スカパン：
はい、ちょっとしたもめ事を裁判所と起こしまして。

シルベストル：
アンタが裁判所と？

スカパン：
さよう。裁判所は私に対し、実に不躾（ぶしつけ）きわまりない仕打ちを致しました。私は大いに憤慨しました。それで報われることのない、世のため人のための御奉仕についてはもう二度とすまいと決心したのです。もうたくさんだ。さあ、でも貴方のお話をなさってください。

オクターブ：
それがね承知だろう、スカパン。二か月前、ジェロントさんとうちの親爺が一緒に船に乗って旅に出た、二人の商売にからむ何かの取引のために。

スカパン：
知っています。

オクターブ：
で、レアンドルと僕は親爺たちのいいつけで、僕はシルベストルの、レアンドルは君のお目付けに委ねられた。

スカパン：
はい。私は十分自分のお役目を果たしました。

オクターブ：
その後しばらくして、レアンドルはあるエジプト人の若い女性と出会い、恋してしまっ

た。

スカパン：
それも承知です。

オクターブ：
僕らは親友なので、奴はすぐに自分の恋を僕に打ち明けた。そしてその娘に会わせようと連れて行ってくれた。確かに美しい娘だが、でも、彼が僕にそう思ってほしいほどでもなかった。奴は毎日その娘のことしか話さなくなった。しょっちゅうその美しさ、気品を大げさに話し、才知を賞賛し、情熱的に彼女の言葉の魅力を語る。その話すことを一語一句僕に報告するんだ、それが世界で一番才気煥発な話しぶりだと認めさせようとするんだ。時々、反応が足りないじゃないかと僕を非難する。そして絶えず咎める、彼の愛の焔に対しての僕の冷淡さを。

スカパン：
さてさてこの話どこに行きつくやら。

オクターブ：
彼の愛する女性のいる所へ従いていった或る日、さみしい小路の小さな家で、嗚咽の混じった呻き声が聞こえた。僕らはそれが何なのか尋ねた。一人の女が溜息をつきながらこう言った、あそこで旅の方たちの可哀そうな様子が御覧になれますよ、心冷たい人でなければ、胸つまるものがあるはずです、と。

スカパン：
どこまで待てばいいのかな。

オクターブ：
好奇心でレアンドルをせきたてて一体なにがどうしたのか覗いて見ることにした。僕らは家の中に入った、するとベッドに身罷らんとする年老いた女がいた。立ち会っているのは悲嘆に暮れる女中、そして泣き崩れる若い娘。ハッとするほど美しく、何にもましてほろりとさせる娘の姿だった。

スカパン：
はあ。

オクターブ：
ふつうであれば、見苦しく見えたはずだ。何しろ、丈の短い安手のスカートに、粗末な木綿のチュニックだけのいでたち。黄色いコルネット頭巾はめくれ上がり、そのため髪が肩までぱらぱらと落ちていた。そんな風であっても、彼女は実に多くの魅力で輝いていた。愛らしい人となりそのものが現れていたからに他ならない。

スカパン：
だんだんわかってきました。

オクターブ：
あれを見たらスカパン、君だって心打たれたはずだよ。
スカパン：
ええ、そのことをいささかも疑いません。見なくとも、その方(かた)がきわめて魅力的であるのがわかります。
オクターブ：
彼女の涙はいささかも、顔立ちをゆがめるような不愉快な涙ではなかった。震えるくらいに気品があり、苦しみに耐えるその姿は世界で一番美しいものだった。
スカパン：
それも分かります。
オクターブ：
ただただ泣き崩れ、死にゆく体に夢中になって身を投げ、いとしい母の名を呼んでいた。こうした純粋な魂を前にして心を揺り動かされないような人は誰もいまい。
スカパン：
確かに、それは感動的で。そしてその方のにじみでる性格が貴方に恋心を目覚めさせたのですな。
オクターブ：
ああ、スカパン。どんな野蛮人だって彼女を愛さずにはいられまい。
スカパン：
間違いなく。誰もそうせずにはおれませんでしょう。
オクターブ：
この美しい悲嘆にくれる人の悲しみを和らげようと二三言葉を交わしたあと、僕らはその場を後にした。そしてレアンドルに、あの人どう思うと問いかけると、彼は冷たく、まあまあ綺麗だねと答えたんだ。僕はこの返答にむっとした。それで、彼女の美しさが僕の魂に与えた影響を明かすのはやめにした。
シルベストル：(オクターブに)
話を要約しなければ、明日まで掛かってしまいます。二言で終わらせましょう。(スカパンに) 若旦那の心はこの瞬間から燃え上がった。その悲嘆にくれる美しい人を慰めに行かずには、生きてゆけなくなった。でも頻繁に訪れるため女中に断られた。この女中が母親の他界後親代わりとなっていたのだ。こうしてこの方は絶望状態になった。相手を急き立て、せがみ、懇願した。でも何にもならない。向こうは言うのだ、このお嬢さんは、財産も後ろ盾もないが、ちゃんとした家の出で、結婚しない限り追いかけることは止めていただきたい、と。恋心は困難さゆえいっそう増してゆく。若旦那は頭のなかでいろいろ考えた。自分に問いかけ、方法を探し、迷い、ぐらつき、

ためらい、そして決めた。こうして結婚して三日たったというわけ。
スカパン：
なるほど。
シルベストル：
しかし、あと二か月はあると思っていた大旦那の予想外の帰宅がこれに追い打ちをかける。結婚の秘密を叔父さんが知り、またジェロントさんがタラントで内密に持った二番目の奥さんとのあいだに設けた娘を、若旦那に娶らせようという話が持ち上がった。
オクターブ：
おまけに、このいとしい人にはお金が全くなく、何らかの援助をするには僕は無力極まりない。
スカパン：
それだけの話ですか。取るに足らないことで大の男が二人、すっかりしょげている。そんなことで怯えてるなんて。お前、恥ずかしくないのか、こんな些細なことで役に立たないなんて。なんてこった。お前はおっさん、おばさんのようにブクブク太っているくせに、頭のなかで何か巧妙な計略なり、何かまともなささやかな策略を、生み出すこともできないのか。この、トンマ。昔はよくああした老人たちをだますよう、みんな俺に頼んできたものさ。俺はあいつらをやすやすと欺くことができた。そして、この才覚でもって、一目置かれていたもんだ。
シルベストル：
天がオイラにはそんな才能を与えてくれなかったのは認める。そして、お前さんと違って裁判所と悶着を起こす気がないこともな。
オクターブ：
いとしいイアサントが来た。

第3場

イアサント、オクターブ、スカパン、シルベストル

イアサント：
ああ。オクターブ、本当なの、シルベストルがネリーヌに言ったことは。お父様が帰ってきて、貴方を結婚させたがっているって。
オクターブ：
ああ、美しいイアサント。この知らせは僕にも凄い衝撃だった。おや、どうしたの。

泣いているね、その涙は何故。言っておくれ、何か不誠実があると疑っているのかい。僕が君に捧げる愛を信じているのではなかったのかい。
イアサント：
ええ、オクターブ。貴方が私のことを愛しているって信じているわ。でも、貴方がいつまでも私を愛してくれるかどうかは分からない。
オクターブ：
ああ。生涯をつうじて愛さずして、どうして愛するなんてできるだろうか。
イアサント：
オクターブ、こんな話を聞いた。あなた方男性は私たち女性より長く愛し続けることはないって。殿方が見せる熱情はそれが生まれたのと同じく簡単に消えてしまう焔のようなものだって。
オクターブ：
いとしいイアサント。僕の心は他の男のそれのようにできてはいない。僕の気持ちは不動だ、墓まで君を愛するものと真剣に思っている。
イアサント：
その通りに感じておられるのでしょうね。貴方の言葉にうそ偽りがないことをいささかも疑いません。でも、貴方が私に対して持ってくださる愛の感情を妨げかねない大きな影が忍び寄っている気がして。貴方はお父様に勝てない。そのお父様は貴方をほかの人と結婚させたく思っているのでしょ。万一そのような不幸がやってきたら、私は死んでしまうわ。
オクターブ：
いや、美しいイアサント。君に誓った僕の気持ちを、父が変えることはできない。君と別れるぐらいなら、僕は故国も、いやこの人生さえ捨てるつもりだ。周りが勝手におぜん立てした娘を僕は見ていない。でも身の毛のよだつ嫌悪感を抱いている。海が永遠にその相手を引き離してくれたらと願うほどだ。だから泣かないで、お願いだ、優しいイアサント。だって、君の涙は僕を打ちのめしてしまうのだから。僕は君の涙を胸の痛みを感ぜずには見ることができない。
イアサント：
貴方がそう望まれる以上は、私は涙を拭きましょう。そして私はしっかりと天がどういう裁きをなさるのか見守ります。
オクターブ：
天は僕らの味方をしてくれるよ。
イアサント：
若し貴方が私に誠実であれば、天は私に意地悪したりなさらないでしょう。

オクターブ：
僕はきっと誠実にしている。
イアサント：
だったら嬉しいこと。
スカパン：(脇で)
この娘、それほど愚かではないぞ。悪くない。
オクターブ：(スカパンを示し)
僕らの必要なときに素晴らしい援軍になってくれる男だ。
スカパン：
私はもう世間に介入しないという大きな誓いを立てております。でも、お二人が私に強く頼んでくるのなら或いは……
オクターブ：
ああ。熱心に頼めばいいというなら、僕らの道先案内をしてくれるよう心からお願いするよ。
スカパン：(イアサントに)
で貴方は私に何も言わないのですか。
イアサント：
私もお願いします。この方の例にならって。貴方の世界で一番大切なものに誓って、私たちの愛に貴方の力を貸してくださるよう。
スカパン：
そこまで言われたらひと肌脱がないわけにはゆかない。よし、あなた方のお役に立ちましょう。
オクターブ：
誓って……
スカパン：
しっ。(イアサントに) お行きなさい。そして休んでいて。(オクターブに) そして貴方は、しっかりと覚悟を決めて、お父上の到着に備え準備をなさい。
オクターブ：
親爺が来ると思っただけでつい震えてしまう。俺はもともと臆病なのだ。
スカパン：
でも最初に向かい合う時は、断固とした様子を見せねばなりません。そうしないと貴方の弱さに付け込んで、父上は貴方を子供のように扱おうとなさいますからな。では、練習して、場を収めるようやってみましょう。大胆に、そして親爺さんが貴方に言うだろう全てのことに関し、キリッと返答するつもりで。

スカパンの悪だくみ

オクターブ：
出来るだけやってみよう。
スカパン：
少し、貴方の役割の稽古を。慣れるために。ちゃんとやれるか見てみましょう。さあ、毅然とした顔つきをして。昂然と頭を上げて。堂々とした眼差しで。
オクターブ：
こんなふうに。
スカパン：
もうちょっと。
オクターブ：
これでは。
スカパン：
それでいい。私を帰ってきた父上だと思ってください。私にしっかりと答えてください。父上に答えるのだと思って。「何だと、ろくでなし。下郎、極悪人め。ワシのような父親にふさわしくない息子だ。貴様よくもしゃあしゃあとワシの目の前に出て来れるな。結構な品行、ワシの留守に付け込んだ卑劣な所業の後で。一生懸命育ててやった揚句がこれか、ならず者め。これがワシの教育の成果か。お前がワシに当然払うべき敬意か。お前がワシに示す尊敬か」さあ応じて。「お前は無礼者、ペテン師だ。父の同意を得ずに内密の結婚契約を結ぶなどとは。答えろ、この与太者、答えるんだ。ちっとはお前の手前勝手な都合の良い理由を編み出して見ろ」まあ、なんてことですか。おどおどしたままではないですか。
オクターブ：
親父の声をそのまま聞いているように思えてしまって。
スカパン：
そう。だからこそ立ち向かうようにしなけりゃいけないのです。
オクターブ：
断固とした態度をとるようにしよう。しっかりと答えるぞ。
スカパン：
頑張って。
オクターブ：
判った。
シルベストル：
お父様がやって来ましたよ。

オクターブ：(逃げだす)
ああ、何たること。もう駄目だ。
スカパン：
ほら、オクターブさま。残りなさい。オクターブさん。ああ、逃げてしまった。何と情けない。まあ、老人を待たせるのはよそう。
シルベストル：
オイラはあの人に何ていえばいいんだ。
スカパン：
俺に任せろ、この俺に。後についてくるだけでよい。

第4場

アルガント、スカパン、シルベストル

アルガント：(一人だと思って)
こんな仕業は前代未聞だ。
スカパン：(シルベストルに)
もう事態を知っている。そのことが頭にこびりついて、声高に独り言を言っているのだ。
アルガント：(一人だと思って)
大変な無鉄砲だ。
スカパン：(シルベストルに)
少し聞いていよう。
アルガント：(一人だと思って)
このひどい結婚をあいつらはどう抗弁するのだろう。
スカパン：(脇で)
そのことでしたら考えてます。
アルガント：(一人だと思って)
あいつらはあくまでシラを切り通すだろうか。
スカパン：(脇で)
いいえ、そのつもりはございません。
アルガント：(一人だと思って)
それとも、言い逃れしようとするだろうか。

スカパン：(脇で)
そいつはありえますな。
アルガント：(一人だと思って)
根拠のない話でワシの注意をそらし、時間を浪費させようとするのだろうか。
スカパン：(脇で)
そうかもね。
アルガント：(一人だと思って)
いくらぐだぐだ言ったって無駄だぞ。
スカパン：(脇で)
さあどうですか。
アルガント：(一人だと思って)
あいつらが何と言っても、けっして騙されないぞ。
スカパン：(脇で)
何事も断言するのは止めましょう。
アルガント：(一人だと思って)
ワシはあの極悪人である息子を牢獄へ送ってやることだってできるのだ。
スカパン：(脇で)
そのことに充分対処いたしましょう。
アルガント：(一人だと思って)
そしてあのシルベストルのごろつきめは、さんざ打ちのめしてやる。
シルベストル：(スカパンに)
やっぱり恐れていたことが現実になりそうだ。
アルガント：(シルベストルを見つけて)
ああ、あ。ここにいたのか。思慮深い家庭の養育係どの、若者の良き指導者どの。
スカパン：
大旦那、御帰還にお目もじ得て、大層うれしゅうございます。
アルガント：
やあ、スカパン。(シルベストルに)お前は本当にけっこうなやり方でワシの命令に従ってくれたな。息子はワシの留守のあいだに賢明にふるまったもんだ。
スカパン：
お見かけしたところ、お体の具合もよろしいようで。
アルガント：
まあな。(シルベストルに) 何も言わんな、与太者。何か言わんか。

スカパン：
ご旅行はいかがでしたか。
アルガント：
そりゃまあ、結構だった。すこし黙ってくれ。どやしつけるんだ。
スカパン：
たしなめたいと。
アルガント：
ああ、罵倒してやりたい。
スカパン：
で誰をですか、旦那。
アルガント：（シルベストルを指して）
このならず者だ。
スカパン：
なぜ。
アルガント：
お前はワシの不在中に起こったことを、聞いてはいないのか。
スカパン：
何かささいなことが話されるのを聞きました。
アルガント：
なんだと、何かささいなことだと。このやり口がか。
スカパン：
もちろん貴方さまには一理あります。
アルガント：
勝手気まま放題しおって、ふざけるな。
スカパン：
ごもっとも。
アルガント：
父親の同意なくして結婚する息子だぞ。
スカパン：
ええ。確かにおっしゃる通りで。でも、やたらに騒ぎ立てないのがよろしいかと。
アルガント：
その意見には賛成できない。ワシは思う存分騒ぎ立ててやりたい。え、ワシが怒って当然という理由があるだろう。

スカパン：
いえもちろん。そのことを知った際、私だって腹を立てました。旦那のお立場を考えたら、思わず言葉が出ました、たしなめました。ご本人に聞いてみてください、私がどれだけ厳しく意見したか。その足元に接吻しなければならないはずの父親に対して払う尊敬があまりに欠けていると、言い聞かせたかを。たとえ貴方ご自身だったとしても、あれほどきちんと諭すことはできなかったでしょう。でもそれが何ですか。私は事情を知りました。そして、こう考えました、心根においてあの方は人が考えるほど間違ってはいないと。
アルガント：
何を言おうというのかね。いきなり見知らぬ相手と結婚しようとするのが、そんなに間違っていないだと。
スカパン：
そうではありません。息子さんは運命に駆り立てられたのです。
アルガント：
ああ、あ。こいつは世にも希なる理屈だ。考えられるかぎりの重罪を、詐欺、窃盗、殺人をした挙句、運命に駆り立てられたと弁明するようなものだ。
スカパン：
それは深く考えすぎです。私が言いたいのは、息子さんはどうしようもなく事態に深くかかわってしまったということです。
アルガント：
なぜ息子はかかわったのだ。
スカパン：
息子さんが貴方と同じように賢いとお思いですか。若者はしょせん若者です。道理をわきまえたことしかしないといった、慎重さなど持ってはいないのです。その例がうちの若旦那、レアンドルさまです。私の忠告にもかかわらず、あの方は私の教えにもかかわらず、貴方の息子さんよりもっと悪く、振る舞っておしまいになった。そもそも貴方さまご自身だって若い頃がおありになった。その頃、ほかの連中とおなじ脱線行為をなさったのじゃありませんか。私は聞いたことがあります。貴方さまも昔は悪い仲間と女遊びをなさった、と。その当時の伊達女たちとみだらなことをなさったと。とことんやらねば気が済まなかったと。
アルガント：
それは確かだ。認めよう。だが、ワシはいつも粋に徹していた。息子がやったようなところまで逸脱することは断じてなかった。

スカパン：
どうすればよかったのですか。息子さんは若い女に出会い惚れられたのですよ。（なにしろ貴方のお子さんですからね、どんな女に惚れられたっておかしくありません）。息子さんもその女を憎からず思った。それで何回か家を訪れた。甘い言葉をささやき、悩ましげに溜息をつき、その場限りの誠意を見せる。女はその気にさせられる。そこで大胆に事を推し進める。二人でしっぽりやっていたとき、驚いたことに両親が現れ、手に凶器をもち、無理やり結婚を迫る次第。

シルベストル：（脇で）
さすがうまく言いくるめる。

スカパン：
息子が殺されてよかったのですか。死んでしまうより、結婚させられる方がよくはありませんか。

アルガント：
そんな風に事が進んだとは誰も教えてくれなかった。

スカパン：（シルベストルを指して）
この男に聞いてみてください。違うとは言わないでしょう。

アルガント：（シルベストルに）
奴は無理やり結婚させられたのか。

シルベストル：
はい、大旦那さま。

スカパン：
どうしてこの私が嘘をつきましょうか。

アルガント：
だったらすぐ公証人のところへいって、無理やりの結婚だったと主張すべきだった。

スカパン：
息子さんはそれを望みませんでした。

アルガント：
そうしたらもっと容易にこの婚姻を破棄することができただろうに。

スカパン：
この結婚を破棄する。

アルガント：
ああ。

スカパン：
貴方はそれを破棄なさいません。

アルガント：
ワシがそれを破棄しないだと。
スカパン：
ええ。
アルガント：
何でだ。ワシが自分の息子に父親としての権利を持たぬとでも。息子になされた非道を正すことができぬと。
スカパン：
息子さんがそれを承知なさりますまい。
アルガント：
息子がそれを承知せぬだと。
スカパン：
はい。
アルガント：
ワシの息子が。
スカパン：
貴方の息子さんが。大旦那、お望みですか、息子さんが「怖かった、それで無理やり事を進められた」と白状することを。あの方はそれをとくと考えて止めたのです。そんなことをしたら、自分が傷つくことになり、父親である貴方さまにふさわしくない息子であるのを示すことになってしまいますからね。
アルガント：
そんなことはどうでもいい。
スカパン：
ご本人のそして貴方の名誉のためにも、自分が結婚したのは自分の意志によるものだと息子さんは見栄を切らねばならないのです。
アルガント：
このワシは、ワシの名誉と息子自身のために、それと反対のことを言ってもらいたい。
スカパン：
いいえ、息子さんはそうはなさいません。
アルガント：
そうさせてやる。
スカパン：
そうはなさらないと、申し上げます。

アルガント：
そうさせる、でなければ相続権を剥奪してやる。
スカパン：
あなたが。
アルガント：
ワシが。
スカパン：
へへえ。
アルガント：
何がへへえ、だ。
スカパン：
貴方は相続権を息子さんから剥奪することをなさいません。
アルガント：
ワシが息子から相続権を剥奪しないだと。
スカパン：
はい。
アルガント：
はいだと。
スカパン：
はい。
アルガント：
滑稽な。なんと馬鹿げたことだ。ワシが息子から相続権を剥奪しないだと。
スカパン：
ええ、そう申し上げます。
アルガント：
どうしてそうなる。
スカパン：
貴方さまご自身のゆえに。
アルガント：
ワシのゆえ。
スカパン：
はい、貴方はそんなお心を持ち合わせておられません。
アルガント：
ワシは持っている。

スカパンの悪だくみ　119

スカパン：
御冗談を。
アルガント：
冗談ではない。
スカパン：
父親としての愛情がご自分のなすべき務めを果たすようにするはずです。
アルガント：
そんなことはない。
スカパン：
あります、あります。
アルガント：
そうじゃないと言っておく。
スカパン：
莫迦な。
アルガント：
莫迦なことなど言っていない。
スカパン：
でも。私は貴方さま生来の良いご性格を存じております。
アルガント：
ワシは良い性格などではない。場に応じて非情になれる。この話は終わりだ。胆汁が煮えてくるからな。(シルベストルに) とっとと行け、極悪人。あのバカ息子を探してこい。その間、ワシはジェロントさんに会って、この不始末を話しておこう。
スカパン：
旦那。何か私で役に立つことがありましたら、何でもお命じくださいませ。
アルガント：
ありがとうよ。(脇で)ああ。なんで息子一人だけなのか。天が私から取り上げなさった娘がいたら、相続人にできるものを。

第5場

スカパン、シルベストル

シルベストル：
本当にお前さんは大した奴だよ。取りあえずうまく行った。でも一方で、金のことで

は、こっちには火がついている。まわりの至る所、わめいている連中ばかりだ。

スカパン：

俺に任せておけ。段取りは考えた。今はただこの頭のなかで頼めそうな奴を探しているところだ。そいつに俺が考えてる役を演じてもらうのだ。いや待てよ、ちょっとそのまま。ごろつきかなんかのように、お前その帽子を深くかぶってみろ。足を開いて傲然と身構えるんだ。片手を脇腰に当てて。目を怒り狂わせて。芝居の王様のようにどっしり歩け。そうそうそれでいい。俺について来い。お前の顔つきと声をうまく変える指導をしてやる。

シルベストル：

頼むから、裁判所と揉めごとを起こすようなことはさせないでくれよ。

スカパン：

さあさあ。同志として危険は分かち合おう。ガレー船での二、三年の苦役など、この逸る気高い心を留められはしないさ。

第2幕

第1場

ジェロント、アルガント

ジェロント：
おそらく、この天気からすれば、娘たちを今日中に迎えられるでしょう。タラントから来た水夫が、乗船しようとしているうちの下男を見たそうです。だが、せっかく私の娘がやってくるのに、うまくゆかないものですな。息子さんがそんな状態では、私たちの目論見はご破算で。

アルガント：
御心配なさるな。この厄介ごとは、必ず私がひっくり返します。直ぐにとりかかりますよ。

ジェロント：
なるほど。あのアルガントさん、申し上げてもよろしいですか。子弟の教育は非常に打ち込まねばならない事柄ですよね。

アルガント：
もちろん。それが何ですか。

ジェロント：
若者の品行の悪さは、先ずもってその父親の悪い教育からくるということです。

アルガント：
かもしれません。だがそれで何を仰りたいので。

ジェロント：
私が言いたいことですか。

アルガント：
ええ。

ジェロント：
父親としてちゃんと指導していたら、貴方にしたような仕打ちを息子さんはしなかったでしょうよ。

アルガント：
なるほど。それで貴方のほうは、自分の息子さんをきちんと指導できているのですか。
ジェロント：
まあね。息子がそれに近い事でもしでかしたら、ただじゃ置きません。
アルガント：
で、ちゃんとした父親として、それほどよく躾(しつ)けた息子さんが、うちの息子より品行悪くしていたとしたらどうですか。
ジェロント：
何ですと。
アルガント：
何ですととは。
ジェロント：
どういう意味ですか。
アロガント：
つまりですな、ジェロントさん、他人のやり方を軽々しく非難してはならないという事です。人の悪口をいうなら、自分の側(がわ)に不都合がないかはっきり見定めねばなりません。
ジェロント：
その謎がいささかも理解できませんが。
アルガント：
誰かが説明してくれるでしょう。
ジェロント：
うちの息子のことで何か噂を聞いたのですか。
アルガント：
それもあり得ますな。
ジェロント：
そりゃまた何を。
アルガント：
嘆き苦しんでいる私を見て、お宅のスカパンが、ちらっと教えてくれたのですよ。詳しいことは、彼か誰かからお聞きになるとよい。私は対策を講じに、弁護士のところへ相談に参ります。ではまた。

第２場

レアンドル、ジェロント

ジェロント：（ひとり）
一体何だろう。もっと悪い品行、だと。あの人の息子よりまずいことなど、誰もできようがないと思うが。父親の同意なくして結婚するなど、あり得るか。ああ、あいつめがやってきた。
レアンドル：（走って来て、父を抱擁しようとする）
ああ、お父さま。あなたの御帰還をいかに喜びますことか。
ジェロント：（抱擁を拒否して）
待て。ちょっと話しがある。
レアンドル：
どうか抱擁をお許しください。そして……
ジェロント：（彼をふたたび押しのけて）
待て、といっただろ。
レアンドル：
えっ、お父さま。僕の愛情の抱擁をはねつけるのですか。
ジェロント：
ああ。まず解きほぐさねばならぬことがある。
レアンドル：
なんですって。
ジェロント：
そのままワシがお前をしっかと見れるようにしろ。
レアンドル：
何ですって。
ジェロント：
まじまじとワシを見てみろ。
レアンドル：
どうして。
ジェロント：
ここで何が起こったのだ。
レアンドル：
何が起こった。

ジェロント：
ワシの不在中、お前は何をした。
レアンドル：
お父さん、僕は何をすればよかったのでしょう。
ジェロント：
よかった、じゃない。お前がしたことを尋ねているのだ。
レアンドル：
僕は、貴方がお怒りになるようなことは何もしていません。
ジェロント：
何もだと。
レアンドル：
ええ。
ジェロント：
随分な自信だな。
レアンドル：
断じてそう申し上げます。
ジェロント：
だがスカパンがお前のことを言っている。
レアンドル：
スカパンが。
ジェロント：
ああ、あ。その言葉で赤くなった。
レアンドル：
奴が父上に僕のことで何か言ったのですか。
ジェロント：
こうした問題をほぐすには、この場所はふさわしくない。他の場所でやろう、家に行こう。ワシはすぐに戻ってくる。ああ、裏切り者め。お前がワシの名誉を傷つけたりしたら、お前を息子として認めない。そして、永遠に親子の縁を切るから覚悟しろ。

第3場

オクターブ、スカパン、レアンドル

レアンドル：(ひとり)
こんな風にして俺を裏切るとは。奴こそ、何があっても俺の秘密を守る人間であるはずなのに。そいつが真っ先に親爺に洩らすなどとは。ああ。俺は神に誓う、この背信は罰せられないままであってはならぬ。

オクターブ：
ありがとうスカパン。君の助けがなかったらと思うと。君は何て素晴らしい人間なんだ。きっと、天が僕のために君を送りこんできてくれたのだ。

レアンドル：
ここにいたな、ごろつきめ。お前に会うのをどれだけ夢見た事か。

スカパン：
旦那さま、忠実なしもべでございます。

レアンドル：(手に剣をもって)
不愉快な冗談をいうのか。教えてくれよう……。

スカパン：(膝をついて)
若旦那。

オクターブ：(二人の間に割って入って、レアンドルがスカパンを突くのを妨げる)
まあ、レアンドル。

レアンドル：
だめだ、オクターブ。止(と)めないでくれ、お願いだ。

スカパン：(レアンドルに)
もし、旦那さま。

オクターブ：(レアンドルを引きとめて)
頼むから。

レアンドル：(スカパンを突こうとして)
僕の恨みを晴らさせてくれ。

オクターブ：
友情の名にかけて、レアンドル、スカパンに剣を振うな。

スカパン：
若旦那。私が何をしたというので。

レアンドル：(突こうとして)
お前がしたことは、この裏切り者。
オクターブ：(引きとめて)
ねえ、穏やかに。
レアンドル：
いや、オクターブ。今すぐこいつが僕にした背信行為を白状させたい。そうだ、このろくでなしめ。俺のことで陰口をきいたな、ついさっき知らされた。俺がそれを知るとは思っていなかったのだろうよ。だがそれを、お前自身の口からじかに白状させたい。さもなければ、この剣を貴様の身体に刺し通す。
スカパン：
ああ、若様。白状しろと。
レアンドル：
さあ話せ。
スカパン：
私が貴方に何をしたというのですか。
レアンドル：
ろくでなし。自分の胸に手を当てて考えろ。
スカパン：
私には覚えがございません。
レアンドル：(彼を突こうと前に進む)
覚えがないだと。
オクターブ：(引きとめて)
レアンドル。
スカパン：
わかりました。それなら申し上げます。何日か前にどなたかから頂いた樽詰めのスペインワインを、私めは仲間と飲んでしまいました。樽に裂け目を入れ、水を周りに撒いて、ワインが流れてしまったとみせかけたのはこの私です。
レアンドル：
お前だったのか、この極悪人。盗人(ぬすっと)よろしくスペインワインを飲んだのは。俺は女中の仕業だと思って、ひどく叱ってしまった。
スカパン：
はい、若旦那。申し訳ございません。
レアンドル：
それはいいことを聞いた。だがいま問題にしているのはそれじゃない。

スカパン：
それじゃないですと。
レアンドル：
ああ。俺がこだわっているのは別のことだ。それを俺に言うのだ。
スカパン：
若様。他には何も覚えがありませんが。
レアンドル：(スカパンを突こうとする)
言いたくないと。
スカパン：
そんな。
オクターブ：(レアンドルを捕えて)
二人とも。
スカパン：
では、若様。三週間前、お言いつけで晩におそく、例のエジプト嬢さんに時計を持って行くことになりました。私はすっかり泥で衣服を汚し、顔を血だらけにして、お屋敷に戻ってきました。夜盗に出くわし、さんざん殴られ時計を取られたと申し上げました。でも私が頂戴したのです。
レアンドル：
俺の懐中時計を盗ったのはお前か。
スカパン：
はい、時間を知りたいがために。
レアンドル：
ああ、あ。結構なことを聞いたぞ。俺はまこと忠実な側近をもったものだ。だが俺が聞いているのはそれでもない。
スカパン：
それでもない。
レアンドル：
ああ。不実者め。お前に吐かせたいのは、もっと別のことだ。
スカパン：(脇で)
ちぇっ。
レアンドル：
早く話せ。急いでいる。
スカパン：
若旦那。これで私がしたことは全てです。

レアンドル：（スカパンを刺そうとして）
全部だと。
オクターブ：（前に身を乗り出し）
待て。
スカパン：
そういえば、若様。覚えておられるでしょう。あの狼男のこと。六か月前の夜、さんざん棒で貴方が打ち据えられた。で貴方は逃げる時穴倉に落っこちて、あやうく首を折ってしまうところでした。
レアンドル：
それが。
スカパン：
御主人さま、実はあれは私なんで。
レアンドル：
お前だったのか。狼男に変装していたのは。
スカパン：
はい、若様。貴方を怖がらせたかったもので。そしたら、夜中のお使いになど出されずにすむと思いまして。
レアンドル：
よく覚えておこう。いま聞いたことはすべて、いずれ改めて始末をつける。だが俺はお前が俺の親爺に吹き込んだことを、ありのまま白状させたいのだ。
スカパン：
お父上に。
レアンドル：
ああ、ペテン師め。親爺にだ。
スカパン：
お帰り以来一度も会ってはおりませんが。
レアンドル：
会ってないだと。
スカパン：
はい、若旦那。
レアンドル：
確かか。
スカパン：
確かです。大旦那にじかに確かめてください。

レアンドル：
しかし俺がそれを聞いたのは親父の口からだぞ。
スカパン：
失礼ながら、本当のことをおっしゃらなかったのでしょう。

第 4 場

カルル、スカパン、レアンドル、オクターブ

カルル：
旦那、貴方の愛に水差すゆゆしきことが。
レアンドル：
何だ。
カルル：
例のエジプト人たちがゼルビネットさんを貴方から離そうとしています。本人から、目に涙を浮かべて、頼まれました。すぐに貴方に伝えてくれと。二時間以内に、連中に要求どおりの金額をもって来ねば、永久に貴方は彼女を失うと。
レアンドル：
二時間以内に。
カルル：
二時間以内に。（去る）
レアンドル：
ああ、お願いだよスカパン。君の助けが必要だ。
スカパン：（相手の前を傲然と通過して）
「ああ、お願いだよスカパン」ですか。いざ困ると、私は「お願いされるスカパン」ですか。
レアンドル：
お前がさっき僕に言ったことは全て許してあげる。もっとひどいことをやっていたとしても、許してあげる。
スカパン：
いや、いや。ご容赦いただかなくとも結構です。私の体に剣を貫いてください。貴方に殺されれば本望です。
レアンドル：
そんな。僕の愛に役立つことで、僕に力を与えておくれ。

スカパン:
いいや。貴方は私を殺した方がよろしいでしょ。
レアンドル:
君はとても貴重な人間だ。端々に現れる、そのみごとな天分を僕のために使ってほしい。
スカパン:
いいや。一息に殺ってくださいましな。
レアンドル:
ああ、お願いだから。そんな風に考えないでくれ。僕の頼みを聞いてくれよ。
オクターブ:
スカパン。何とかしてやってくれ。
スカパン:
あんな侮辱を受けたあとでそんなことができるでしょうか。
レアンドル:
興奮しすぎたことは重々謝る、だから君もその才能を僕に貸してくれよ。
オクターブ:
僕からもお願いする。
スカパン:
心にあの侮辱が残っています。
オクターブ:
恨みは忘れてやってくれ。
レアンドル:
僕を見捨てるつもりか、スカパン。僕の愛がこんなむごい極限状態に陥っているのに。
スカパン:
突然あのように人前での侮辱をしておきながら。
レアンドル:
悪かった。反省している。
スカパン:
人をごろつき、ペテン師、極悪人、卑劣漢呼ばわりしておきながら。
レアンドル:
全く以て後悔している。
スカパン:
その剣で私の体を貫こうとしたのですよ。

レアンドル：
心から謝る。跪(ひざまず)いて詫びろというなら、そのようにする。だからスカパン、もう一度言う、僕を見捨てないでおくれ。

オクターブ：
ああ、確かに。スカパン、聞いてやってくれよ。

スカパン：
立ってください。念を押しますが、こんどはそんなせっかちにならんでくださいよ。

レアンドル：
僕のために働いてくれると約束するんだな。

スカパン：
考えてみましょう。

レアンドル：
でも時間がないのだ。

スカパン：
そんなことは心配しなさんな。いくら要るのですか。

レアンドル：
500エキュ。

スカパン：
で貴方は。

オクターブ：
200ピストール。

スカパン：
その金額は貴方がたの父親から引き出しましょう。（オクターブに）貴方の分については、やり方はすでに見つけてあります。（レアンドルに）貴方の父親のほうは、最高のケチであるにもかかわらず、まだ仕掛けが少なくて済む。というのは、御存じのように、知恵の点では、神のおかげか、あの方はうすっぺらなものしか持っていません。こちらがやろうとすることをいつでも簡単に信じこませることができます。こう言ったからといって、気分を悪くしないでください。父上と貴方とではその点、全く違うのですから。周りの人たちの評判をご存じでしょう。あの人は形だけでしか貴方の父親らしくないと。

レアンドル：
そいつはひどいぜ、スカパン。

スカパン：
まあ。その点は気兼ねなさるのも当然です。苦笑いですね。おや、オクターブさまの

父上がやって来ました。出会った順番、あの人から始めましょう。二人とも行って。（オクターブに）シルベストルに出番だと伝えてください。

第5場

アルガント、スカパン

スカパン：（脇で）
何か考え込んでるぞ。
アルガント：（一人だと思って）
あの品行の悪さと思慮の無さ。とんだ約束を交わしおって。ああ、軽率な豚児め。
スカパン：
旦那、私めでございます。
アルガント：
やあ、スカパン。
スカパン：
御子息のことで考えあぐねていらっしゃるので。
アルガント：
実にそのことでうちひしがれておる。
スカパン：
旦那、人生は思いもかけぬ面倒だらけです。いつもその心構えをしているのがよろしい。ずっと前に聞いたことがあります、古人の格言を。そして私はそれを記憶にとどめているのです。
アルガント：
どんな。
スカパン：
つまり、家庭の長がいったん家を後にするや、家長たるもの帰ったとき遭遇するかもしれぬ困った出来事に対し心構えをしておらねばならぬと。家が焼けているかもしれないし、財産が盗まれているかも、妻が死んでいるかもしれない、息子が手足を折っているかも、娘が誘惑されているかもしれない。それがいささかも起こっていなかったとわかれば、当人は自分が幸運に恵まれていると今さらのように思うことであろう。私に関していえば、我がささやかな人生観に照らし、この教訓をいつも実践しています。で、私が家に戻るときはいつも、主人の立腹があるものと思っています。叱責、侮辱、足から尻への一撃、棒での連打、革帯での折檻。それで、そうしたものがやっ

てこないときには、自分の運命に感謝するのです。
アルガント：
結構なことだな。だが、両家が望ましいと考えている結婚を混乱させるこの腐り合いは、わしが我慢することのできぬものだ。それをぶち壊すために今弁護士のところへ行ってきたのだ。
スカパン：
旦那さま。私のいうことを信じていただけるなら、他の手段で事態を収拾するのがよろしいですよ。この国における訴訟がどんなものかご存じでしょう。なのに、とんでもない藪の中に入りこもうというのですか。
アルガント：
確かにお前の言うとおりだ。だが他に道はあるか。
スカパン：
ひとつ見つけました。先ほど旦那がひどく悲しんでおられるのを見て、いたたまれず、私も懸命に貴方をお救い申し上げる方法を考えたのです。誠実な父親が息子のことを心配する様はじつに感動的なものです。それに、私はずっと、貴方さまのお人柄に尊敬の念を抱いております。
アルガント：
それはうれしいことだ。
スカパン：
それで私は御子息の結婚相手の娘の、兄を探しに行きました。こいつが百戦練磨の猛者、剣の使い手で、口を開けば殺してやるでして、人殺しを酒一杯ひっかけるのと同じに思っている、良心の呵責などこれっぽっちも持たない奴です。この結婚のことで奴と会いました。暴力行為によってもたらされたこの結婚を破棄するのに、如何にこちら側の言い分が通りやすいか、分からせたのです。貴方の父親としての特権がまずあり、いざ裁判となれば、貴方に与えられる権利、貴方のお金、貴方の有力な友人がものを言うと説きました。ついに相手も私の言葉に聞く耳をもつようになり、いくらかの金額でうまく折り合いをつけるところまで漕ぎつけました。奴は結婚を破棄することに合意してもいいと言ったのです。ただし、貴方が奴に金をやるという条件で、のことですが。
アルガント：
いくら奴は要求した。
スカパン：
なんと、法外なものを。

アルガント：
なんだと。
スカパン：
常軌を逸したものを。
アルガント：
それで。
スカパン：
500から600ピストール以下ではだめだと。
アルガント：
500から600回ぶり返す熱病にかかってくたばってしまえ。何とも人を馬鹿にしているではないか。
スカパン：
私もそう言いました。そんな申し出は鼻からお断りだと。そして、お前に500から600ピストールをくれてやるほど旦那は能天気でない、と言ってやりました。ついに、いくらかのやりとりの後、次のように相手は折れてきました。「軍務に服さねばならぬ時がきた。このあと戦さの身支度をせねばならない。金がなにがしか必要だから、意には沿わぬが、お前の申し出に同意しよう。兵役用に馬がいる。多少なりともましな馬を得るには、少なくとも60ピストールいるだろう。」
アルガント：
そうか。60ピストールなら呉れてやる。
スカパン：
「甲冑と小銃もいるな。それがまた20ピストールになる。」
アルガント：
20ピストールと60、合計80ピストール。
スカパン：
さようで。
アルガント：
結構な額だ。だがまあいいだろう。同意しよう。
スカパン：
「従僕を乗せる馬も要る。30ピストールになる」
アルガント：
なんとまあ。歩けばいい。そんなもの不要だ。
スカパン：
旦那。

スカパンの悪だくみ　*135*

アルガント：
いいや。とんだ思い上がりだ。
スカパン：
従僕は徒歩で行けと。
アルガント：
好きにしろ。主人も同じだ。
スカパン：
ねえ、旦那。小さなことにこだわってはいけません。お願いですから、訴訟には持ち込まないでください。裁判所に厄介にならないですむのならどんな方法でもとるべきです。
アルガント：
まあいい。従僕の30ピストールもやることにしよう。
スカパン：
奴は言います「運搬用にラバもいる……」
アルガント：
ああ。ラバなんかくそくらえだ。そんなにやれん、裁判官の前に行こう。
スカパン：
お願いです、大旦那。
アルガント：
いや、もう何もせん。
スカパン：
旦那さま、小ぶりのラバでも。
アルガント：
ロバ一頭、与えはせん。
スカパン：
よく考えてください。
アルガント：
いや。法廷のほうがいい。
スカパン：
ああ。旦那。何をおっしゃいます。何たる決心をなさるのですか。裁判の面倒なことをちょっと考えて見てください。何回の控訴があり、何段階の審級がありますか。何回の厄介な手続きがありますか。鉤爪を研ぎ澄ませて待っている強（したた）かな連中の手をどれほど煩わせることか、執達吏、検事、弁護士、書記、代理検事、報告官、判事、その助任者、といった。こういった連中は皆、どんな正当な権利に対してでも、必ずい

ちゃもんをつけ、何かをせしめようとするのです。執達吏は偽の執行令状を示す、そこでこちら側は何が何だか分からないまま有罪を宣告される。担当検事は相手側である当事者と仲良くやっていて、金と引きかえに貴方を売り渡してしまう。貴方の弁護士は、同じように買収され、こちら側が弁論するとき、法廷に顔を出さない。あるいは、支離滅裂な論理立てでものを言うしかない。そして、本題には一向入らない。書記は、こちら側を欠席にしたまま、貴方に不利な判決と決定を発する。報告官の助手は書類を隠匿する、報告官自身にしても見たとおりのことを言いはしない。そして、世界で一番の用心を払って貴方が下準備をすっかりしても、判事が愛人とか狂信的な連中とかにそそのかされていて、当方に不利な判決をしてしまう。それには呆れるばかり。ああ、旦那。できることなら、こうした地獄から抜け出してください。法廷に出て弁論するなど、この世の地獄です。訴訟のことを考えただけで、私なぞインドまで飛んで行きたくなってしまいます。

アルガント：
ラバに乗せるにはいくらかかる。

スカパン：
旦那、ラバと馬と従者の馬と、甲冑一式と小銃と、宿屋の女将にいくばくかの心づけをあげるとして、全部で200ピストールになります。

アルガント：
200ピストールだと。

スカパン：
はい。

アルガント：(怒って舞台を行ったり来たりする)
じゃあ、訴訟だ。

スカパン：
お考えくださいな。

アルガント：
俺は訴訟する。

スカパン：
そんなことなさらずに。

アルガント：
おれは訴訟するぞ。

スカパン：
でも訴訟するには、お金が要ります。召喚状には金が要ります。登録のために金がいります。委任状にも金がいります。代訴人の証明書の提示にも、助言にも、書類の提

出にも、一日仕事にも。弁護士の相談と口頭弁論にも。書類袋を取り戻す権利にも、山と積む訴訟文書の写しにも。代理人の報告書にも、裁判官の結審へのお礼にも。書記の登録記載料、仮調停、判決の逐一、確認書、署名捺印、書記の事務処理にも。それ以外にも、当然しなければならない贈り物があります。その分の金をあの男に呉れてやれば一切あとくされないのです。

アルガント：
なんと、200ピストールか。

スカパン：
はい。それでも得になります。ちょっと計算してみたのですよ、裁判にかかる費用全体を。例の男に200ピストールくれてやっても、それでも少なくとも150ピストール余ります。気苦労、足を運ぶ手間、味わわなくてもよいはずの不快、を除いても。みんなの前で弁護士のつまらないたわごとを聞く必要だってないのですから、訴訟で弁論するぐらいなら300ピストールくれてやった方がよっぽどよいと思います。

アルガント：
そんなことはどうでもよい。弁護士にくだらぬことは言わせたりせん。

スカパン：
それではお好きなように。でも私が旦那でしたら、訴訟沙汰は避けるようにしますがね。

アルガント：
どうあっても200ピストールはやらん。

スカパン：
問題の男が来ましたよ。

第6場

シルベストル、アルガント、スカパン

シルベストル：（殺し屋に変装して）
スカパン、アルガントとかいう奴のことをちょっと教えてくれ。オクターブの親爺の。

スカパン：
何故ですか、旦那。

シルベストル：
今聞いたんだが、そいつは俺に訴訟を起こそうとしているらしい。裁判でうちの妹の結婚を無効にしようとしているのだと。

スカパン：
そうお考えなのかどうか存じません。が、貴方がお望みの200ピストールには同意しないとのこと、高すぎると言っています。
シルベストル：
こんちきしょう。ふざけるな。見つけたらたたきのめしてやる。それで俺が、生きたまま車責めの刑にされてもな。

アルガント、見られないように、震えながらスカパンの陰に隠れる

スカパン：
旦那。オクターブの親爺さんは勇気ある人です。あんたのことをいささかも恐れはしないでしょう。
シルベストル：
なんて奴だ。くそ、馬鹿野郎。ここにいたら、すぐさま、腹に剣をお見舞いしてやるのに。（アルガントに気付いて）こいつは誰だ。
スカパン：
奴じゃありません。旦那。奴じゃありません。
シルベストル：
奴の友人の一人じゃないのか。
スカパン：
いいえ、旦那。逆に、その仇敵(きゅうてき)です。
シルベストル：
仇敵。
スカパン：
はい。
シルベストル：
ああ、そいつは。とても嬉しい。（アルガントに）アンタはあの泥棒、アルガントの敵かね。
スカパン：
はいはい。そう申し上げます。
シルベストル：（手荒に相手の手を取って）
握手だ握手。俺はアンタに約束する、俺の名誉にかけて、俺のこの剣にかけて、俺の知りうるあらゆる宣誓にかけて、今日の夕方までにあの札付きのならず者、アルガントの馬鹿者を、引きずり出してやる。

スカパンの悪だくみ　139

スカパン：
旦那。この国で暴力は許されていませんよ。
シルベストル：
そんなこと構うもんか。俺に怖いものなどない。
スカパン：
あの方はいつもしっかり用心なさっています。親族もいます、友人も、使用人も。みんな、お助けするでしょう。
シルベストル：
それこそ望むところだ。ええい、望むところだ。（剣を手にし、あらゆる方向に剣を突きだす、あたかも自分の前に相手がたくさんいるかのように）えい、このクソ。この場に奴が味方とともにいたらいい。何十人にも守られて、俺の目の前に出てくれたら。そいつらが手に手に剣をとって、俺に襲い掛かってくれればいいのに。何だと、ならず者。大胆にも俺と戦うのか。よし、馬鹿やろ。ほら死ね。どこから来ようと。（あらゆる方向に剣を突きだす。あたかも攻撃すべき人間が大勢いるかのように）それ。止まれ。突きだ。足を踏ん張り、目を見張れ。ああ、ごろつきめ。卑怯者、そこから来るか。それでは心臓を一突きだ。構えろ、悪党。構えだ。よし。こいつはどうだ。ついでにこいつも。こちら、とあちら。（アルガントとスカパンの方へ向き直り）どうだ、たじろいだか。ふんばれ、ごろつき。ふんばれ。
スカパン：
おっとっと。旦那、私らです、勘違いしないでください。
シルベストル：
こんな風にやればすむのだ、判ったか。（立ち去る）
スカパン：
200ピストールのために随分と人が殺されるものですな。よしや。御運をお祈りいたします。
アルガント：（すっかり怯えて）
スカパン。
スカパン：
何でしょう。
アルガント：
200ピストール出すことにする。
スカパン：
旦那のお為を思ってうれしいです。

アルガント：
奴を探しに行こう。金は持っている。
スカパン：
私に預けてください。貴方の名誉のためにも、行かないほうがよいでしょう。いままで別人のように振る舞っていたのですからね。改めて紹介したら、もっとくれと言わないともかぎりません。
アルガント：
だが、どのように金が渡されるのか、この目で確かめると安心なのだが。
スカパン：
私をお疑いで。
アルガント：
いや、そうではないが……
スカパン：
旦那。私は悪さも働くが、誠実なことだってします。どちらかひとつに決めています。私が貴方を欺くとお思いですか。このことで、私がうちの主人とやがては御親戚になる貴方の利益以外のことを考えているとお思いですか。もし、疑われているのでしたら、私はこれ以上かかわりません。只今からこの問題をうまく処理してくれる人物をさがすのですな。
アルガント：いや、だから。
スカパン：
いいえ、旦那。お金は私に預けないでください。他の人に頼っていただいたほうが、私も気が楽です。
アルガント：
そんな、ねえ。
スカパン：
いいや。申し上げます、私を頼りにして下さらぬよう。貴方のお金を私が撒き上げないとどうして分かるでしょうか。
アルガント：
だから。これ以上反対はしないからさ。でも、奴には充分注意しておくれ。
スカパン：
お任せなさい。馬鹿を相手にするのでないことは、あいつもわかっているでしょう。
アルガント：
家でお前を待つことにするよ。

スカパン：

必ず伺います。(一人になって) 一丁上がり。あとはもう一人だ。なんと。都合のいいことに、やってきた。どうも天が、次々に俺の網に引っ掛かるようカモを連れて来てくれるようだ。

第7場

ジェロント、スカパン

スカパン：(わざとジェロントを見ないようにして)
何たること。ああ、晴天の霹靂。何とあわれなお父さま。可哀そうなジェロントさん。貴方は何をしているのか。
ジェロント：(脇で)
ワシのことを何か言っている。ひどく悲しんだ様子だが。
スカパン：(同じ演技)
ジェロント旦那がどこにいるか教えてくれる奴はいないのか。
ジェロント：
どうしたのだ、スカパン。
スカパン：(舞台を動き回り、ジェロントが見えも聞こえもしないかのように)
何処に行ったら会えるだろう、この不運をあの方に伝えるのに。
ジェロント：(スカパンのあとを走って)
一体どうしたのだ。
スカパン：(同じ演技)
旦那を見つけようと探し回っているのだが、だめだ。
ジェロント：
ワシはここにいる。
スカパン：(同じ演技)
誰も思いつかない場所に隠れているにちがいない。
ジェロント：(スカパンを捕まえて)
おい。お前は盲目か。ワシが見えないのか。
スカパン：
ああ、旦那。面目ございません。
ジェロント：
ワシは一時間も前からお前の前にいる。一体どうしたのだ。

スカパン：
旦那……
ジェロント：
何だ。
スカパン：
大旦那、若さまが……
ジェロント：
息子が何……
スカパン：
奇っ怪な出来事に巻き込まれました。
ジェロント：
どんな。
スカパン：
今日の午後、若旦那は、貴方に言われた私にはわからぬ何かのことで、ひどく落ち込んでおられました。それにはどうも私も巻き添えにされているようなのですが。とにかく、その悲しみを癒そうと、私らは港をぶらついておりました。いろんなものがあるなかで、実によく装備の整ったトルコのガレー船が停泊していまして。見目のよい若いトルコ人がこちらに手を差し伸べ、中に招いてくれたのです。礼儀正しくもてなし、軽い食事も出してくれました。初めて見る素晴らしい果物を食べ、絶品の美酒を飲みました。
ジェロント：
それのどこがひどいのかね。
スカパン：
お待ちください。旦那。話はここからです。私らが食事している間に、奴は船を海に出したのです。そして、港から離れた沖まで来ると、私だけ小舟に乗せ、こう言って送りだしました。すぐに大旦那が500エキュ私に持ってこさせなかったら、息子さんをアルジェに連れてゆくと。
ジェロント：
何と、まあ。500エキュだと。
スカパン：
はい、大旦那。その上、二時間しか猶予を与えてくれないのです。
ジェロント：
極悪非道のトルコ人め。そんな風にワシを蹂躙するのか。

スカパン：

旦那、すぐさま、いとおしい我が子を鉄の軛(くびき)から救い出すために、手段を考え出さねばなりません。

ジェロント：

そんな。ガレー船で奴は一体何をするつもりだったんだ。

スカパン：

まさかこんなことになるとは思いもしなかったのです。

ジェロント：

行け、スカパン。行って伝えろ、息子を返させるよう警察を向かわせるとな。

スカパン：

沖合で警察。御冗談でしょう。

ジェロント：

何でそもそもガレー船になど乗ったのだ。

スカパン：

非情な運命に人が導かれることもあるのです。

ジェロント：

スカパン。ここでお前、忠実な召使としての務めを果たしてくれ。

スカパン：

どんなでしょう、旦那。

ジェロント：

トルコ人に言いにゆくのだ。息子を返せ、代わりに自分が要求の金が調達されるまで身代わりとして残る、とな。

スカパン：

ああ、旦那さま。自分が言っていることがお分かりですか。考えてもみて下さい、トルコ人だって馬鹿じゃない。私のような素寒貧を息子さんの代わりに受け取るわけがないでしょ。

ジェロント：

何だってガレー船になど乗ったのだ。

スカパン：

こうなるとは思わなかったんですよ。とにかくもう二時間しかないのです。

ジェロント：

そいつが要求しているのは……

スカパン：

500エキュです。

ジェロント：
500エキュ。常識ってものがないのか。

スカパン：
確かに。良心なんてものが、トルコ人にあったら。

ジェロント：
一体奴は500エキュがどれほどのものか分っているのか。

スカパン：
はい、旦那。1500リーブルだと知っています。

ジェロント：
畜生め、1500リーブルが馬の鼻先にでも落ちていると思っているのか。

スカパン：
訳の分らぬ連中ですから。

ジェロント：
でも、一体何だってガレー船になど乗ったのか。

スカパン：
確かに、でもそれが何になります。物事は予測などつかないものです。お願いです、旦那。急いでください。

ジェロント：
じゃ、これがワシの箪笥の鍵だ。

スカパン：
はい。

ジェロント：
それを開けろ。

スカパン：
かしこまりました。

ジェロント：
左側に大きなカギが置いてある。屋根裏部屋の鍵だ。

スカパン：
なるほど。

ジェロント：
衣類を全て持って行ってよろしい。大きな籠に入っているからな。それを古着屋に売って、息子を買い戻してくれ。

スカパン：（ジェロントに鍵を返し）
旦那、お気は確かですか。おっしゃるものでは100フランにもなりません。それに、

時間がないのをご存じでしょう。

ジェロント：
だが一体何でガレー船になど乗ったのだ。

スカパン：
また無駄な言葉を。ガレー船のことは置いといて、時間が迫っていること、息子さんを失う危険があることを考えてください。ああ、可哀そうな若旦那。もう今生ではお会いできないかも知れない。今にもアルジェリアに奴隷として連れてゆかれるのでしょう。だが、天が私の証人になってくださいます、私は出来るだけのことをしたと。そして、買い戻しがうまくゆかなかったら、それはただただお父上の愛情の不足によるものでしかない、と。

ジェロント：
待て、スカパン。その金額、どうにかしよう。

スカパン：
では急いでください。時間が迫っているのがひどく心配です。

ジェロント：
400エキュと云ったな。

スカパン：
いいえ、500エキュです。

ジェロント：
500エキュ。

スカパン：
はい。

ジェロント：
何だってまたガレー船になど乗ったのだ。

スカパン：
確かに。でも急がねば。

ジェロント：
ほかの散歩の方法もあっただろうに。

スカパン：
おっしゃるとおりで。でも速やかにせねば。

ジェロント：
ああ、いまいましいガレー船め。

スカパン：（脇で）
ガレー船がよほど引っかかるとみえる。

ジェロント：
ならば、スカパン。丁度その額を金貨で受け取ったばかりなのを思い出した。こんなに早く手元から消えるとはな。(財布を出すが、いかにも物惜しそう。腕を差し出すが、あっちこっちに動かす、スカパンもそれを取ろうと、同じように腕を動かす) それっ、息子を買い戻しに行ってくれ。

スカパン：(相手の手を摑み)
はい、旦那。

ジェロント：(スカパンに渡そうとしている財布を摑んで)
だがそのトルコ人に言ってやれ、お前はとんでもない凶悪犯だとな。

スカパン：(相変わらず相手の手をつかんだまま)
はい。

ジェロント：(同じ仕草)
不快極まりない奴だとな。

スカパン：
はい。

ジェロント：(同じ仕草)
これっぽちも信用ならない盗人(ぬすっと)だとな。

スカパン：
任せておいてください。

ジェロント：(同じ仕草)
何の権利もなくワシから500エキュ引きだそうなどとは。

スカパン：
御意。

ジェロント：(同じ仕草)
終生奴には金など渡したくないのだが。

スカパン：
御尤も。

ジェロント：
で、もし奴をひっ捕らえることがあれば、大いに復讐してやる。

スカパン：
はい。

ジェロント：(ポケットに財布を戻し、そのまま行こうとする)
さ、早く、息子を取り戻しに行ってくれ。

スカパンの悪だくみ

スカパン：(後を追いかけて)
ちょっと。旦那。
ジェロント：
何だ。
スカパン：
お金はどうしました。
ジェロント：
お前に渡してないか。
スカパン：
いいえ。現に、ご自身のポケットに戻されました。
ジェロント：
ああ、心を悩ます痛みでぼーっとしていた。
スカパン：
良く分かります。
ジェロント：
一体何だってガレー船になぞ乗ったんだ。ああ、いまいましいガレー船め。トルコ人の鬼畜め、くそくらえ。
スカパン：(一人で)
500 エキュ巻き上げられて我慢できないようだな。だが、俺の方へはあの親爺はまだ借りを返していない。アンタの息子のことで俺が受けたとんだとばっちりの支払いは、ほかの通貨で俺に支払うようにさせてやるぞ。

第 8 場

オクターブ、レアンドル、スカパン

オクターブ：
やあ、スカパン。僕のほうの事、うまくやってくれたかい。
レアンドル：
今のこの苦しみから、僕の愛を救ってくれそうかい。
スカパン：(オクターブに)
はい、貴方の父親からせしめた 200 ピストール、どうぞ。
オクターブ：
ああ、何と嬉しいことだろう。ありがとう。

スカパン：（レアンドルに）
貴方の方は、不首尾でした。
レアンドル：（立ち去ろうとし）
それじゃ死んじまったほうがいい。生きていたってしょうがない、ゼルビネットを取り上げられるのなら。
スカパン：
まあまあ。お静かに。なんと性急な。
レアンドル：（振り向いて）
一体僕はどうなる。
スカパン：
ほれ、お望みのものがここに。
レアンドル：（戻って）
僕の人生を君はよみがえらせてくれる。
スカパン：
だが、条件がございます。ちょっとした復讐を、私が貴方のお父上にするのをお許しいただくという。わたしはそのおかげでひどい目に会ったのですからな。
レアンドル：
何でも好きなようにやってくれ。
スカパン：
証人のまえで誓っていただけますか。
レアンドル：
いいとも。
スカパン：
さあでは。これが500エキュです。
レアンドル：
すぐにいとしいあの人の身柄を引き取りに行こう。

第 3 幕

第 1 場

ゼルビネット、イアサント、スカパン、シルベストル

シルベストル：
はい、若旦那がたのおいいつけで、こうしてお二人をお引き合わせ致しました。
イアサント：（ゼルビネットに）
こんなおいいつけなら大歓迎。あのお二人の友情と同じものが、私たちの間にも広がったらいいわね。
ゼルビネット：
私もそのおいいつけに大賛成。私は友情を結ぶのに、尻込みするような性質ではないもの。
スカパン：
愛情についてはどうなんですか。
ゼルビネット：
愛情となると、また別よ。危険が大きすぎて、軽々しくはなれないわ。
スカパン：
うちの若旦那に対してずいぶん慎重ですね。あんなに一生懸命なんですから、それに答えてあげてくださいよ。
ゼルビネット：
まだあの方を全部信じているわけではないの。あの方がして下さったことだけでは、十分といえないわ。私は陽気な性格です、しょっちゅう笑っているけれど、笑いながらも真剣に考えていることがあるの。自由の身にしてやったから好きに付き合えると思っているとしたら、貴方の御主人は思い違いをしていることになる。私と本気で付き合うにはお金以外の別のものがいるのよ。だから、望むがままに彼の愛に応えるには、まず嘘偽りのない真心を示してくださることが必要なの。その誓いが、結婚という儀式となって実を結ぶはずです。
スカパン：
そのことは若旦那も充分ご承知です。あの方は心より貴方を愛しておられます。よこ

しまなことを考えているのだったら、私はこの件に絡んだりしませんよ。
ゼルビネット：
そう信じています、貴方がそういう以上は。でも、お父様のことを考えると、私はつい悪いことを思ってしまう。
スカパン：
事がうまくゆくよう計らいますよ。
イアサント：（ゼルビネットに）
私たち、似た身の上ですから、友情もきっと育まれやすいはずよ。私たち二人は、共に同じ不安をかかえ、おなじ不幸にさらされているのですもの。
ゼルビネット：
でも貴方の方がましよ、素性がはっきりしているから。ちゃんと誰々の娘ですと言えることで、信用され納得してもらえ、自分の幸せを確保できる。してしまった結婚の承諾だって、最後には得ることができるでしょう。でも私は、今の私にはすがるべきものは何もないの。だから財産のことしか頭にない、あの人の父親の意志を変えることなどできはしない。
イアサント：
でも貴方だって得な点があるわ。恋人がほかの女性との縁談を勧められたりしないから、やきもきすることなどないでしょう。
ゼルビネット：
殿方の心変わりなど恐れる必要ないわ。私たち女は、相手の心を引きとめておくだけの十分な価値が自分にあると思っているのが当然でしょ。もっと危険で恐ろしいのは、父親の権力よ。その前では、全てのものが無価値になってしまう。
イヤサント：
ああ。どうして純粋な愛が邪魔されねばならないの。二人の心の絆を蝕もうとする邪魔者がなければ、愛はどんなに甘美なものでしょう。
スカパン：
御冗談を。のっぺりとした愛など、いらいらする静けさと同じです。単調な幸せは退屈になってくるものです。人生に浮き沈みはつきもの。愛に障害があってこそ、情熱を呼び覚まし、喜びが増すのです。
ゼルビネット：
スカパン。お話しして、さっき教えてくれたとても面白いお話。例のケチな老人からお金を巻き上げるのに思いついた悪巧みの話を。してくれたって、ちっとも損にならないでしょ。その代りに私、大いに笑ってあげる。

スカパン：
このシルベストルが、私より上手く話してくれますよ。私は今ちょっとした復讐をしようと頭のなかが一杯なんです。その復讐で溜飲を下げようという次第で。
シルベストル：
なんで、厄介な事柄を進んで招きよせようとするんだ。
スカパン：
無鉄砲な企てをするのが好きなものでな。
シルベストル：
再三言うが、そんな計画はやめにしたほうが身のためだぜ。
スカパン：
ああ、だが、俺はやりたいことをやるんだ。
シルベストル：
そんなことして、一体何が楽しい。
スカパン：
何が心配だ。
シルベストル：
だって、必要もないのに、棒で何発も叩かれる危険を冒そうとするんだからな。
スカパン：
へっ。そうなったって俺の背中だ、お前のじゃない。
シルベストル：
そりゃアンタの肩はアンタのものだ。好きなように使えばいいさ。
スカパン：
そうした危険があったところで、すこしも俺はためらわない。どころか、俺は臆病が嫌いだ。ああだこうだと思い悩んだ揚句、結局何もやろうとしないのがな。
ゼルビネット：(スカパンに)
私たちのことを、ずっと見ていてほしいのに。
スカパン：
大丈夫。後から行きますよ。俺の本性をさらけ出させ、しゃべる必要のないことを白状する破目に追い込んだお方が、何も罰せられずに済んでいいはずがあるまい。

第2場

ジェロント、スカパン

ジェロント：
なあ、スカパン。うちの息子の件、どうなってる。

スカパン：
若旦那は、安全な場所にお連れしました。でも、貴方さまにはたいへんな危険が迫っています。お屋敷に戻られるのが一番だと思います。

ジェロント：
どういうことだ。

スカパン：
こうしている間にも、連中は貴方を殺そうと至る所で探し回っています。

ジェロント：
ワシを。

スカパン：
はい。

ジェロント：
誰が。

スカパン：
オクターブ様と結婚した方(かた)の兄貴です。そやつは、自分の妹を破談にして、貴方の娘さんを後に据えようとしているものと、憤っています。そして、可愛い妹がおもちゃにされた、自分の顔がつぶされたと、怒りをぶつけてきています。面目を回復するために貴方の命を狙っています。奴の仲間も皆、剣の使い手で、あらゆる場所で貴方を探し、行方を追っています。ここかしこで奴等が出会った人に問いかけるのを、またお屋敷へ向かう道を塞いでいるのを見ました。家に入れない、逃げ回らせない、そうして貴方を捕まえようとしているのです。

ジェロント：
ワシはどうすればいい、頼むよスカパン。

スカパン：
私には分かりません。実に困りましたね。貴方さまを思って体が震えてしまうのです。それに……待ってください(向きを変え、舞台の端に誰か人がいやしないか見にゆく)。

ジェロント：(震えて)
何だ。

スカパン：(戻って)
いや、いや、誰もいません。
ジェロント：
ワシを救い出す手立てを見つけてはくれんか。
スカパン：
一つ、どうかというのが。でもこの私が打ちのめされる危険があります。
ジェロント：
ああ。スカパン。献身的な召使として、わしを見捨てんでくれ。お願いだ。
スカパン：
もちろん。大恩ある大旦那さまです。是が非でもお救いしたい。
ジェロント：
必ず礼はする。約束する。着古したらこの服、お前に呉れてやる。
スカパン：
待てよ。何とかこの場を脱する方法を思いつきました。この袋の中に身を隠してください。そして……
ジェロント：(誰かを見たような気がして)
あれ。
スカパン：
いや、いや。人ではありません。いいですか、この中に入ってください、どうあっても動かないように。背中に貴方を背負います、何かの袋のように。そして運びます、敵の只中を突き抜け、お屋敷まで。いったん入ったら、柵をこさえて立てこもり、外から助太刀を求めればよいでしょう。
ジェロント：
いい方法だな。
スカパン：
最上の案ですよ。はっきり分かります。(脇で) とばっちりの復讐をしてくれる。
ジェロント：
何だって。
スカパン：
敵も引っかかるだろう、と言ったのですよ。
底までしっかり入ってください。とりわけ姿を見せないよう気をつけて、動いちゃだめですよ、何がやってこようとも。
ジェロント：
判った、そのようにしている。

スカパン：
ほら、隠れて。貴方を探している刺客です。(声を変えて)「ああ。このままではジェロントを殺す栄誉にありつけん。頼む、どなたか、奴がどこにいるか教えては呉れまいか」(普通の声でジェロントに)動かないで。(変えた声に戻って)「くそっ。**地球の奥底にいたって、見つけ出してやる**」(ジェロントに、普通の声で)姿を見せないで。(変えた声はガスコーニュ訛りで)「**ああ、袋を抱えた男の方**」「へい旦那」「**１ルイ金貨を差し上げるから、ジェロントがどこにいそうか教えてくれ**」「ジェロントの旦那をお探しなので」「うむ。探しておる」「一体どうしたわけですか、旦那」「**どうしたわけだと**」「はい」「**畜生め。棍棒でぶっ叩いて、奴を殺してやりたい**」「ああ。旦那。あの人のような方を棒で殴るなんて、とんでもないことです。そんなひどいことをされるようなお方ではありません」「**なんだと。あのジェロントの物乞い、馬鹿者、高慢ちき、がか**」「ジェロント旦那は、物乞いでも馬鹿者でも、高慢ちきでもありません。お願いですから、そんな風に言わないでくださいませ」「**何だと、お前は俺に意見するのか**」「言わなければならぬので言いますが、私は名誉ある人に対する侮辱には耐えられないのです」「**お前はジェロントの仲間か**」「はい、旦那。そうです」「**ああ、この野郎。お前は奴とグルなのだな、くそ目出度いことだ**。(袋に何発か棒をお見舞いする)**ほら。奴の代わりにお前に呉れてやる**」「ああ、旦那。ああ、旦那。ひどいことを。ああ、お情けを、ああ」「**ほれ、俺からの土産だと奴に伝えろ。さらば**」ああ。ガスコーニュ人の悪魔め。ああ。(ぶつぶつ言い、背中をなでる。自分が何発かお見舞いされたかのごとく)

ジェロント：(袋の外に頭を出して)
ああ。スカパン。もう耐えられん。

スカパン：
旦那。私はひどく打ちのめされました。両肩がひどく痛みます。

ジェロント：
何だと。奴が打ったのは俺の背中だぞ。

スカパン：
いいえ。旦那。私の背中が打たれたのです。

ジェロント：
何をいうか。何発も当てられた、まだジーンとくる。

スカパン：
いえ。申し上げます。貴方には先が当っただけです。

ジェロント：
もうちょっと離れてくれたら。俺のとこまで当らぬのに……

スカパン：(ジェロントの頭を袋に押し込んで)
注意なさい。別の奴が来ました。外国人風です。(この箇所、前と同じガスコーニュ訛りで。舞台の演技も同様)「クソッ、俺はアキレスのように早く駆け回った。なのに俺は、あの悪魔のジェロントを一日中見つけることができない」(ジェロントに、普通の声で)さあ、隠れて。「おい、お前、済まないが、俺が探しているジェロントがどこにいるか知ってはいないか」「いいえ、旦那。ジェロントさんがどこにいるか存じません」「正直に話してくれ、俺はそいつに大事な用がある。奴の背中にちょっとした御馳走を上げたいのだ、1ダースの棒の打撃と、3つか4つ、剣を胸に突き通すことをな」「旦那、どこにジェロントさんがいるのか誓って存じません」「その袋の中で何かが動いたようだが」「お許しください、旦那」「その中に何か問題がありそうだが」「いえ全然、旦那」「その袋に一発剣を突きさしたいが」「ああ、旦那。お許しを」「その中身を改めさせてもらおうか」「やめてください、旦那」「何だと。止めろだと」「私が持っているものなどどうでもよいでしょう」「いや、俺にはどうでもよくない」「見ないでくださいまし」「ああ。何たる戯言」「これはうちのボロ着です」「いいか、俺に見せるのだ」「いいえ、駄目です」「どうしても見せぬと」「見せません」「お前の背中に棒の束をお見舞いする」「どうぞお好きに」「これはまた奇特な」(袋に棒を何発かお見舞いする。スカパン、自分が打たれているかのように叫ぶ)「ああ、あ、痛い。旦那。あ、あ、あ、あ」「ではまたな。無礼な話し方をするとどうなるか、奴の代わりにお前に教えてやった」ああ、ガズコーニュ人の馬鹿野郎め。ああ。

ジェロント：(袋から出て)
ああ。車引きの刑に処せられたようだ。

スカパン：
ああ。死んでしまうかと思った。

ジェロント：
一体何故俺の背中が叩かれるのだ。

スカパン：(頭を袋の中に押し込めて)
気を付けて。兵隊が六人やって来ました。(替わりばんこに逐一声音を変えて)「それ。あのジェロントを見つけにかかろう。至る所を探せ。歩みを惜しむな。町中駆け巡るのだ。どの場所もないがしろにするな。全部行け。隅から隅まで検査しろ。どこから奴は逃げてゆくか。そこを曲がれ。いいや、こっちだ。左。右。いや、そこじゃない」(ジェロントに、普通の声で)ちゃんと隠れて。「ああ、みんな。ここに奴の家の者がいるぞ。さあ、ろくでなしめ。お前の主人はどこにいるか言うのだ」「ああ、旦那方。手荒な真似はしないでくださいまし」「さあ、どこにいるのか言え。吐け。急げ。手早く。とっとと。早く」「ああ。旦那方。お手柔らかに」(ジェロント、そっと首を袋

から出し、スカパンのたくらみを悟る）「今すぐ主人の所へ俺たちを案内せねば、この棒をお前の上に雨あられと降らせてやるぞ」「うちの主人の居場所を明かすくらいなら、どんなことでも耐え忍びます」「ではよし、**お前を叩きのめしてやる**」「どうぞご随意に」「叩かれたいのか」「主人を裏切ることはできません」「ああ、お見舞いされたいのだな。よし……」
あれ。(打擲しようとする瞬間、ジェロントが顔を出す。スカパンあわてて逃げだす)
ジェロント：
ああ、とんでもない奴だ。裏切り者め。極悪人め。こんな風にして、俺を足蹴にするとは。

第3場

ゼルビネット、ジェロント

ゼルビネット：(笑って。ジェロントを見ず)
ああ、あ。ちょっと外の空気を吸いたいわ。
ジェロント：(一人だと思って)
貴様に代償を払わせてやる、きっとだぞ。
ゼルビネット：(ジェロントを見ず)
ああ、あ。面白い出来事。何てバカな老人。
ジェロント：
ちっとも面白い事なんかないぞ。お前が笑う理由なんかない。
ゼルビネット：
何。どうしたのですか。
ジェロント：
ワシのことを馬鹿にするなと言っておる。
ゼルビネット：
貴方を。
ジェロント：
ああ。
ゼルビネット：
どうして。誰が貴方を馬鹿にしたりしますか。
ジェロント：
お前は鼻先でワシを笑いにきただろう。

ゼルビネット：
貴方には関係ないわ。私は今聞いたばかりのお話に一人で笑っているの。めったに聞けない面白いお話ですもの。自分と関係あるからかもしれない、でもこんな滑稽な話はいままで聞いたことがないわ。お金をだまし取るために、息子が父親にやってのけた騙しのテクニック。

ジェロント：
金をだまし取るために、父親に息子がやった騙しだと。

ゼルビネット：
ええ。是非にといわれれば、その話をして差し上げてもよろしいことよ。私って自分が知っていることを、すぐ人に話したくなるの。

ジェロント：
では聞かせてくれ。

ゼルビネット：
わかりました。貴方に話してもまずいことにはならないでしょうから。ずっと秘密にしておくには勿体なさすぎますもの。運命のせいで、私はいわゆるジプシーの群れと呼ばれる人々の中に入れられたの。この一座は村から村へと渡り歩いて、運命を占ったり、時々何かほかのことをたくさんしているの。この町に着くと、一人の若い男性が私を見て恋心をいだいた。この時から、彼は私の後を付き纏い、そうして若い男性によくあることだけれど、ちょっと声をかければ物になると考えたみたい。でも、彼は自分の最初の考えが誤りだと知った、すぐには私が寄せ付けなかったからよ。彼は遊び心じゃないんだって、私の面倒をみてくれている人たちに相談したの。そしたら、いくらかお金を出せば私を自由の身にできるって、向こうに言われたの。でも悪いことに、私を想ってくれる人の置かれた立場は、立派な家庭の息子が往々そうであるのと同じ、つまりお金がないの。家はとても金持ちなのだけれど、業突張りの父親がいてね。世界で一番見下げた男。待って。思い出せるかも知れないわ、その名前を。ねえ、ちょっと手伝って。この町にいるこの上なくケチで有名な人の名前を挙げてみて。

ジェロント：
どうだろう。

ゼルビネット：
その名前って、ロン……ロント。さて……オロントだ。違う。ジェ……ジェロント、そうジェロントだわ。それがひどい奴の名、御名算。私が言ってたケチの。話を戻せば、うちの人たちは今日この町を出ることにしたの。私の恋人はお金のせいで、私を失うことになったはずよ。父親からお金を引っぱるために、自分の召使の知恵と機転が得られなかったら。その召使の名前、忘れるものですか。スカパンというの。とて

もすごい人、どんなに褒めても褒め足りないわ。

ジェロント：(脇で)
ああ、ならず者。

ゼルビネット：
カモを陥れるのにスカパンが用いた計略とはこうなの。あはは。心から笑わずには思い出せない（笑い）。スカパンはその抜けた老人に会いに行った（笑い）。そしてこう言ったの。息子さんと一緒に港を歩き廻っているうちに、（笑い）トルコのガレー船が眼に入った。若いトルコ人が手招きし、それに乗せ軽食まで出してくれた。二人が食事しているとガレー船は沖合に出された。そしてトルコ人は、自分だけを小舟で陸に送りだし、「父親にすぐに 500 エキュ持ってこなければ息子をアルジェリアに連れてゆくと言え」と命令した、って（笑い）。そしたらこの業突張りは、息子のことを思って、性格的なケチの心と息子可愛さとの間で奇妙な格闘をしたのですって。要求された 500 エキュはまさに本人にとっては短刀でその分だけ刺されるのと同じわけ（笑い）。心の底ではこの額を渡すことは出来ないの。それで何とか切り抜けようと、自分の息子を取り戻すために百もの滑稽な方法を絞り出すの（笑い）。警察をトルコのガレー船を追って沖に送ってやろうとか（笑い）。自分の召使に頼み、金が集まるまで息子の身代わりになってくれとか、払う気もないくせによ（笑い）。500 エキュをつくるために、古着を 40 から 50 持って行くようにとか、30 エキュにもならないのにね（笑い）。そのたびごとに召使は、無理だって教えるの。するとそのたびごとに情けないことに、こんな言葉が返ってくる「だが一体何だって、奴はガレー船になど乗ったのだ。ああ、忌々しいガレー船め。トルコ人のこん畜生」。ついに、すったもんだして、うめき、溜息をついた揚句……でも貴方、私の話に笑っていないようね。どうしたの。

ジェロント：
その若者は無礼者、極悪人だ。そいつがした所業のゆえ父親に大いに罰せられるだろう。そのエジプト娘は浅はか者、世間知らずだ。名誉の人にそんな罵り言葉を浴びせかけるなんて。名誉の人の子息をかどわかした罪で罰せられるだろう。そして、召使は凶悪犯だ。ジェロントによって明日になるまえに絞首台に送られるだろう。

スカパンの悪だくみ

第4場

シルベストル、ゼルビネット

シルベストル：
こんなところで何をぶらぶらしているのですか。貴方の恋人の父上に話しかけていたのを自分でご存じですか。

ゼルビネット：
ちょっと気になり出していたところなの。よく考えずに御本人に言葉をかけてしまったようね。その人当人(とうにん)のことを話してしまうなんて。

シルベストル：
何ですと。本人の話を。

ゼルビネット：
ええ、だってあのお話で頭がいっぱいで、誰かに話したくてうずうずしていたのですもの。でもしょうがないわ。あの方には悪いけど。物事はなるようにしかなりませんもの。

シルベストル：
貴方はおしゃべりしたくてたまらないのですね。自分自身の恋の話でも黙っていられないほど、ということですか。

ゼルビネット：
どうせ他の人から聞くかもしれないじゃない。

第5場

アルガント、シルベストル

アルガント：
おいちょっと。シルベストル。

シルベストル：(ゼルビネットに)
家に入っていてください、ご主人様がアタシを呼んでいる。

アルガント：
貴様、ぐるになってやったな、ごろつきめ。スカパン、うちの息子とつるんで、ワシをだましただろう。そのままで済むと思うか。

シルベストル：
誓って。旦那。スカパンが貴方をだますなら、絶対断ってます。すこしも私はそんなことに加担しておりません。
アルガント：
極悪人め。そのうちはっきりさせてやる。ワシが思ったとおりだと証明してやる。

第6場

ジェロント、アルガント、シルベストル

ジェロント：
ああ。アルガントさん。見てのとおり、私は情けないことに打ちのめされております。
アルガント：
私も御同様、ひどく打ちのめされました。
ジェロント：
スカパンの極悪人めが、とんでもない悪巧みで、ワシから500エキュ取ったのです。
アルガント：
その極悪人スカパンが、ワシからも200ピストールせしめました。
ジェロント：
奴は500エキュだけでは満足せず、屈辱的なやり口で、ワシを折檻しました。だが、この仇はかならずとってやる。
アルガント：
私が蒙った損害に対し、その償いをさせてやります。
ジェロント：
私は奴に、見せしめとなる仕返しをしてやりたい。
シルベストル：（脇で）
その中でオイラのとばっちりがこれっぽっちもなきように。
ジェロント：
だがこれだけならまだしも、アルガントさん。不運は常に別の不運の先触れをするものです。私は今日、娘に会えるものと嬉しく思っておりました。何よりの慰めとなることですからな。それが、下男から知らせがあって、娘はだいぶ前にタラントを出発している、おそらく乗り合わせた船で遭難したというのです。
アルガント：
それは何とも……。でも、どうして娘さんをいままでタラントへ引きとめておいたの

ですか、一緒にいてともに喜びを分かち合おうとなさらなかったのですか。
ジェロント：
それには理由があります。家の事情で、今までこの二度目の結婚は秘密にしておいたのです。あれは誰だ。

第7場

ネリーヌ、アルガント、ジェロント、シルベストル

ジェロント：
ああ、どうしてここに、ネリーヌ。
ネリーヌ：(跪いて)
ああ。パンドルフ様。あの……
ジェロント：
もうその名はいい、ジェロントと呼んでくれ。タラントで使っていた理由は、もうなくなった。
ネリーヌ：
ああ。お名前が違ったことで、ずいぶんと余計な苦労を致しました。ここに探しに来るまで。
ジェロント：
娘は、妻はどこに。
ネリーヌ：
お嬢様は、すぐそこにおられます。でも、その前にお詫びしなければなりません、お嬢様を結婚させてしまったことを。旦那様とお会いできず、迷った末に相成りました。
ジェロント：
娘が結婚した。
ネリーヌ：
はい、旦那様。
ジェロント：
で誰と。
ネリーヌ：
オクターブさまといわれるお若い方です。アルガント様とかいわれる方の御子息で。
ジェロント：
何としたことだ。

アルガント：
何たる偶然。
ジェロント：
すぐに私たちを娘がいる場所に連れて行っておくれ。
ネリーヌ：
こちらからどうぞ。
ジェロント：
先に行ってくれ。私に続いて下さい、アルガントさん。
シルベストル：
これは意外な出来事、全く驚いた。

第 8 場

スカパン、シルベストル

スカパン：
おい、シルベストル。連中は何してる。
シルベストル：
お前に二つ教えておこう。一つ、オクターブ様の件は解決がついた。うちのイアサントさんがジェロント旦那の娘であるのが分かったのだ。思いがけず、親同士が決めた通りになった。もう一つは、あの二人の老人がお前に対し怒り狂っている。とくにジェロント旦那の方がな。
スカパン：
そんなのはどうってことない。どんなものも恐れる俺じゃない。厚い雲が遠くから頭上にかぶさってくるだけのことだ。
シルベストル：
構えて用心しろ。息子たちは親父と仲直りできる。でもお前は、生簀(いけす)の中にいるままだ。
スカパン：
好きにさせてくれ。奴らの激怒を宥める手立てを見つけてくれよう。
シルベストル：
隠れろ、連中が外に出てきた。

第9場

ジェロント、アルガント、シルベストル、ネリーヌ、イアサント

ジェロント：
さあ、我が娘よ。わが家へ行こう。お前と一緒にお前の母親を見ることができていたならば、ワシの喜びはこの上もなかったものを。
アルガント：
ああうまいことに、オクターブのお出ましだ。

第10場

オクターブ、アルガント、ジェロント、イアサント、ネリーヌ、ゼルビネット、シルベストル

アルガント：
さあ来い、息子よ。ここに来て我らと一緒に、お前の巡り合わせのよき婚姻を喜びあおう。天は……
オクターブ：(イアサントを見ずに)
いいえ、お父上。貴方が結婚に関し何といわれても、何の役にも立ちますまい。この際、はっきり申し上げます。私が結婚したこと、お聞きでしょう。
アルガント：
ああ。だがお前は知らんのだ……
オクターブ：
知らねばならぬことは全て存じております。
アルガント：
言いたいのはだな、ジェロントさんの娘というのは……
オクターブ：
ジェロントさんの娘さんは私にはどうでもいいことです。
ジェロント：
その娘というのが……
オクターブ：(ジェロントに)
いいえ、申し訳ありませんが、私は覚悟を決めております。

シルベストル：（オクターブに）
聞いてくださいませ……
オクターブ：
嫌だ。黙れ。何も聞かない。
アルガント：（オクターブに）
お前の妻は……
オクターブ：
いいえ。お父様。いとしいイアサントと別れるくらいなら、死んだほうがましです。（彼女の方へ行こうと舞台を横切る）
そうです、皆さんが幾ら言っても無駄です。ここにいるこの人こそ、僕が誓いを立てた人です。一生愛し抜きます。他の女なんぞ些かも望みません……
アルガント：
だから。その娘こそお前にやろうと言うのだ。何たる粗忽、あわて者。いつも気ばかり焦って居る。
イアサント：（ジェロントを指し）
そうなの、オクターブ。この方が私のお父様であるのが分かったの。それで私たちは余計な苦労をせずに済むようになったのよ。
ジェロント：
わが家に行こう。いろいろ話し合うにはその方がいいだろう。
イアサント：（ゼルビネットを指し）
ああ。お父様。お願いですから、貴方の目の前にいるこの感じのよい女性もご一緒させてください。よく知っていただけたなら、きっと気に入ってくださいます。
ジェロント：
お前の兄が色香に迷っている女を、わが家に入れたいと言うのか。だがそいつは、今日の午後、このワシを鼻の先で散々愚弄したんだぞ。
ゼルビネット：
済みません、お詫びします。貴方さまだって存じ上げていたら、馬鹿なことは申しませんでしたのに。噂でしか知りませんでしたから。
ジェロント：
なんだと、どんな噂だ。
イアサント：
お父様。お兄様の愛は、けっして疾しいものではありません。私がこの方の人となりを請け合います。

ジェロント：
結構なことだな。だが一体誰が望むと思うか、自分の息子をそんな女と結婚させようと。どこの馬の骨かわからぬ、男相手の怪しい仕事をしていた娘を。

第11場

レアンドル、オクターブ、イアサント、ゼルビネット、アルガント、
ジェロント、シルベストル、ネリーヌ

レアンドル：
お父上。素性もわからぬ、財産もない見知らぬ女性を私が愛しているからと言って頑なにならないでください。エジプト人の一座の連中が彼女の素性を明かしてくれました。この町の生まれで、きちんとした家の出であると。四歳の時にさらってきたのだと。この腕輪を見てください。連中が渡してくれたものです。これが彼女の両親を探す決め手になるでしょう。
アルガント：
おや、この腕輪。何と、貴方の言われた年にさらわれた私の娘のものだ。
ジェロント：
貴方の娘さん。
アルガント：
そうです、まさしく。私が刻んだ文字が全てを証明する。
イアサント：
ああ、天よ。何と素晴らしい思し召しでしょう。

第12場

カルル、レアンドル、オクターブ、ジェロント、アルガント、イアサント、
ゼルビネット、シルベストル、ネリーヌ

カルル：
ああ。旦那方。とんでもないことが。
ジェロント：
何だ。

カルル：
可哀そうにスカパンが……
ジェロント：
ワシが吊るし首にしてやりたいろくでなしだ。
カルル：
ああ、旦那。それには及びません。建物のそばを通りかかる時、頭に石工の金槌が落ちてきて、骨が砕かれ、脳みそがさらけ出されたのです。奴は死にかけています。ここに運んでもらって、死ぬ前に皆さまに話がしたいと、言っています。
アルガント：
何処にいる。
カルル：
あそこです。

第13場

スカパン、カルル、ジェロント、アルガント、その他

スカパン：
(二人の男に担がれて。頭には包帯が巻かれ、重傷を負っている様子)
あ痛、あ痛。旦那方、御覧のように……あ痛。とてもひどい状態に居りますのがお判りでしょう。あ痛。私はここにきて、私が侮辱した全ての皆さんにお詫びを申し上げずに死ぬわけにはまいりません。あ痛。そうです、旦那方。息をひきとる前に、全身全霊を込めて、貴方がたに私がした全ての事をお許し下さるよう切にお願い致します。それも特に、アルガント様、それからジェロント様に。あ痛。
アルガント：
ワシは、許してやるぞ。安らかに死ね。
スカパン：(ジェロントに)
貴方さまです、私が一番侮辱したのは。棒で何度も……
ジェロント：
それ以上話すな。ワシもまた許してやる。
スカパン：
私はあまりに無鉄砲でした。何回も棒で……
ジェロント：
それはもう捨て置け。

スカパンの悪だくみ

スカパン：
死ぬに際して、悔いても悔いきれません、あんな棒の……
ジェロント：
いいから。黙れ。
スカパン：
とんでもない打撃を……
ジェロント：
いいから黙れ、全て忘れてやる。
スカパン：
ああ。何たるお慈悲。何たるやさしきお心。旦那さま、あんな暴虐を許して下さるなんて……
ジェロント：
ああ。いいさ。だからもう喋るんじゃない。全てを許してやる。済んだことだ。
スカパン：
ああ。旦那さま。そのお言葉をいただいてほっといたしました。
ジェロント：
ああ。だが許すのは、お前が死んでしまうというからだ。
スカパン：
というと、旦那。
ジェロント：
死ななけりゃ、この限りでない。
スカパン：
痛、あ痛。体の痛みがまた増してきた。
アルガント：
ジェロントさん。我らが喜びに免じて、条件なしで許してやってくださらんか。
ジェロント：
うん、まあいいでしょう。
アルガント：
ではご一緒に夕食に参りましょう、この喜びを一層味わうために。
スカパン：
ならば私も、死ぬまでの間、お席に連ねさせていただくとしますか。＊

（訳註）＊伝統的な演出では、この台詞とともにスカパンは包帯をとって起き上がる。

モリエール

守銭奴

[ものがたり]
アルパゴンは裕福な商人だが、息子クレアントと娘エリーズが辟易するほどのケチ。クレアントは近所に越してきたマリアーヌと、エリーズは執事のヴァレールと恋をしている。アルパゴンは一目ぼれしたマリアーヌを自分の後妻に望み、エリーズには友人アンセルムを、クレアントには中年の未亡人をあてがおうとする。アルパゴンが庭に隠していた、中に大金が入った壺を盗まれたのをきっかけに、ドタバタが始まる。その過程で、ヴァレールとマリアーヌがアンセルムの子女であるのが分かる。金が無事に戻ったアルパゴンはそれで満足し、息子と娘の結婚を許すことになる。

【登場人物】

アルパゴン……………クレアントとエリーズの父親。マリアーヌに恋している
クレアント……………アルパゴンの息子。マリアーヌの恋人
エリーズ………………アルパゴンの娘。ヴァレールの恋人
ヴァレール……………アルパゴンの執事。エリーズの恋人
　　　　　　　　　　のちにアンセルムの息子と判明
マリアーヌ……………クレアントの恋人。アルパゴンに恋慕されている。
　　　　　　　　　　のちにアンセルムの娘と判明
アンセルム……………アルパゴンの友人。
　　　　　　　　　　のちにヴァレールとマリアーヌの父親と判明
フロジーヌ……………取り持ち婆
シモン親方……………仲介屋
ジャック親方…………アルパゴンの料理番兼御者
ラ・フレーシュ………クレアントの従僕
クロード婆さん………アルパゴンの小間使い
ブランダヴォワーヌ…アルパゴンの下男
ラ・メルリューシュ…アルパゴンの下女
警部とその部下

【人物関係図】

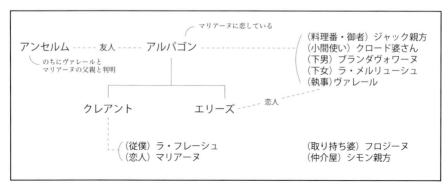

舞台はパリ

第1幕

第1場

ヴァレール、エリーズ

ヴァレール：
どうしたの、美しいエリーズ。そんな浮かない顔をして。あんなに快く誓ってくれたではないですか、なのに溜息なんかついて。人を嬉しがらせておきながら、今さら幸せにしたのを悔むのですか、情熱に押されて約束してしまった、と。
エリーズ：
いいえ、ヴァレール、貴方のことで何も悔いることはありません。甘く切ない気持ちに引きずられ、貴方の情熱に心を委ねたのですもの。ああしなければよかったなんて少しも思いません。でも、この後どうなってしまうのかが不安なのです。そして貴方をあまりに愛しすぎているのではと悩むのです。
ヴァレール：
僕をそれだけ愛してくれていながら、どんな不安が芽生えるというのですか。
エリーズ：
ええ、千もの不安がどっと押し寄せます。父の激怒、家族の反感、世間の敵意。でも何よりヴァレール、貴方の心変わりを。貴方がた殿方は無垢な魂が一途なのを知ると、手ひどい冷淡さを示すといいますもの。
ヴァレール：
他の男たちを例に、僕を判断しないでください。エリーズ、君あってこその僕です。気懸りがあると言うなら、最初から愛してくれなかった方がましだ。そんなことをするには貴方に魅かれすぎている。そしてこの愛は僕の生命があるかぎり続きます。
エリーズ：
ああ、ヴァレール、誰もが同じことを言うものです。殿方は皆、似た言葉の約束をなさいます。お振る舞いを見なければ、本当かどうか分かりません。
ヴァレール：
振る舞いだけが実の姿を映すというなら、僕のこれからの行動を見てください。悪い方にばかり考え、起こりえないことを危惧し、僕を責めないでください。つまらない

ことを思い煩わないでください。いくらでもお見せしますから、僕の情熱と真心を証明する時間をください。
エリーズ：
ああ、愛する方の言葉に抗うのは何と難しいことでしょう。ヴァレール、貴方は私をだますことができない人だと思います。私は信じます、貴方が真底愛してくださっている、そして誠実であり続けることを。私はこのことを少しも疑いません、だから私は世間から非難されたらどうしようかなどという恐れを振り払います。
ヴァレール：
でも何故そんな懸念を持つのですか。
エリーズ：
世間の人たちが貴方を私と同じ目で見るのなら、何も恐れることはないでしょう。だって貴方という人の中に、私の気持ちが間違っていないことを証す確かなものを見るからです。そう、貴方のしてくださったこと、感謝に耐えませんもの。今でも目に浮かびます、私たちが互いに眼差しを交わすようになったあの時の様子が。自分の命を省みず怒濤の波から私を救ってくれた素晴らしい勇気。私を水から引き揚げ、一心にしてくれた介抱。親も故国も省みず、この地に足を止め、私のために身分を隠し父の側勤めをするほどの愛情。そしてどんな困難な時も、たゆまず私を崇め讃美してくださること。こうしたこと全てが、私の中で疑いなくすばらしい何かを生んだのです。ですから私にはもう充分、誓いを立ててもいいと納得するには。でも他の人たちは、それでは済まないでしょう。だって他の人たちが私と同じ気持ちになれるはずはないですもの。
ヴァレール：
確かにいろいろなことがあると思います。でも何にせよ僕の愛は惜しみなく、おそばで何がしかのお役に立ちたく思っているのです。貴方はためらわれますが、お父上がうるさくすればするほど、世間の同情は貴方に集まります。そしてあのケチと厳しさを見れば、娘や息子が多少の羽目を外しても大目にみてくれるでしょう。許して、美しいエリーズ。貴方の前で父上のことをこんな風に話すのを。このことではお父上をよく言いようがないのです。でも、僕がうまく両親に巡り合えば、父上のお許しを得るのに苦労はいらなくなるはずです。その便りを辛抱強く待ちます。便りがやってこないなら、こちらから探しに行くつもりです。
エリーズ：
ああ、ヴァレール。ずっとここにいて。そして父とうまく折り合うことを考えてください。

ヴァレール：
お分かりでしょう、僕がそれを目指して動いているのを。父上のお気持ちに合わせるよう、自らを駆り立て、巧みなお追従をしてこの家に入り込んだのです。父上を喜ばすため、自分の感情を隠し、相槌を打ち、擦り寄っているでしょう。毎日一緒にいて、その寵愛を得るために如何に演じていることか。おかげで芝居が随分とうまくなりました。それで僕は思いました。人の信頼を得るためには、相手のお眼鏡にかなうようその気質と同じものを身にまとい、その欠点をほめそやし、その人がすることに喝采するのが一番だと。こびへつらいすぎを恐れる必要はないのです。人をだますやり方はいくらあからさまにしても当の相手は気づかず、一番狡猾な人間こそがきまって一番だまされやすい人になるのです。そして、おべっかに賞賛という調味料を加えれば、どんなくだらないもの、ばからしいものも、鵜呑みにさせてやれます。こんな風にしていると、正直心が痛みます。でも必要な相手なら、その人に合わせねばなりません。それでしか信頼を勝ちとる術はないのですから。お追従を言う人間が悪いのでなく、お追従されるのを望む人間が悪いのです。

エリーズ：
でも兄と仲良くすることも考えて。女中が私たちの秘密を明かさないとも限りません。

ヴァレール：
あちこちを味方に付けることはできません。父親と息子の気持ちは対立するもので、同時に信頼を得るのは難しい。貴方に、兄上はお任せします。僕らに味方してくれるよう、兄妹(きょうだい)としての情に訴えてください。兄上がやって来ました、僕は失礼します。この場を利用して話すのです。でも適切だと判断できることしか、僕らのことを言ってはなりませんよ。

エリーズ：
私たちの秘密を兄に話す力が私にあるかしら。

第2場

クレアント、エリーズ

クレアント：
よかった、お前がひとりで。実はどうしても話しておきたいことがある。

エリーズ：
いつでもお聞きしますわ、お兄さま。何のことです。

クレアント：
話せば長い。一言で言ってしまえば、僕は恋をしている。
エリーズ：
恋をしている。
クレアント：
そうさ、僕は恋をしている。でも、自分でもよく分っていることを先に言っておこう。つまりだ―僕は父上の恩恵を被っている、そして息子である以上父の意志に従わねばならない。両親の同意なしに勝手に誓いなど交わしてはならない。どんな望みだろうと、是非はその人たちに委ねよというのが、天の御心(みこころ)だ。そして彼らの判断によってしか僕らが自由に振る舞う権利は得られない。この人たちはいささかも馬鹿げた熱情に駆られていないのだから、僕らよりずっと判断を誤ることが少ない。僕らに何が適しているか、よりよく見ることができる立場にいる。僕らの情熱の無鉄砲さより彼らの慎重さがもつ知性こそ、こうした問題では信じなければならない。若さの血がたぎると、実にしょっちゅう愚かしい破滅へと僕らを引き込むものだ―さあ全部言ったぞエリーズ、お前がわざわざ僕にそのことを言う手間を省くためにね。だっていいかい結局、僕の恋は聞く耳を持たないのさ、だから頼む、僕を諫(いさ)めたりしないでおくれ。
エリーズ：
婚約なさったのですかお兄さま、恋してらっしゃる方と。
クレアント：
いいや、だがその決心はすでについている。そして、もう一度お前にお願いする。いささかもこのことで、僕を思いとどまらせる理由を挙げたりしないように。
エリーズ：
お兄さま、私はそんなに訳の分からない人間でしょうか。
クレアント：
そうは言っていない。だが、お前は恋をしたことがない。甘美な恋が人の心に与える優しい荒々しさを知らない。お前は賢明すぎるからな。
エリーズ：
お兄さま、私が賢明だなどと仰らないで。一生に一度くらい賢明さに欠けることのない人なんていませんことよ。私だって打ち明けて言えば、たぶん貴方よりずっと賢明さが足りないはずです。
クレアント：
えっ、お前が僕と同じ心持ちでいるとは……
エリーズ：
まず貴方の方が先ですわ。お兄さま、どなたに恋してらっしゃるの。

クレアント：
つい最近この界隈に住むようになった女(ひと)だ。見る者を引き込まずにはおかない楚々とした風情。自然がこれほど愛らしいものを作ったことがあったろうか。僕はその人を見た途端、心が囚われるのを感じた。名前はマリアーヌ、年老いた母親と暮らしている。母親はいつも病気がちで、この優しい娘はこれ以上ないほどの愛情で接している。母に尽くし、喜ばせ、心打たれる優しさでもって慰める。その立居振る舞いはこの世で一番魅力的なものだろう。何かをするたびに、そこはかとない気品が漂う。心安らぐ優しさ、全ての人を惹きつける美しさ、比類ない誠実さ、それから……ああエリーズ、あの人のことを知っていて欲しかった。

エリーズ：
良く分かります、お兄さま。おっしゃることだけで。貴方が愛しているというだけで、その方を充分理解できます。

クレアント：
ちょっと調べたところ、判った。あの人は余り良い生活をしていないこと、家族はつましく、ささやかな財産を少しずつ売り食いして、日々をつないでいることが。ああ、自分が愛する人の財産を増やすことができたらどんなに嬉しいことだろう。この真面目な家族のつつましい物入りに対し、いくばくかのささやかな援助ができたらどんなに嬉しいことだろう。なのに、考えてもみてくれ、親爺がケチなばかりに、この喜びを味わうことが出来ない。自分の愛情の証(あか)しとなる何物も、この美しい人に示すことが出来ないでいる。自分が嫌になってしまう。

エリーズ：
ええ、お兄さま。貴方の悲しみは如何ばかりか。

クレアント：
この悲しみは人には想像できまい。だって、こんな悲惨な状況はどこにもないだろう。親爺のおかげでとんでもない節約を強いられ、親爺のひどい仕打ちにいらいらさせられて。財産が一体何の役に立つ、それを充分味わえる青春の只中にいなくなってしまってから、そんなものを手にしたって。必要なものをまかなうのに今現在、あらゆるところから借金しなければならないなら。ちゃんとした衣服を身に纏(まと)うお金を得るために、お前共々いつもいつも商人に便宜を計ってもらう破目に追いやられるなら。そうさ、僕がお前に話したかったのは、僕のこの気持ちに対し、親爺はどう考えるか知りたくて、その手助けをしてほしいということなのだ。そしてもしこの点で親爺と衝突するなら、僕はあのすばらしい人と別の土地に行って、天が僕らにお示しくださる運命に従おうと心に決めたのだ。そうなった時のため、あちこちで金を借りようとしている。だからエリーズ、お前と僕の悩みが似ていて、あの親爺が僕らの願いを聴き入

守銭奴　175

れてくれないなら、僕ら二人ともこの土地を離れ、こんなに長い間我慢させられてきた、あのどうしようもないケチ男の横暴から解き放たれよう。
エリーズ：
本当ね、日ごとますます、お母さまが生きていてくださったらと思うような悩みの種を、お父さまは次々に蒔(ま)くのですもの。それで……
クレアント：
親爺の声がする。すこし離れた場所で相談しよう。そしてあとで僕らの力を合わせ、頑固な親爺を攻めに掛かろう。

第3場

アルパゴン、ラ・フレーシュ

アルパゴン：
出てゆけ、弁解はいい。この家からとっとと失せろ。詐欺師、吊るし首に値する極悪人め。
ラ・フレーシュ：
こんな性悪の老人を見たことがない。きっと悪魔に憑(と)りつかれているのだ。
アルパゴン：
何かぶつぶつ言っているが。
ラ・フレーシュ：
どうしてアッシを追い払うのですか。
アルパゴン：
この極悪人め、ワシに理由を聞くとは大層だな。早く出てゆけ、ぶち殺されないうちにな。
ラ・フレーシュ：
ワタシめが何をしたというので。
アルパゴン：
ワシがお前に出て行ってほしいと思うようなことをした。
ラ・フレーシュ：
アッシのご主人、貴方さまの息子さんが、待っているようにと言ったのですよ。
アルパゴン：
だったら通りで息子を待て、杭(くい)のように突っ立って、この屋敷に起こっていることを観察し、隙あらば付け入ろうなどとするな。ワシの財産を狙う奴、ワシを裏切ろうと

する輩が目の前にいるのは許せない。こいつめワシの行動をその呪われた目で追いかけ、何か盗むものがないか、ワシが持っているものを食いつくそうと、あちこちで窺ってるんじゃないか。
ラ・フレーシュ：
そんな、盗みを働いてくれとでも仰るのですか。だいたい大旦那さまが物を盗まれるなんてことありますか。どんな物もしっかり仕舞い込み、昼も夜も見張ってるじゃないですか。
アルパゴン：
ワシはだな、大事だと思うものは皆仕舞い込みたいのだ、そして自分で満足のゆくように見張り番をしたいのだ。ここにはワシの隙(すき)を狙おうなどという奴は誰もおらんだろうな、ワシがやってることを狡(ずる)そうに見ている奴は。(脇で)こいつめ、まさかワシの金を嗅ぎつけたんじゃないだろうな。お前はまさか、ワシがこの家に金を隠しているなんて噂をばら撒いたりしとらんだろうな。
ラ・フレーシュ：
大旦那さまは、お金を隠してらっしゃるのですか。
アルパゴン：
いいや、ごろつきめ、そんなことは言っておらん。(脇で)これはまずい。冗談で言っただけだ、ワシが金を隠しているなんて噂をばら撒かないでくれよとな。
ラ・フレーシュ：
へえ。貴方さまがお金を隠していようがいまいが、アッシらにはまるでどうでもいいことで、それでアッシらに何が変わる訳でなし。
アルパゴン：
つべこべ言うやつだな。その耳に答えをお見舞いしよう。(手を上げ相手に平手打ちをくらわそうとする)。もう一度言う、ここから出てゆけ。
ラ・フレーシュ：
ええ、出てゆきます。
アルパゴン：
待て。何も持ち出してないだろうな。
ラ・フレーシュ：
アッシが旦那さまの何を持ち出すって言うんで。
アルパゴン：
こっちへ来い、見せてもらおう。さあ手をだせ。
ラ・フレーシュ：
はいどうぞ。

アルパゴン：
他の手も。
ラ・フレーシュ：
他の手ですか。
アルパゴン：
そうだ。
ラ・フレーシュ：
はいどうぞ。
アルパゴン：
中に何も隠してないだろうな。
ラ・フレーシュ：
ご自身でみて下さい。
アルパゴン：（相手の半ズボンの下の部分を触ってみる）
このズボンは盗んだものの恰好の隠し場所だ。逆さに吊るしてやろうか。
ラ・フレーシュ：
ふざけやがって、恐れている通りになればいい。オイラもこいつから物を盗んでやりたい。
アルパゴン：
何だと。
ラ・フレーシュ：
えっ。
アルパゴン：
盗む、って何のことだ。
ラ・フレーシュ：
貴方さまは至るところ隈なくお探しになられる、アッシが盗みを働いたかどうか知るために、と言ったのです。
アルパゴン：
そうだ、やってみよう。
（アルパゴン、ラ・フレーシュのポケットを探る）
ラ・フレーシュ：
このクソ馬鹿野郎、ごうつくばりめ、くたばれ。
アルパゴン：
何だと。何て言った。

ラ・フレーシュ：
アッシが言ったことですか。
アルパゴン：
そうだ。クソ馬鹿野郎、ごうつくばりがどうしただと。
ラ・フレーシュ：
クソ馬鹿野郎、ごうつくばりめ、くたばれって言ったんです。
アルパゴン：
誰のことを話している。
ラ・フレーシュ：
ごうつくばりのことです。
アルパゴン：
でそのごうつくばりとは誰のことだ。
ラ・フレーシュ：
分からず屋、どケチのことで。
アルパゴン：
それは誰のことだ。
ラ・フレーシュ：
大旦那さまは何を心配なさってるんですか。
アルパゴン：
心配しなければならないことを心配しているのだ。
ラ・フレーシュ：
ひょっとして、アッシが貴方さまのことを言っていると思ってらっしゃるのですか。
アルパゴン：
ワシは思っていることを思っているのだ。いいか、はっきり答えろ。お前はその文句を誰に向けているのか。
ラ・フレーシュ：
アッシは……アッシの帽子に話しかけているんで。
アルパゴン：
なら帽子が乗っかっているものを叩いてやろうか。
ラ・フレーシュ：
ごうつくばりを呪っちゃいけないというんですか。
アルパゴン：
いいや。だが貴様に言っておく、べちゃべちゃ無遠慮にお喋りをするなと。判ったか。

ラ・フレーシュ：
アッシは誰のことを言ってるわけじゃないです。
アルパゴン：
もし喋ったら一発お見舞いするぞ。
ラ・フレーシュ：
「人の非難に気付いたら行いを正せ」格言。
アルパゴン：
黙らんのか。
ラ・フレーシュ：
はい、黙ります。
アルパゴン：
さて、さて。
ラ・フレーシュ：（上っ張りのポケットの一つをアルパゴンに示しながら）
どうぞ、もうひとつのポケットですよ。お好きにどうぞ。
アルパゴン：
隈なく探す手間を省こう。さ、ワシに返せ。
ラ・フレーシュ：
何ですって。
アルパゴン：
お前が盗ったものさ。
ラ・フレーシュ：
貴方さまからアッシは何も盗ってません。
アルパゴン：
確かか。
ラ・フレーシュ：
確かです。
アルパゴン：
もういい。さっさと出てゆけ。
ラ・フレーシュ：
ひどい追い出し方だ。
アルパゴン：
良心に恥じろ。この下郎、極悪人め、ワシをひどく不快にさせおる。こんなびっこ野郎なぞ見たくもない。

第4場

エリーズ、クレアント、アルパゴン

アルパゴン：
まったく、家で大金を保管するのは、並大抵の苦労でない。他に預託して、当座の分だけ手許に置いている人は幸せだよ。家の中で安心できる隠し場所を考え出すのは、実に大変だ。金庫なんてどれも、頼りにならない。泥棒への正真正銘の呼び水じゃないか、真っ先に眼をつけられる。だが、昨日返してもらった1万エキュをうちの庭に埋めてしまってよかったものかどうか。自宅に金貨で1万エキュもの金を置く……

（ここで兄妹が現れ、小声で会話する）

ああ、しまった！　秘密を洩らしてしまった。
つい熱くなって、独り言のつもりが大きな声が出たようだ。いったい何かね。
クレアント：
べつに、お父さん。
アルパゴン：
前からそこにいたのか。
エリーズ：
来たばかりです。
アルパゴン：
お前たち、聞いただろう……
クレアント：
何をですか、お父さん。
アルパゴン：
そのつもり……
エリーズ：
何ですか。
アルパゴン：
ワシが今言っていたことさ。
クレアント：
いいえ。

アルパゴン：
そんなはずはない、聞いたに決まってる。
エリーズ：
お言葉ですが……
アルパゴン：
分ってるんだ、いくらか聞いたってことはな。ありゃ自分に言い聞かせていたんだ、今日びは金を手に入れるのは容易じゃないって。そしてワシは言っていたのさ、自宅に1万エキュあるような人は幸せだってな。
クレアント：
お邪魔かと思っておそばには……
アルパゴン：
呟(つぶや)きがお前たちの耳に入って、ワシはうれしいのさ。そしたらお前たちはものごとを間違って捉えないだろう。ほんとに1万エキュ持ってたら、自分で言うわけないと思ってくれるだろうからな。
クレアント：
お仕事には立ち入りません。
アルパゴン：
そんな大金を自分が持っていればいいのにな、1万エキュだぞ。
クレアント：
僕にはどうでも……
アルパゴン：
だったら有難いのにな。
エリーズ：
そうしたことは……
アルパゴン：
そんな金があったら本当にいいのにな。
クレアント：
あの……
アルパゴン：
そうしたらワシは大いに満足するだろうに。
エリーズ：
お父さま……
アルパゴン：
そしたらワシは何ら不平は言わん。今のようにはな、実に厳しい時代だなどとは。

クレアント：
そんな。お父さんには不平をいう理由なんかないじゃないですか。誰もが知っています、貴方には十分な財産があるって。

アルパゴン：
何だと？　ワシに充分な財産があるだと！　そんなことを言う奴は大嘘つきだ。それほどの間違いはない。きっと、ろくでなしが妙な噂を垂れ流すんだ。

エリーズ：
そうお怒りになるほどでも。

アルパゴン：
こいつは妙だ、実の子供たちがワシに背き、ワシの敵になるなんて。

クレアント：
お父さんが財産を持っていると言うのが、敵になるのですか。

アルパゴン：
そうだ。このような無駄話とお前の無駄遣いは、きっと近いうちに誰かがわが家に来てワシの喉を掻っ切る原因になる、ワシが服の中に大枚を隠していると考えてな。

クレアント：
僕がどんな無駄遣いをしたというのですか。

アルパゴン：
どんなだと。お前が町をちゃらちゃらして歩き廻る、そのぜいたくな身なりほど破廉恥なものが一体あるか。ワシは昨日の晩お前の妹に意見した。だが、お前の方がもっと悪い。こんなことをしてたら罰があたるぞ。そもそもだ、くるぶしから頭の先までのお前の身づくろい分で、どれだけ結構な投資ができることか。何十回となく言い聞かせたはずだ、お前のやり方には呆れておるとな。侯爵さまか何かのように着飾りおって。お前はワシに盗みを働いたに違いない。

クレアント：
そんな。どんなふうにお父さんから盗むというのですか。

アルパゴン：
知るか。そもそもお前はどこで、そんなちゃらちゃらした形(なり)をするのに必要なものを手に入れる。

クレアント：
僕は賭け事をするのです。運が強いもので、自分が稼いだお金を全部着るものに使うんです。

アルパゴン：
なんという不品行。賭け事をうまくやれるにしても、ならその金をもっと活用すれば

守銭奴　183

いい、ちゃんとした利息を生むようにな。そうすればいつの日か、その金と利息ともども相まみえることになる。他のことは置くとして、ワシは大いに知りたいものだ、お前が足首から頭の先まで埋め尽くしてやたら付けているリボンは何の役に立つのかと。そしてまた、ズボンを結わえるのにピンは6本では充分でないのかとな。自分の地毛が十分にあって一銭もいらないのに、わざわざかつらに大枚をはたくなんてご苦労なことだ。ワシは断言するぞ、かつらとリボンで少なくとも20ピストールするだろう。その20ピストールあれば、一年に18リーブル6ソル8ドニエの利子が稼げる。年利1/12として計算してもだ。*

クレアント：
御名算。

アルパゴン：
覚えておけ。ところで別の話だ。うーん。こいつら二人何か示し合せてるぞ、ワシから財布を盗むつもりじゃないだろうな。お前らその仕草は一体何の真似だ。

エリーズ：
私たち譲り合っていたのです、お兄さまか私か、どちらが先に切り出すか。二人ともお父さまにお話しがあるのです。

アルパゴン：
そうかワシも、お前ら二人に話しておきたいことがある。

クレアント：
お父さん、結婚のことなんです、僕らがお父さんに話したいのは。

アルパゴン：
そうかワシが話したいのも結婚のことだ。

エリーズ：
あら！　お父さま。

アルパゴン：
何だその叫びは。恐れているのは結婚という言葉か、それとも結婚そのものか。

クレアント：
お父さんが考えておられそうな結婚、です。僕らは恐れるのです、僕らの気持ちがお父さんのご意志と一致しないことを。

アルパゴン：
そう慌てずとも。いささかも不安になることはない。ワシはお前たちに何が必要かよく心得ている。だからお前たちはどちらも、ワシがしようとしていることに不平を洩らす理由は何らありはしない。まあ、とにかく話を始めよう。お前たちは見たことがあるか、マリアーヌという若い娘を、このそばに住んでいる。

クレアント：
はい、お父さん。
アルパゴン：
でお前のほうは。
エリーズ：
噂に聞いたことはあります。
アルパゴン：
息子や。その娘をお前どう思う。
クレアント：
とても感じのいい方ですね。
アルパゴン：
その容貌については。
クレアント：
理知的で控えめ、と見ました。
アルパゴン：
その物腰と雰囲気は。
クレアント：
なかなか素敵です。
アルパゴン：
ああした娘であれば、望むのに十分な価値があると思わないか。
クレアント：
ええ、お父さん。
アルパゴン：
望ましい結婚相手になるだろうか。
クレアント：
ええとても。
アルパゴン：
きちんと家事をやれる顔つきをしているだろうか。
クレアント：
きっと。
アルパゴン：
で、亭主になったらあの女といて満足するだろうか。
クレアント：
もちろん。

アルパゴン：
ちょっと問題があってな。じつはあの娘にはこちらが期待できる十分な財産がないようなのだ。
クレアント：
ああ、お父さん。財産など重要ではありません、そうしたきちんとした女性と結婚できるのなら。
アルパゴン：
それはそうだが。でも言いたいのは、望むべき財産がないというなら、それを別のもので埋め合わせにゃならんということだ。
クレアント：
そうですね。
アルパゴン：
まあ、お前たちがワシと同じ気持ちでいてくれて安心した。というのは、あの娘の品のよさと穏やかさがワシの魂を捉えたのだ、それでワシはあの娘と結婚することに決めた。きちんと帳尻が合うようならな。
クレアント：
はあ。
アルパゴン：
何だ。
クレアント：
決めた相手は、その……
アルパゴン：
マリアーヌ。
クレアント：
はあ、貴方が。お父さんがですか。
アルパゴン：
そうだ、ワシ、ワシ、ワシがだ。何を言いたい。
クレアント：
急に眩暈がしてきた、失礼させていただきます。
アルパゴン：
大したことはあるまい。台所へ行ってきれいな水をがぶがぶ飲めばよい。本当に、最近の優男(やさおとこ)連中ときたら、雌鶏(めんどり)ほどの活力もないのだからな。そういうわけだ、娘よ、これがワシが自分のために決心したことだ。お前の兄さんには、今朝話が持ち込まれたさる未亡人を世話しよう。それでお前はだな、アンセルムさんに嫁がせてやろう。

エリーズ：
アンセルムさんですって。
アルパゴン：
そうだ、成熟した男性、思慮深くて賢明、年も50は越えているまい、それに人の話じゃ多大な財産があるというぞ。
エリーズ：(お辞儀して)
私は結婚したくありません、お父さま、どうかお願いします。
アルパゴン：(娘のお辞儀を真似て)
でワシの方は、マナ娘さん、お前さんが結婚することをどうかお願いします。
エリーズ：
済みませんがお父さま。
アルパゴン：
済みませんが娘さま。
エリーズ：
アンセルムさんは結構でございます。貴方のお許しを得て、私はその方と結婚いたしません。
アルパゴン：
結構は結構でございます。お前の許しを得て、今夜お前を結婚させるよ。
エリーズ：
今夜に。
アルパゴン：
今夜すぐ。
エリーズ：
お父さま、そんなのあり得ません。
アルパゴン：
娘さん、そんなのあり得ます。
エリーズ：
嫌です。
アルパゴン：
いいです。
エリーズ：
だめ、そう申し上げます。
アルパゴン：
いい、そう申し上げます。

エリーズ：
こんなこと勝手にお父さまが決めていいことではありません。
アルパゴン：
これこそお父さまが勝手に決めていいことであります。
エリーズ：
そんな人と結婚するぐらいなら、私は命を絶ちます。
アルパゴン：
断たせませんよ、結婚させます。それにしても何たる不敵。父親にこんな口を聞く娘がいただろうか。
エリーズ：
こんな風に娘に結婚を迫る父親がいたでしょうか。
アルパゴン：
申し分ない婿殿だ。わしは断言する、世の人々はみな、ワシの選択が賢明と認めるだろう。
エリーズ：
私だって断言します。アンセルムさんなんて、分別のあるどなたからも認められるはずがありません。
アルパゴン：
ヴァレールが来た。この件については、ヴァレールに判断を委ねるってのはどうだ。
エリーズ：
仕方ありません。
アルパゴン：
あいつの判断にちゃんと従うか。
エリーズ：
はい、あの人がいう事に文句を言わず従います。
アルパゴン：
それで決まりだ。

第5場

ヴァレール、アルパゴン、エリーズ

アルパゴン：
こっちへ来い、ヴァレール。ワシか娘か、どちらが正しいかお前に決めてもらうこと

にした。
ヴァレール：
ご主人さまでございますよ、疑問の余地はございません。
アルパゴン：
ワシらが何のことを話しているか分っているのか。
ヴァレール：
いいえ。でも貴方さまが間違っているはずはございません、すべてにおいて正しくていらっしゃいます。
アルパゴン：
ワシは今晩、金持ちで賢明な男を、夫としてこの娘にやろうとしておる。なのに、このバカ娘めが、ワシに面と向かって、その人を受け入れるのが嫌だと言うのだ。これについてお前、どう思う。
ヴァレール：
私の考えですか。
アルパゴン：
そうだ。
ヴァレール：
ええ、その。
アルパゴン：
なんだ。
ヴァレール：
申し上げます。実のところ、私も貴方さまのお考えと同じです。貴方さまが間違っていようはずがございません。でも、お嬢さまの方も完全に間違っているわけではないかと……
アルパゴン：
何だと。アンセルムさんはふさわしい結婚相手だ。あの方は名門の出で、優しい、落ち着いた、賢明なそして立派な紳士だ。それに、最初の結婚での子供はもう誰も残っていない。これ以上よい相手を娘は得られるか。
ヴァレール：
確かでございますね。でも、お嬢さまはこう申し上げたいのかもしれません、ちょっとことを急ぎ過ぎだ、せめて相手の方のご性格が自分に合っているかどうか判断する時間が欲しいと……
アルパゴン：
好機は逃してならないと言うではないか。それにこの縁談には他にはない利点が一つ

ある。相手はな、持参金なしでよいと明言しているのだ。
ヴァレール：
持参金なし。
アルパゴン：
そうだ。
ヴァレール：
ああ。もはや申すべきことはございません。いや、それは完全に説得力のある理由です。それには服さねばなりません。
アルパゴン：
ワシにとってかなりの節約になる。
ヴァレール：
文句のつけようがございません。でも、お嬢さまにも一理あって、結婚は人間がその価値を信ずるに足る一番大事なものである、一生を通じての幸不幸にもかかわる。だから、死ぬまで続くことになる約束は用心に用心を重ねてしたい、とお思いなのでしょう。
アルパゴン：
持参金なしで。
ヴァレール：
仰せご尤も、それがすべてを決します。まあ中にはこうおっしゃる方がいるかも知れません、娘の好みこそ先ずもって考慮しなければならないことである。そして、年齢、性格、趣味・嗜好の不釣り合いは結婚に悩みの種をもたらす、と。
アルパゴン：
持参金なしでだ。
ヴァレール：
ああ。それに対して一切反駁はできません。皆そのことをよく分っております、一体誰が逆らえると言うのでしょう。とはいえ、自分たちが用意せねばならない金のことより、娘の満足をより高めてやりたいと思うのも親心で。そうした父親は娘を利益の犠牲にしたいとはつゆ思わず、他のどんなことよりも、二人の穏やかな結びつきが、平穏と喜びと名誉を伴い、何時までも続くよう願うものですし……
アルパゴン：
持参金なしでだぞ。
ヴァレール：
御意。それが全ての人の口をふさぎます、持参金なし。このような理由に逆らうなぞ……。

アルパゴン：(庭の方をみやって)
おや。犬が吠える声が聞こえた。まさかワシの金が狙われているのじゃあるまいな。そのままでいろ、すぐ戻る。

エリーズ：
あんな風な話し方をするなんてヴァレール、貴方どういうつもり。

ヴァレール：
お父上をいらだたせないためです、そしてうまい結末をつけるためです。正面からお父上の感情にぶつかるのは、危険が多すぎます。反論されるとむきになり、理性的に順を追って説かれても頑なになり、真実を認めようとせず、相手に敵意しか示さず、事を妨げ、わざと逆の方向を向く人がいるのです。あの方が望むことに応じるよう見せかけてください、そうしたほうが事を運びやすいし……

エリーズ：
この結婚はいや、ヴァレール。

ヴァレール：
それを断つうまい抜け道を探しましょう。

エリーズ：
でもどんな名案があるの、今夜勝手に決められてしまうのよ。

ヴァレール：
猶予をお願いしなければなりません。そう何かの病気のふりをするのです。

エリーズ：
でも仮病は見抜かれてしまうわ、もしお医者さまを呼ばれたりしたら。

ヴァレール：
冗談を。医者にどうしてそんなことが分かるでしょう。さあ、何でも好きな病気にかかったふりをしてください、どうしてその病気に罹(かか)ったか、貴方に教える適当な理由を医者は見つけてくれますよ。

アルパゴン：
よかった、何でもなかった。

ヴァレール：
僕たちのさいごの頼みの綱は、いざとなったら二人で逃げることです。それがすべてから解放される手段です。だから、美しいエリーズ、君の愛が堅固であれば……（アルパゴンに気付く）そうです、娘は父親に従わなくてはなりません。夫がどんな形(なり)かなど考えてはなりません。持参金なしという大きな理由が存在する以上、娘は自分に与えられるものを全て受け入れる心構えをせねばなりません。

守銭奴　191

アルパゴン：
そうだ、よく言ってくれた。それでよし。
ヴァレール：
ご主人さま、申し訳ございません、いささかカッとなりまして。僭越にも今のような口のきき方をしてしまいました。
アルパゴン：
いやいや、ワシは喜んどる。娘に有無を言わせず、これからお前に指導の役割を命ずる。(エリーズに) そうだ、いくら逃げようとしたってだめだぞ。ワシは天がワシに与え給うた権限をこの男に、委ねる。お前は何でもこの男の言う通りにやるのだ。
ヴァレール：
こう決まった以上は、私に従っていただきます。ご主人さま、私はお嬢さまについて参ります。お嬢さまに教訓をさらにたっぷりお教え申し上げるために。
アルパゴン：
よし、頼りにしている。確かに……
ヴァレール：
お嬢さまにはいささか手綱を締めてゆくのがよろしいかと。
アルパゴン：
その通りだ。やらなきゃならんのは……
ヴァレール：
どうぞ心配ご無用に。きちんとやり遂げてご覧にいれます。
アルパゴン：
そうか。では町を一回りしてくる、すぐに戻る。
ヴァレール：
はい、お金はこの世のどんなものより貴重であります、それでお嬢さま、貴方は天に感謝しなければなりません、お父さまという立派な紳士をお父上としてお与えくださったことで。お父さまはこの世で生きるということがどういうものなのかよくご存じです。求婚者が持参金なしで娘を娶ろうと申し出た場合、父親はそれから先のことをああでもないこうでもないと考える必要はないのです。全てはこの言葉に込められています、持参金なしという言葉は美の、若さの、また高貴さの、名誉の、賢さの、誠実さの代わりとなるものなのです。
アルパゴン：
まじめな男だ。お前は神のお告げのように弁じてくれた。こうした使用人を抱えているなんて、ワシは幸せものだ。

＊1 ドニエ＝ 1/12 ソル
　1 ソル＝ 1/20 リーブル
　1 ピストール＝ 11 リーブル

第2幕

第1場

クレアント、ラ・フレーシュ

クレアント：
この裏切り者！　一体どこに行っていた。待っているように言ったはずだ……
ラ・フレーシュ：
はい、ご主人さま。何があってもお屋敷でじっと待つつもりでいました。しかし貴方さまのお父さま、大旦那が、なんとひどい方でしょう、問答無用でアッシを追い払ったのです。あやうく殴られるところでした。
クレアント：
例の件はどうなっている。差し迫った状況だ。お前と別れてから、親爺が僕の恋敵だと判った。
ラ・フレーシュ：
お父さまが恋をしてらっしゃる。
クレアント：
ああ。心の動揺を親爺に知られないようにするのにえらく苦労した。
ラ・フレーシュ：
大旦那が恋わずらい！　一体なんでそんな気を起こしたというのでしょう。世の中を馬鹿にしてるんじゃありませんか。あんな形(なり)した方が色気づくなんて。
クレアント：
俺にとって不運なことだ、激しい恋心が親爺に芽生えたなんて。
ラ・フレーシュ：
でもどうして貴方の恋を大旦那さまに秘密になさるのですか。
クレアント：
余計な疑念を与えないためさ、そして、この結婚をあきらめさせる手立てをとる時間を稼ぐためさ。ところで例の件、返答はどうだった。
ラ・フレーシュ：
ちゃんとやりましたよ。でもご主人さま、借りる側ってのは本当に哀れなものですね。

貴方のように高利貸に頼らねばならぬとなると、妙なことを呑まねばなりません。
クレアント：
取引はできないってことか。
ラ・フレーシュ：
申し上げます。例のシモン親方、人から紹介された周旋業者ですが、実にきっぷのいい男で、それが言うには、自分は若旦那に対し大奮発したと。ただただ貴方の面構えが気に入った、と。
クレアント：
俺が頼んでいる15000フランは手に入るのか。
ラ・フレーシュ：
はい、でもいくつかちょっとした条件がございまして、それを貴方さまは受け入れねばなりません。事態がうまく進むよう願うのであれば。
クレアント：
シモン親方はお前に、金を貸してくれる相手と話させてくれたのか。
ラ・フレーシュ：
ああ！ 全く、そんな風には行きません。相手はこちら以上に自分の身分を隠すのに気を使っています。お望みどおりには、明かされないこともあります。親方は相手の名前を一切、言ってくれません。それでこれから互いを、借りた家で引き合わせようということになりました。向こうは貴方の口から直接、貴方の財産ならびに家庭について聞き出したいというわけです。まあ、お父上の名前を言っただけで、物事は絶対にうまく運ぶはずです。
クレアント：
そもそも母さんが死んでしまっているのだから、僕への財産割り当て分を取り上げるなんてできないはずだ。
ラ・フレーシュ：
交渉に入る前に貴方に見せるようにと、ここに相手が仲介者に書き取らせた条項があります。
次の前提、すなわち
貸主は自らの安全すべてを確認でき、
借主は成年に達しており、充分な財産を有し、堅固で、確実、怪しからざる、かつ抵当物などない家庭の出身であること、
この条件の下、公証人、それもありうべく最も紳士でありこの履行のために貸主により選ばれた公証人、何となれば証書が然るべく作成されることが貸主にとって何よりも重要であるからであるが、その前にて正当かつ正確な証書を作成すべし。

クレアント：
それについて文句はない。
ラ・フレーシュ：
貸主は、その良心にいかなる咎めを負うことなきよう、金利1/18にて自身の金を委ねることを望む。
クレアント：
1/18（5,55％）。これは何とも有難い。不平をいう余地は全くない。
ラ・フレーシュ：
その通りで。しかし、つぎの条文を。
前述の貸主は手許に当該の金子（きんす）を有さぬゆえ、かつまた借主の便宜を計るために貸主自身別の人間から借りざるを得ない、それも1/5（20％）の金利で、ために、前述の第一借主は先の物とは別にこの利子を支払わねばならない。なんとなれば前述の貸主がこの借入を約束するのはただただ借主に恩恵を施したいためのみであるが故に。
クレアント：
何だ一体。ユダヤ人かアラブ人のやり口だ。それじゃ25％以上になるじゃないか。
ラ・フレーシュ：
ええまさに、私もそう思いまして。それ以上は貴方さまが判断しなければなりません。
クレアント：
何を判断しろというのだ。俺には金がいる。それで俺はどんなことにも同意しなければならない。
ラ・フレーシュ：
そのように相手に答えました。
クレアント：
まだほかにあるか？
ラ・フレーシュ：
それ以上はちっちゃな条項だけです。
要求する15000フランのうち、貸し手は12000フランしか金銭として所有する見込みがないため、残りの1000エキュ（3000フラン）については、借り手は衣類、家具調度品、宝石、で受け取らねばならない。それらのものを、できるだけ好意的に、能うかぎりの低い価格で見積もった。
クレアント：
それはどういう意味だ。
ラ・フレーシュ：
目録を読み上げます。

まず山型の縞模様のついた4脚のベッド。オリーブ色（茶色がかった緑）のシーツに極く念入りに刺繍されている。6脚の椅子とキルティングした掛布団も付して。これはきわめて良好に保持されており、赤と青に煌めくよきタフタ織の裏地が付いている。

さらに寝台用テント一つ。古バラ色のオーマル特産上質綾織地の簾（すだれ）を上から吊りさげたもの。大型飾り紐と絹の房飾りが色を添える。

クレアント：
そいつで俺に何をしろというのだ。

ラ・フレーシュ：
お待ちください。

さらにガンバとマセの恋を描いたつづれ織り絹の壁掛け。

さらにクルミ材の大テーブル。12の円柱すなわち轆轤（ろくろ）で加工された支柱がついているが、これは両側を引っぱれば伸縮自在、下には6つの腰掛けを備えている。

クレアント：
こん畜生、俺は何を相手にしているのだ……。

ラ・フレーシュ：
どうか御辛抱ください。

さらに真珠の被膜をちりばめたマスケット銃3丁。その台座3脚。

さらにレンガの竈、蒸留器2つとフラスコ3つ付き。蒸留分離に興味ある向きには有益。

クレアント：
ふざけるな。

ラ・フレーシュ：
穏やかに。

さらにボローニャのリュート。弦がほぼ全部そろっている。

さらに玉ころがしゲーム一式、チェッカーボード、ギリシア式に改良されたガチョウ遊び付きで、無聊（ぶりょう）をかこつのに最適。

さらにトカゲの皮、150センチ長で干し草が詰めてある。部屋に天井から吊るすための楽しい骨董品。

全て、上記のものは、正真正銘4500リーブル以上の価値がある。いかに控え目に評価しても。

クレアント：
何が控え目にだ、要らないものを恩着せがましく押しつけるなんて。ペストにやられてしまえ！　こんな高利貸、聞いたことない。自分が要求するすさまじい利子だけで

恐縮しないのか。その上ガラクタを 3000 フラン分として受け取るよう強いるのか。そんなもの全部でも 200 エキュにしかならないだろう。でも俺は相手の言い分を呑まねばならない。何しろ足元に火がついている状態だからな。極悪人め、俺の喉元に錐を突き付ける。

ラ・フレーシュ：

若旦那、こう言うとお嫌でしょうが、貴方はまさしく、パニュルジュが破産へと突き進んだのと同じ道筋にいるのじゃないですか。何しろあのパニュルジュは、先に金を受け取り、高価なものを買い、安く売りたく。まるで小麦が実る前、草しか生えていないときに食べてるようなもので。

クレアント：

じゃあ俺にどうしろと言うのだ。父親の呪うべきケチによって若者が追いやられている状態がこれだ。それでいて世間は言い募る、息子が親爺の死ぬのを願うなんて、と。

ラ・フレーシュ：

正直に申し上げれば、大旦那のケチさかげんさには、どんな穏やかな人でも呆れます。アッシは幸いにも首吊り台行きになる無頼(ぶらい)の心根は持ってません。が、仲間うちには、危ない橋を渡る連中がいます。そいつらと一緒にいても、アッシは尻馬に乗ることは避けてきました。ちょっとでも首吊り刑の匂いがする仕事には加わらずすり抜ける道も知っています。それでも、あの親爺さまのやり口をみると、何かごそっと盗んでやろうかという誘惑に駆られますよ。あのお方に盗みを働くのは天晴れな行為ではなかろうかとまで、思ってます。

クレアント：

この目録をしばらく俺に寄越せ。もう一度点検してみる。

第 2 場

シモン親方、アルパゴン、(別のところ) クレアント、ラ・フレーシュ

シモン親方：

はい、旦那さま、金を必要としているのはお若い方でして。その方の事情で、何でもできるだけ早く、お金を作りたいそうです。ですから何でも貴方さまのおっしゃることを受け入れるはずです。

アルパゴン：

だがシモン親方、本当に大丈夫だろうな。お前が口添えする相手の名前、財産、家族をちゃんと知っているのか。

シモン親方：
いいえ、そのことはワッシからは申し上げられません。偶々(たまたま)人に紹介されたのですから。でもご当人に会えば、全部分かるでしょう。で向こう側の仲介人が私に請け負ってくれています、相手を知れば、貴方さまはきっとご満足なさるだろうと。今のところ判っているのは、その方の家はひどく金持ち、すでに母親はおらず、父親は8か月うちに死ぬのが確実ということです。

アルパゴン：
それは結構なことだ。シモン親方、できるときに人に慈悲を施してやるのはいいもんだな。

シモン親方：
さようで。

ラ・フレーシュ：（シモン親方に気付いて）
どういうことだろう。例のシモン親方ですよ、大旦那に話かけているのは。

クレアント：
誰かがあいつに、俺が誰なのか教えてしまったのだろうか。まさかお前が裏切ったのじゃないだろうな。

シモン親方：（クレアントとラ・フレーシュに）
せっかちすぎますよ、誰がお屋敷で取引しようって言いましたか。（アルパゴンに）私じゃありません、旦那さま、あちらに貴方の名前と家を明かしたのは。でも、別にまづいことでもないでしょう、口の堅い連中ですから。いっそまとめて旦那の考えを説明し、話をつけたら如何でしょう。

アルパゴン：
うむ。

シモン親方：
あそこにいるのが既にお話しした、15000リーブルを借りたいというお方です。

アルパゴン：
何だ、極悪人め！　お前か、こうした非難すべき悪業に身を委ねるのは。

クレアント：
何ですって、お父さん？　貴方ですか、こうした恥ずべき行為に手を染めるのは。

アルパゴン：
貴様か、こんな咎められるべき借金によって破産しようというのは。

クレアント：
貴方ですか、こんな途方もない高利によって金儲けしようというのは。

アルパゴン：
こんなことをしでかして、よくもおめおめとワシの前に顔を出せるな。
クレアント：
こんなことをなさって、よくも世間の目の前に出られますね。
アルパゴン：
お前はいささかも恥かしく思わないのか。こんな放蕩沙汰をしようぞ、身の毛のよだつ浪費に浸りこむなぞ。両親が汗水ながして蓄えた財産を、恥ずかし気もなく蕩尽しようなどとは。
クレアント：
貴方はこんな取引で己の名誉を汚すことを、これっぽっちも恥じないのですか。お金の上にお金を重ね、折角築いた信用をどん欲な欲望の犠牲に捧げることを。そしてまた、どんな名うての高利貸でも思いつかなかった、おぞましい巧妙さで利子を吊り上げることを。
アルパゴン：
ワシの前から消えろ、ごろつき。ワシの目の前から消えるんだ。
クレアント：
どちらがより怪しからぬのでしょうか、痛みを伴っても必要な金を工面しようとする方（ほう）と、要りもしない金を不当に手に入れようとする方（ほう）とでは。
アルパゴン：
すぐに、立ち去れ。ワシの頭を熱くさせるな。うむ、ワシはこの事態を怒ってはいない、むしろ喜びたいぐらいだ。これはワシに対するお告げだ、今まで以上に奴の行動をしっかり監視していろという。

第3場

フロジーヌ、アルパゴン

フロジーヌ：
旦那さま……
アルパゴン：
ちょっと待っておれ。戻ってから話を聞く。(脇で)時々、金の見まわりをしておかねば。

第４場

ラ・フレーシュ、フロジーヌ

ラ・フレーシュ：
全く意外だったな。それにしてもおかしい、きっとどこかに倉でもあるに違いない。なにしろオイラが知ってる限りじゃ、ああした現物見たことないぞ。
フロジーヌ：
あら、アンタかい、ラ・フレーシュ。これはまたどうしたわけで。
ラ・フレーシュ：
ああ、フロジーヌさんか。ここへ何しにきた。
フロジーヌ：
どこでもやる同じことをしに。商売の取り持ち、旦那がたの使い走り。それでできる限り、ささやかな才能を生かすのさ。この世間でははしこく生きなきゃならないからね。アタシのような人間には、知恵を働かせて人様の思し召しに与る以外の年金を、天は与えて下さってないのさ。
ラ・フレーシュ：
この家のご主人相手に何か取引でもしてるのか。
フロジーヌ：
あの方にあることを頼まれてね。それについちゃ、ご褒美を期待してるんだがね。
ラ・フレーシュ：
大旦那からかい。そいつは……。大旦那から何か引っ張り出そうなんてどうしようもないことだ。アンタに忠告しとくよ、この家では金は途方もなく貴重なものだって。
フロジーヌ：
どんな人の心でも揺さぶるやり方ってものがあるのさ。
ラ・フレーシュ：
ご用は何であれ、アンタはまだアルパゴン旦那のことをよく知らない。あの旦那ってのはあらゆる人間のなかで一番人間らしくない人間だ。どの人間より渋くて厳しい。どんなご奉公をしたって、ご褒美を下さる気持ちにあの旦那をさせるなんざ、できない相談だ。誉めて、感謝の言葉をかけ、親しげに、相手が喜ぶ限りのうれしさを示してはくれる。でもいざ金となると、お手上げ。一時的に愛想のよさを見せ、好意を示してくれたところで、それでお終い、何のおまけもついてこない。「与える」って言葉は、あの人が一番嫌いな言葉、ご本人が決して口にすることのない言葉だ。「ご挨拶を差し上げます」じゃなくて「ご挨拶をお貸しします」って言うんだぜ。

フロジーヌ：
それが何だい。アタシには人から絞りとるワザがあるんだよ。相手の心をくすぐり、硬い心を開かせ、どこをどう押せば心が動くか探り当てるコツを知ってるのさ。
ラ・フレーシュ：
無理だよ、ここでは。ともかく金のことに関しては、あの旦那の心を動かすなんてこと出来るものか。あの人はその点についてはトルコ人さ、誰をも落胆させるトルコ流の冷酷さをもっている。あの人が相手のお願いを無視しないなんてことでもありゃ、おどろいて皆死んでしまうだろうよ。一言で言えば、あの旦那は世間の評判よりもお金を愛している。名誉よりも徳よりも。それで、何か頼みに来る人を見ると、旦那は引きつけを起こすさ。あの人の急所を一撃するようなものだから。あの人の心臓に穴をあけるようなものだから。あの人の内臓を掻き毟ることだからね。おまけに……いや旦那がやってきた。オイラは引っ込むとするか。

第5場

アルパゴン、フロジーヌ

アルパゴン：
(脇で) 全て世は事もなし。(大きく) よしよし！ 何だね、フロジーヌ。
フロジーヌ：
あらまあ、旦那さま。お身体の調子がよくていらして！ 健康そのものの顔色をしてらっしゃいますね。
アルパゴン：
誰が、ワシがか。
フロジーヌ：
これほど生き生きと、はつらつとしたお顔をしているのを見たことがありませんよ。
アルパゴン：
そうかね。
フロジーヌ：
そうでございますとも。貴方さまの人生で今ほど若かったためしはございません。25 でも貴方さまよりずっと老けた男たちがおります。
アルパゴン：
しかしだなフロジーヌ、ワシは優に 60 を超えておるぞ。

フロジーヌ：
なんですか！　60歳が一体何だというのですか。結構じゃございませんか、それはまさに人生の華の時、そう貴方さまは今や男としての麗しい季節に入っているのです。

アルパゴン：
だがせめてあと20若ければ、と思わんこともない。

フロジーヌ：
ご冗談を。そんな必要は毛頭ございません。それに貴方さまは100まで生きるお身体(からだ)をしておられます。

アルパゴン：
そう思うか。

フロジーヌ：
もちろん。そのことでは、確かな印が出てございます。ちょっとそのままの姿勢でいてください。何とまあ、貴方さまの二つの目の間に、長命のしるしが。

アルパゴン：
お前は占いをやるのか。

フロジーヌ：
ええ、え。手を見せてください。これはすごい、何たる生命線！

アルパゴン：
何だと。

フロジーヌ：
この線がどこまで続くものかお分かりですか。

アルパゴン：
どこまでって。どういう意味だ。

フロジーヌ：
誓って、100歳と申します。でも120を超すかも知れません。

アルパゴン：
そんなことありうるかね。

フロジーヌ：
殴り殺されでもしなきゃ、貴方さまは御子息もそのまた御子息も看取ることになります。

アルパゴン：
良いことじゃないか。ところで例の件はどうなっている。

フロジーヌ：
ご心配には及びません。私がやりおおせないことなんてありませんよ。殊に縁結びに

かけては余人を寄せ付けない才能をもっています。ほんのちょっとの時間があれば、この世でどんな相手とでも私は結び合わせる途を付けてしまいます。いざ私が結婚させようと考えたら、トルコ帝国とヴェネツィア共和国を添い遂げさせることだってできます。今度のことは赤子の手をひねるようなもの。私は向こうのお宅によく伺っておりますから、貴方さまのことはすっかりあちらの母娘に伝えてあります。そして母親には貴方さまがマリアーヌに思いを寄せた経緯をもう話してあります。あの娘が通りを行きすぎるのを見た、また窓辺で外の風に当ろうとしているのを見た、と。

アルパゴン：
その母親の返答は……

フロジーヌ：
母親は喜んでお話しを受け入れました。そして御令嬢の結婚契約があるので、今宵娘さんにもいてもらいたいとの貴方さまの御意向を申し上げますと、母親は唯々諾々、後は私に託されました。

アルパゴン：
そうだフロジーヌ、ワシはアンセルムさんに夕食をお出しせねばならない。あの娘もその折同席してくれるといいんだが。

フロジーヌ：
おっしゃる通りでございますね。お昼ごはんを済ませたあと、あの娘さんにはお宅のお嬢様にご挨拶に来てもらいましょう。二人で、縁日をぐるっと見て回っていただくこともして。それから皆んなでの夕食と。

アルパゴン：
そうかい。じゃ二人はワシの馬車に乗って一緒に行くがいい、貸してやろうじゃないか。

フロジーヌ：
それはお二人とも喜ばれるでしょう。

アルパゴン：
だがなフロジーヌ、お前訊いたか。母親はあの娘に持たせる財産について何と言っている。母親に言い含んだか。ちょっとは何とかせねばならないと、このような場合かなりの出費を覚悟するのが普通だと。何がしかの物を持たずに嫁に来る娘を娶る男など誰もいないのだからな。

フロジーヌ：
何を仰います。あの娘さんは貴方さまに12000リーブルの年金をもたらします。

アルパゴン：
12000リーブルの年金。

フロジーヌ：
はい。まず第一に、あの娘は口が奢らないよう育てられています。サラダ、ミルク、チーズ、ジャガイモを糧にして生きるのに慣れている娘です。そのためあの娘には、美食も、絶妙な味のスープも、ひと粒づつ丁寧に殻を剝いた大麦（ダイエット食）も、それ以外の贅沢な食事も必要ありません。他の女は皆ねだるものですがね。これだけで、毎年少なくとも3000フラン相当になります。加えて、あの娘は極めて質素な装いにしか関心はございません。そして一切好みません、同じ年頃の女なら手にしたいと浮かれる最高の服も、きらびやかな装身具も、贅沢な家具も。この分は一年につき4000リーブル以上になります。さらに、あの娘は賭け事が大嫌いなのです。今の女たちには珍しいことですよ。私はこのあたりに住んでいる、カード賭博でこの一年20000フラン損した女を知っています。その損失の1/4だけとしましょう。一年間、賭けで5000フラン、服と装飾品で4000フラン、それだけで9000フラン。そして食べ物に使う1000エキュを加えれば、何と12000フランのお金を節約したことになりませんか。
アルパゴン：
それは悪くない。だがその計算は現実のものじゃなかろう。
フロジーヌ：
失礼ながら。現実のものでないとおっしゃるのですか。つつましい食事、質素な身支度という習慣。そして賭け事嫌いという性格。それらを携えて結婚するのが現実のものでないと。
アルパゴン：
金を無駄に使わないからといって、それを持参金がわりに見立てるなど、バカな話だ。ワシは受け取りもしないものに領収書を出したりはしない。とにかく何かを受け取らねば気が済まない。
フロジーヌ：
何を仰いますか。貴方さまは十分お受け取りになられますよ。二人は私に話してくれました。外国に財産があるそうなんです。やがては貴方さまがその持ち主になられるのです。
アルパゴン：
それは一考の余地ありだな。だが、フロジーヌ、ワシにはまだ気がかりなことが一つある。見ての通り、あの娘は若い。ふつう若い者は自分と同類の人間しか愛さぬものだ。自分の仲間しか求めないものだ。ワシのような年の男はあの娘の好みに合わないのでないか。それが、わが家にいらぬ騒ぎを生み出すのではないか。そんなことが気になる。

フロジーヌ：
貴方さまのお考えは間違っています。まだ申し上げていなかったのですが、あの娘はちょっと変わった性質(たち)でして。若者に対してひどく嫌悪感を持っていて、老人にしか愛情を抱かないのです。
アルパゴン：
あの娘が。
フロジーヌ：
はい、あの娘がです。あの娘がそのことを話すのを是非聞いていただきたかった。若者なんて見るのさえ汚らわしい、と。あの娘がいうには、威厳ある顎ひげを蓄えた立派なお年寄りを見ることほどうれしいものはない、と。お年を召していればいるほど、あの娘には魅力的なのです。ですから、貴方さまは今以上の若さになられませんようお願い致します。あの娘は少なくとも、相手が60代であることを望んでおります。ほんの4か月前のことでした、結婚の準備が整ってからあの娘はやおらその結婚を断ったのです。相手の男が56歳でしかないと言う理由で、また契約書に署名する際眼鏡をかけなかったという理由で。
アルパゴン：
それだけの理由で？
フロジーヌ：
ええ。あの娘が言いますには、56歳では物足りぬと。そして、自分は殊に眼鏡をかけたお顔が好きだと。
アルパゴン：
なるほど、そういうこともあるのか。
フロジーヌ：
いやまだ話の続きがあるのです。あの娘の部屋に、絵と版画があります。でもそれが何だとお思いですか。アドニスの？　リファロスの？　パリスの？　アポロンの？　いいえ。サトゥルヌスの、プリアム王の、老ネストルの、息子に背負われた老アンキマスのです。
アルパゴン：
そいつは結構だ、考えも及ばなかった。あの娘がそうした気分でいるのを知ってうれしい。確かに、ワシが女だったら、若い男なんか好きになったりしなかっただろうよ。
フロジーヌ：
全くその通りです。若い男なんて、けちな物ですよ。そんなのを愛するなんて。ケッコウな青二才、ケッコウな優男、そんな肌にあこがれるなんて。一体、連中にどんな魅力があるのでしょうか。

アルパゴン：
まったく理解できないな、どうしてそんな奴らを好きになる女たちがいるのか。
フロジーヌ：
極めつけのアホ女ですよ。見場(みば)のいい若者を見てください。常識ってものがそいつにありますか。カッコつけて歩き廻るだけじゃありませんか。こうした連中に恋々とするなんて。
アルパゴン：
ワシが日頃言っていることだ。雌みたいな声色で、猫みたいに長くピンと張った髭を2，3本垂らし、麻でできたかつらをつけ、半ズボンをだらりとさせ、胸をはだけているのだものな。
フロジーヌ：
ああ！　貴方さまのような方のほうこそ、立派な男ぶりで。見ているだけで、惚れ惚れするものがあります。こうした体つきでこうした身づくろいでなければ、愛を語る資格などございません。
アルパゴン：
そう思うかね。
フロジーヌ：
当たり前です。貴方さまは人をうっとりさせます、そして絵になるお顔つき。済みませんが、ちょっと横を向いて下さい。貴方さまのお姿はもう完璧そのもの。すこし動いて見てください。スタイルのよいお体つき、すらっとしてらっしゃる、そして体の不調も全然おありにならない。
アルパゴン：
たいした体の不都合はないがな、おかげさんで。ときどき喉が荒れる、それだけだ。
フロジーヌ：
そんなのどうということはありません。貴方さまのお喉はいささかも貴方さまに悪く作用するものではございません。それにとても優美な咳をなさる。
アルパゴン：
教えてくれ。マリアーヌはワシのことを見てはいないのか。通りがかりにワシに気付いたことはなかったのか。
フロジーヌ：
いいえ。でも私どもはずっと貴方さまのことを話し合って参りました。貴方さまのお人柄について克明に説明いたしました。そしてあの娘に貴方さまの素晴らしさ、貴方さまのような夫を持ったらいかに得をするかを、吹聴いたしました。

アルパゴン：
よくやった、感謝する。
フロジーヌ：
旦那さま、貴方さまにお願いしたきことがちょっとございまして。（アルパゴン、厳しい表情）一つ訴訟を抱えておりまして。それが負けそうなんでございますよ、お金が足りないものですから。貴方さまなら簡単にこの訴訟を勝利に導くことができるのです、私にいくばくかの心遣いをしてくだされば。あの娘が（再び陽気な様子）貴方さまを見るときの喜びようを信じられませんでしょうね。ああ！　貴方さまはどれだけあの娘を喜ばすことでしょうか！　そして貴方さまの昔風の飾り襟はあの娘の心になんとすばらしい感銘をもたらすことでしょうか！　でも、とりわけ、あの娘は貴方さまのズボン姿にうっとりすることでしょう、飾り紐で上着と結ばれた。あの娘を絶対に夢中にさせます。飾り紐の衣装に身を包んだ貴方は、あの娘にとって途方もなく魅力的な恋人なのです。
アルパゴン：
そういってもらえると満更でもない。
フロジーヌ：
実は（アルパゴン、また渋い顔）、旦那様、この訴訟は私には重大な結果をもたらします。もし負けたら、私は破産してしまいます。ささやかな御援助さえいただければ、私は商売を立て直すことができるのです。貴方さまのことを（また嬉しそうな様子）あの娘に私が話すのを聞くときの、うっとりした様子を見て頂きたかったですわ。貴方さまの人となりを私が話すとき、喜びで眼がこぼれそうでした。そして今、あの娘は結婚を待ちきれなく思っています。私がその気にさせたのです。
アルパゴン：
フロジーヌ、よくやってくれた。まったく、このことに関しお前には何ものにも代えがたい感謝の念を抱いておる。
フロジーヌ：
お願いでございます（また渋い顔になる）、旦那さま。お頼み申し上げているいささかの援助を賜りますよう。そうすれば私は持ち直せます、そして一生旦那さまの御恩を忘れません。
アルパゴン：
さらばだ。至急の手紙を書き終えねばならない。
フロジーヌ：
旦那さま、本当に窮しております、曲げてひとつ、お助けいただかねば。

アルパゴン：
お前たちが縁日に行けるよう、ワシの馬車を用意するように。
フロジーヌ：
進退窮まりました、どうにもならなくてこんなお願いを申しているのです。
アルパゴン：
そして、早い時間に食事をとれるよう準備させよう。お前たち、腹が減っては困るだろう。
フロジーヌ：
後生です、どうかお慈悲を。無下になさらず、旦那さま。人に恩を施す喜びを是非味わってくださいませ……
アルパゴン：
さあ行くぞ。誰かがワシを呼んでいる。また夕方にな。
フロジーヌ：
熱病が貴様に憑りつけばいい。悪魔の中の悪魔、最低の魔王め！　あのごうつくばりめ、アタシの攻撃をたくみに躱しやがった。だが、駆け引きを止めるわけにはゆかない。そうだ女たちはまだアタシの手にある。こっちだけじゃない、あっちからだって引っ張り出すことができるぞ。

第3幕

第1場

アルパゴン、クレアント、エリーズ、ヴァレール、クロード婆さん、ジャック親方、
ブランダヴォワーヌ、ラ・メルリューシュ

アルパゴン：
さあ皆んな来い。これから、それぞれの役どころを割り当てる。こっちへ、クロード婆さん。先ずお前だ。（婆さんは箒を摑んでいる）よし、手に道具を持っているな。お前には隅から隅まで掃除する仕事を任せる。家具をこすらぬよう特に注意しろ、すり減っては一大事だ。それと、食事中、酒瓶に目配りしろ。無くなったり、割れたりしたら、お前の責任だ。給金から差し引く。

ジャック親方：
厳しいお達しだ。

アルパゴン：
さて。お前、ブランダヴォワーヌ、そしてお前、ラ・メルリューシュ。お前らにはグラスを水洗いし、飲み物を注ぐ役を命じる。だがいいか、客が欲しそうにしている時だけだぞ。よく莫迦な給仕がいて、客が飲もうと思っていないのにわざわざ注ごうとする。何度か催促されるまで待て、そしていつもたっぷり水で割るのを忘れるな。

ジャック親方：
生のワインは廻りますからな。

ラ・メルリューシュ：
上っ張りは脱いだほうがよろしいでしょうか。

アルパゴン：
うん、客が来るのを見たらな。服は汚さないよう気をつけろ。

ブランダヴォワーヌ：
旦那さま、ご存じでしょう。私の上着は前の片方に、ランプの油の大きな染みがついています。

ラ・メルリューシュ：
旦那さま、私は後ろに穴の開いたキュロットを穿いてまして、人さまにご不快を与え

るかと……

アルパゴン：
うるさい。それとなく壁のそばに寄って、いつも前の方を見せておけ。（アルパゴン、自分の上着の前に自分の帽子を置き、ブランダヴォワーヌに油の染みを隠すにはどうしたらよいかを示す）帽子はこのように持っているのだ、給仕するときにな。お前は、わが娘よ、食器が下がってくる時、眼を光らせて居れ。残り物が出ないよう注意するのだ。それは娘の仕事に相応しい。だがその間に、わしの許嫁をちゃんと迎える準備をしろ。その人はお前に会いに来て、お前と一緒に縁日にゆくことになっている。ワシが言うことわかっておるか。

エリーズ：
はい、お父さま。

アルパゴン：
そしてお前、わが息子であるこの伊達男。寛大にもワシは、お前の今日の不始末を許してやるが、いいかワシの許嫁を冷たくあしらおうなんて気を起こすでないぞ。

クレアント：
僕が！ お父さん、冷たくですって。どういう訳で。

アルパゴン：
へっ！ 父親が再婚する息子のやり口はよく分っている。継母と呼ばれる人を見る息子の眼がどんなものであるかもな。だがな、もしお前がさっきの脱線行為をワシに忘れて欲しいなら、くれぐれも言っておく、あの方を愛想よく、とにかくできる限りのもてなしでお迎えするようにと。

クレアント：
実のところ、お父さん。あの人が僕の義理の母親になるのが嬉しいと約束することは出来ません。そんなことを言ったら嘘をつくことになります。でもきちんとおもてなしすること、愛想よくするということに関しては、お言葉にしっかり従います。

アルパゴン：
せめてそれだけは重々注意しろよ。

クレアント：
そのことでお父さんのご不興を買うことはありません。

アルパゴン：
ヴァレール、何くれとなくワシの意を体してくれ。さあ、ジャック親方、こっちに来い、最後にお前の仕事だ。

ジャック親方：
旦那さま、御者としてのご用で、それとも料理人としてのご用で。何しろワシは二

役やってるんで。
アルパゴン：
その両方だ。
ジャック親方：
でもどっちが先なんでしょう。
アルパゴン：
料理人のほうだ。
ジャック親方：
じゃあ済みませんが、ちょっとお待ちを。
（御者のジャケットを脱ぎ、料理人の服装になる）
アルパゴン：
なんとまあ、仰々(ぎょうぎょう)しい。
ジャック親方：
さあお話しくださって結構です。
アルパゴン：
ジャック親方、ワシは今夜食事を出すことにしておる。
ジャック親方：
お珍しい。
アルパゴン：
ちょっと聞きたい。お前さん、旨い料理を出せるかな。
ジャック親方：
はい、お金をたっぷりいただければ。
アルパゴン：
何だと、すぐに金だ！　他に言うことがないのか。「金、金、金」。こいつらは口を開けばこの言葉しかない。「金」いつも金のことばかり喋って。金こそが枕頭の書ならぬ宝なのだ。
ヴァレール：
これほど無礼な返答は聞いたことがない。たっぷり金があれば旨い料理を出すとは、恐れ入った次第だ。それは世界で一番た易いこと、誰れだってできる。腕利きの職人ならば、少ない金で立派な料理を作ることを考えねばならないはずだ。
ジャック親方：
少ない金で立派な料理ですと。
ヴァレール：
そうだ。

ジャック親方：
執事さん。アンタがそんな無理難題を解決する秘訣を教えてくれるとでも言うんですか。そしてアタシの料理人としての役目を代ってくれるとでも言うんですか。アンタはここで何でも取り仕切る執事になろうっていうんですかい。
アルパゴン：
黙れ。何を出せばよいかな。
ジャック親方：
ここにいる執事さまが、少ない金でもって立派な料理をお出しして下さるようですよ。
アルパゴン：
お前に訊いておるのだ。
ジャック親方：
食卓にお着きになるのは何人で。
アルパゴン：
八人から十人。だが八人分用意すればよい。八人分あれば、充分まかなえる。
ヴァレール：
ごもっともです。
ジャック親方：
それじゃ！　煮込みの深皿が４つ、アントレ（前菜）大皿五つ。煮込みは……アントレには……
アルパゴン：
何てこった！　それじゃ町中皆を呼べるじゃないか。
ジャック親方：
ステーキを……
アルパゴン：（相手の口に手を当てて）
ああ！　裏切り者、お前はワシの財産を全部食い尽くしてしまう。
ジャック親方：
アントルメ（デザート）……
アルパゴン：
どこまで……
ヴァレール：
世界中の人間を皆殺しにしたいのか。食い物で人殺しをするために、旦那さまはお客を呼ぶっていうのか。すこしは健康本でも読んだらどうだ。医者に聞いてみろ、食べ過ぎほど人間にとって有害なものがあるかどうか。

アルパゴン：
その通り。
ヴァレール：
ジャック親方、アンタとアンタの同類もだ。よく覚えておくんだな、ご馳走で満たされた食卓は危険な場所だと。そしてお招きした方々に気づかいを示すには、差し上げる食事が質素であらねばならない、とな。そしてさらに、古人の言葉に従えば「生きるために食べねばならぬ、食べるために生きるのでなく」だ。
アルパゴン：
ああ！　そいつは名言だ。こっちへ来い、その言葉を愛でてお前を抱擁してやる。これまでの人生で聞いた、最高の言葉だ。「食べるために生きねばならぬ、生きるために食べるのでな……」いやそうじゃなかった。お前、何て言ったんだっけ。
ヴァレール：
「生きるために食べねばならぬ、食べるために生きるのでなく」。
アルパゴン：
なるほど、然り。それを言った偉い人は誰だ。
ヴァレール：
今ちょっと思い出せません。
アルパゴン：
思い出してワシのためにその言葉を書き記しておくれ。ワシは、それをうちの暖炉の上に金文字でもって刻ませよう。
ヴァレール：
承知いたしました。そして夕食の件は、一切私にお任せ下さればよろしいのです。全てを然るべく按配いたします。
アルパゴン：
ようし。
ジャック親方：
結構なことで。アッシにはその方が世話がない。
アルパゴン：
人がほとんど手をつけず、それでいてそこそこ満足するものがいい。脂肪たっぷりの羊のシチュー、安い栗のたっぷり詰まったパテとか。
ヴァレール：
お任せください。
アルパゴン：
さて、ジャック親方。ワシの馬車をきれいにしてもらおう。

ジャック親方：
お待ちください。では御者として。(被り物をする) さて、御用は……
アルパゴン：
ワシの馬車を掃除せねばならぬ。それと縁日まで引いてゆくよう、ワシの馬の準備をしておくのだ……
ジャック親方：
旦那さま、馬をですかい。実のところ、連中はこれっぽちも歩ける状態じゃありません。麦わらの上に寝てるなんてことも言えません。それでは不正確すぎます。可哀そうに、あの動物たちに藁なんてものはないですからね。貴方さまがほとんど飼葉をやらないので、奴らは馬の抜け殻、まぼろし、型紙としか言えないほどになってます。
アルパゴン：
具合でも悪いんだろ。何もしないからな。
ジャック親方：
何もしないからって旦那さま、何も食べさせないのですか？　たくさん食べて、たくさん働いたほうが、哀れな動物にとってよいのです。こんな風に動物たちが痩せ衰えているのを見ると、心が痛みます。アッシはあの動物たちを可愛がっているので、連中が苦しむのを見ると、我がことのように思えるのです。アッシは毎日自分の暮らしを切り詰めて、奴らのためにしてやってます。旦那さま、周りのものに憐れみを催さないとしたら、酷いことじゃございませんか。
アルパゴン：
仕事はさして大変なものではない、縁日までゆくだけだからな。
ジャック親方：
いいえ、旦那さま。ワッシは連中を引っぱってゆけるほど非人情じゃありません。奴らがあんな状態でいるのに、鞭を打つなんて心が咎めまさあ。這うこともできない馬に、一体どうして馬車を引いてゆくことができるでしょう。
ヴァレール：
旦那さま、お隣のピカードさんにお願いして、馬を引いていってもらいましょう。ジャック親方にはここで食事の準備をしてもらうことにして。
ジャック親方：
ようがす。どうせ死ぬのなら、自分の手で殺めるより他人の手でのほうがまだよろしいです。
ヴァレール：
ジャック親方は良く分かっておられる。

守銭奴　215

ジャック親方：
執事さんは出しゃばり屋だ。

アルパゴン：
黙れ！

ジャック親方：
旦那さま、ワッシャお追従(ついしょう)には我慢できないんで。ワッシの目に触れる執事さんのやることなすこと。いちいち何にでもダメを出す。パンとワインに、薪(たきぎ)に、塩に、そしてろうそくに。それは貴方さまのご機嫌を取り結ぶためだけです。ワッシはそれがひどく悔しい。そして毎日、世間が貴方さまに叩く陰口を聞いて、腹が立ちます。だって何だかんだ言っても、アッシは貴方さまをお慕いしていますから。私の馬たちの次に、貴方さまはワッシにとって大切なのです。

アルパゴン：
ジャック親方、世間がワシについて言っていることを、教えてくれるか。

ジャック親方：
そりゃあ。貴方さまが絶対怒らないというなら。

アルパゴン：
いいや、決して怒りはせん。

ジャック親方：
失礼ですが、きっと怒るに違いありません。

アルパゴン：
全然そんなことはない。逆に、ワシは満足するだろう。他人が自分のことをどう思っているか知るのは嬉しいことだからな。

ジャック親方：
旦那さま、お望みですから率直に申し上げますが、人は至る所で貴方さまをあざけっています。どこでも貴方に対するひどい言葉をワッシらに投げつけます。貴方をののしり、貴方のケチぶりをけなすことほど嬉しいものはないのです。ある人はこう言います、貴方は特殊な暦を刷らせ、それには断食日と大齋(たいさい)（節食日）が倍になっていて、周りの人々を無理やり断食させようというわけだと。別のある人は言います、年末にやる祝儀の時分になると、あるいはお宅からお暇をいただく時になると、きまって使用人たちに因縁を吹っ掛け、ビタ一文渡さないで済まそうとすると。ある話では、一度など、貴方さまはお隣のネコを裁判所に訴えたというんです、自分が食べていた羊の残り肉を失敬してしまったといって。別の話では、或る夜、あろうことか貴方を現場で取り押さえたと言うんです、自分の馬のカラスムギを盗みに入ろうとしているところを。そこで御者が、ワッシの前任者のことです、闇の中で、何発かわからないほ

どの棒叩きをしたが、貴方さまはとうとう声を上げなかったって。こんなこと話してよいのでしょうかね？　どこに行ったって、悪く言われるのを聞かないことはありません。貴方さまは世間の物笑いの種で、嘲りの的なのです。そして、どんな人もこれまで貴方の事を守銭奴、けち、卑劣漢、高利貸の名前でしか呼んでいません。
アルパゴン：（ジャック親方を打ち叩き）
このくそ間抜け、ならず者、ろくでなし、破廉恥漢め。
ジャック親方：
こりゃまあ！　思った通りになってしまった。大丈夫だって仰ったのに。だから念を押したんです。本当のことを言ったら、怒らせることになるって。
アルパゴン：
話し方をわきまえろ。

第2場

ジャック親方、ヴァレール

ヴァレール：
どうやら、ジャック親方、正直さがとんだしっぺい返しを食らったね。
ジャック親方：
くそっ、新参の執事さん。エラそうな顔してるけど、これはアンタの関わりごとじゃないだろ。自分がやられたとき、自分を茶化したらどうだい。
ヴァレール：
ああ、ジャック親方の旦那。頼みますよ、そう怒らないで。
ジャック親方：
(脇で) こいつは大人しく従いそうだ。すこし脅してやろうか。それでびくつくようなら、一発くらわせてやろう。(声高に) 冷やかし好きの旦那よ、アンタよく知っているかい、オイラは笑ったりしないってことを、え？　反対に、アンタがオイラをカッとさせるなら、オイラは別のやり方でもってアンタを笑わせてやるぜ。
(ジャック親方、脅しながら、ヴァレールを舞台の端まで追い詰める)。
ヴァレール：
ああ！　穏やかに。
ジャック親方：
何だと、穏やかにだと。ふざけるな。

ヴァレール：
お願いですから。
ジャック親方：
おめえは生意気な奴だ。
ヴァレール：
ジャック親方の旦那……
ジャック親方：
バカ丁寧に呼ぶな。オイラが棒を持ったら、お前をひどく殴るところだ。
ヴァレール：
何だって、棒だと？
（ヴァレール、こんどは自分がやられたようにジャック親方を反対側に追い詰める）
ジャック親方：
ああ！　そんなことは言ってません。
ヴァレール：
思い上がるな、愚か者。ご存じかな、俺は貴様をぶん殴れるだけの人間なのだぞ。
ジャック親方：
そうでございましょうとも。
ヴァレール：
火加減さえできればいい煮込み料理なんてものをやっているお前さんは、アホなコック野郎じゃないのか？
ジャック親方：
よく存じておりやす。
ヴァレール：
でだな、お前さんはまだおれの氏素性をよく分ってないとみえるが。
ジャック親方：
申し訳ございません。
ヴァレール：
俺を殴ると言ったな。
ジャック親方：
ふざけて言ったんです。
ヴァレール：
俺はだな、おふざけって奴がちっとも好きじゃないんだ。（と、親方を一発なぐる）自分が悪ふざけの度が過ぎる人間であることを肝に銘じておけ。

ジャック親方：
正直なんてくそ食らえ。割の合わない役目だ。これから正直はやめだ。本当のことなんか言うもんか。ご主人さまなら致し方ない。オイラをぶっ叩く権利が多少あるからな。だがあの執事の野郎ときた日には。何とか恨みを晴らしてやりたい。

第３場

フロジーヌ、マリアーヌ、ジャック親方

フロジーヌ：
ジャック親方、ご存じかね、アンタのご主人さまがご在宅かどうか。
ジャック親方：
ああ、中においでだよ、十二分に。
フロジーヌ：
じゃあお願いだ、私らが来たってお伝えしておくれ。

第４場

マリアーヌ、フロジーヌ

マリアーヌ：
ああ、フロジーヌ。何かとても嫌。今の気持ちを言えば、相手の方とお会いするのが恐ろしい。
フロジーヌ：
何故ですか、何が不安なのですか。
マリアーヌ：
それを訊くの？　拷問にかけられようとする人間のせっぱつまった気持ち、危険だらけの所へ足を踏み入れる怖さが分からないの。
フロジーヌ：
よく分かっておりますよ。でもアルパゴンさまは、貴方が満ち足りて死ぬための障害にはならないはずです。私は貴方の顔つきで分かります、いつか話していらした伊達男のことが心に引っかかっているのでしょう。
マリアーヌ：
ええ、フロジーヌ、そうでないとは言いません。丁寧に何度もわが家へ来てくださっ

守銭奴　219

たことが、いまだに強く心に残っているのです。
フロジーヌ：
その人がどんなお方かご存じなのですか。
マリアーヌ：
いいえ、少しも。でも知っています。あの方の、麗しいお姿。自由に選べと言われたら、私は別の方よりあの方のほうを選びます。そしてあの方のせいで、いま押し付けられようとしているお相手を避けたい気持ちがいっぱいなのです。
フロジーヌ：
あらまあ。ああした伊達男たちは見た目は感じがよいですし、自分のことをしゃべるのがじつに巧みです。でもね大部分はネズミと同じくひどい貧乏。貴方にとっては、年取ったご亭主と結ばれるほうがよろしいのです、そうした方は莫大な財産を残してくれますよ。
確かに、いい点を挙げろと言われても、正直口ごもらずを得ません。また、そうした夫には嫌になるような事柄も多々ありましょう。でもそれは長く続きません。相手が死ねば、いいですか、そのあと貴方はずっと素敵な人を夫に迎えることができるのですよ。それで元がとれます。
マリアーヌ：
あらフロジーヌ、それって奇妙なことよね。幸せになるために、誰かが死ぬのを望むとか待たねばならないなんて。それに、貴方の言うとおりに相手が上手く死ぬとはかぎらないわ。
フロジーヌ：
おたわむれを。貴方は、やがて寡婦になるという確実な条件で嫁ぐのです。契約書の条項にもはっきり謳います。三か月以内に死なないとしたら、それは極悪非道としか言えません。ほら、ご当人がやってきました。
マリアーヌ：
ああ！　フロジーヌ、何て御面相なの！

第5場

アルパゴン、フロジーヌ、マリアーヌ

アルパゴン：
お腹立ちなきよう、美しい方。私が貴方のところに眼鏡をかけたまま来たことを。ワシは分っています。貴方の魅力は人の耳目を引くに充分であり、それらは自ずと眼に

つくものだと。そしてそれを認識するのに眼鏡など必要ないことも。しかし、それでも眼鏡があればこそ、星々を観察できるのであります。そしてワシは断言し請け合います、貴方が星の国に存在するもっとも美しい星であるのを。フロジーヌ、この人は何も答えない。ワシを見てもちっとも嬉しくないように見えるが。
フロジーヌ：
驚いておられるのですよ。それに娘というものは、いきなり自分の心のなかをあからさまにするのを恥じるものです。
アルパゴン：
そりゃもっともだ。お嬢さん、うちの娘が挨拶しにこちらへ参ります。

第6場

エリーズ、アルパゴン、マリアーヌ、フロジーヌ

マリアーヌ：
お嬢さま、もっと早くご挨拶せねばいけなかったのですが。
エリーズ：
お嬢さま、ありがとうございます。本来なら私の方こそ先にごあいさつに伺わねばなりませんでしたのに。
アルパゴン：
なりばかり大きくなってね。でも雑草ほど早く伸びると申しますからな。
マリアーヌ：(フロジーヌに小声で)
まあ、感じの悪い人。
アルパゴン：
この美しい人は何と言っている。
フロジーヌ：
貴方さまを素晴らしいと思う、と。
アルパゴン：
それは身に余る光栄です。美しいお方よ。
マリアーヌ：(脇で)
何てがむしゃらな人！
アルパゴン：
そうしたお気持ち、ありがたくお受けします。

守銭奴　*221*

マリアーヌ：(脇で)
もう耐えられない。
アルパゴン：
ほれ、私の息子が。貴方に恭しくご挨拶に参りました。
マリアーヌ：(脇で、フロジーヌに)
ああ！ フロジーヌ。すごい偶然。あの方よ、私が話していたのは。
フロジーヌ：
(マリアーヌに）あまりに偶然過ぎる偶然ですね。
アルパゴン：
ワシにこんな大きな息子がいて驚かれていることでしょう。でもそのうち私は解放される、どちらからも。

第7場

　　　クレアント、ヴァレール、アルパゴン、エリーズ、マリアーヌ、フロジーヌ

クレアント：
お嬢さま、実のところ、これは僕が予想もしなかった全くの偶然です。父が今日の午後、結婚すると僕に言ったとき、大変驚きました。
マリアーヌ：
私も同じです。本当に思いがけないことで、貴方と同じく私も驚きました。このような意外なことになるとはまるで思いませんでしたもの。
クレアント：
確かにお嬢さん、父にもこれ以上の素晴らしい選択は出来ませんし、光栄にも貴方にお会いできるのは僕の著しい喜びです。そうではあっても、貴方が僕の義理の母親になるという運命を喜ぶなどとは、とても言えません。どうあっても、お祝いの言葉を述べることなど僕にはできかねます。義理の母などという名で、僕は決して貴方を呼びたくありません。こんなことを言うと、顰蹙を買うかもしれません。でも僕は確信しています、貴方はこのことを立派に理解してくれる方であると。そしてまた、貴方も充分想像できるでしょうが、この結婚は僕が嫌悪感を持たずにおれないものであると。さらに、僕の現状をご存じであれば、この結婚がいかに僕の思いと齟齬をきたすものかおわかりになるはずだと。そして、万一父の同意を得て、僕がこの件を好きに決められるようなことでもあれば、この婚姻はいささかも執り行わないことにするだろう、と。

アルパゴン：
ずいぶんと無作法な祝いの言葉だ。この人に向って、何たるふざけた口上を述べるのだ！
マリアーヌ：
私も、貴方へのお答えとして申し上げます。私の方もまったく同感です。貴方が私が継母(ままはは)になることに嫌悪感をもつというなら、私だって貴方を義理の息子として受け入れたくありません。どうか、こうした嫌な気持ちを貴方に与えているのがこの私であるとは思わないでください。貴方に不愉快な思いをさせるのは、私の本意ではありません。絶対的な力に引きずられるに済むのなら、私は貴方にお誓い申し上げます。貴方を悲しませる結婚にはいささかも同意しないと。
アルパゴン：
尤もなことだ。愚かな祝いの言葉に対しては、同じような返答をせねばならぬからな。済みません、美しいお方よ。息子の非礼を許してください。こいつはまだいかれた若者で、自分の言った言葉の意味というものが分かっておらぬのです。
マリアーヌ：
はっきり申し上げて、この方がおっしゃったことは少しも私の気分を害してはいません。逆に、こうして本当の感情を示してくださって、私は嬉しく存じます。このように率直に述べて下さるのは、ありがたいことです。もし、この方が別の話し方をなさっていたら、私はさほど心打たれなかったでしょう。
アルパゴン：
こんな風に息子の過ちを弁護して下さるなんて、思いやりに溢れることだ。時間がコヤツを賢くするでしょうし、やがて奴の意識も変わるでしょう。
クレアント：
いいえ、お父さん。僕はいささかも自分の意識を変えたりしません。そしてお嬢さん、切にそれを信じて頂くようお願いいたします。
アルパゴン：
それにしても何たる常軌を逸した言動！　まだまだ続けるつもりか。
クレアント：
僕に自分の心を曲げろとおっしゃるのですか。
アルパゴン：
まだ言うか。話を変えてはどうかな。
クレアント：
父が別の話を望んでいる以上、お嬢さん、どうぞお許し下さい。僕はここで自らの身を父の代わりに置き、貴方に語りかけることにします―この世にあなたほど美しい人

守銭奴　223

を見たことがありません。貴方を喜ばす以外の喜びに匹敵するものは私の心にはない。貴方の良人という資格は栄光であり、どんな偉大なこの地上の王侯の生活よりも私の望む幸福であると告白します。そうです、お嬢さん。貴方を所有する幸福は、私にしてみれば、全ての富のなかで一番貴いものなのです。そこでこそ私の全ての願いは一つとなるのです。こんな素晴らしい女性を求めるためなら、出来ないことなど何一つありません。どんな大変な障害だとて……

アルパゴン：
いい加減、静かにしたらどうだ。

クレアント：
貴方に代わってお嬢さんに賛辞を述べているのです。

アルパゴン：
何と。ワシだって自分の考えを説明する舌ぐらい持っておるわ、貴様のような代弁者は必要ない。さあ、椅子を持ってこい。

フロジーヌ：
いいえ、すぐに縁日に行った方がよろしゅうございます。早く戻ってそのあとずっとお話しなすったらよろしいでしょう。

アルパゴン：
よし、では馬を馬車につなげ。済みませんお嬢さん、出かける前におやつを差し上げるのを忘れておりました。

クレアント：
お父さん、それは僕が手配しました。中国のオレンジ、甘いレモン、果物の砂糖漬けを何皿か持って来るよう、僕が貴方に代わって求めさせました。

アルパゴン：(小声で、ヴァレールに)
ヴァレール！

ヴァレール：(アルパゴンに)
若旦那、常軌を逸してますな。

クレアント：
お父さん、これでは十分でないとお思いでしょうか。お嬢さんは、それを許してくださる優しさをお持ちの事でしょう。

マリアーヌ：
どうぞお気遣いいただきませぬよう。

クレアント：
お嬢さん、見たことがありますか、こんなに光り輝くダイヤを。今貴方が見ている、現に父が指にはめているほどのものを。

マリアーヌ：
本当にキラキラしていますこと。
クレアント：（父親の指からはずし、マリアーヌに捧げる）
もっと近くでご覧になってください。
マリアーヌ：
本当にとても美しい、そしてまばゆい輝き。
クレアント：（返そうとするマリアーヌの先手を打って）
いいえ、お嬢さん。それは美しい人の手に委ねられるものです。父が貴方にする贈り物です。
アルパゴン：
ワシが？
お父さん、愛の証しとしてお嬢さんがそれを身に付けることをお望みですよね。
アルパゴン：（脇で、息子に）
何だと？
クレアント：
言うまでもないことです！ 貴方にそれを差し上げよ、との父の指示です。
マリアーヌ：
そんな私は……
クレアント：
おからかいを。父は返してもらおうと思っていません。
アルパゴン：（脇で）
いい加減にしろ！
マリアーヌ：
そんなことをしてもらったら……
クレアント：（相変わらずマリアーヌが指輪を返すのを妨げて）
いいえ。それでは父を怒らせます。
マリアーヌ：
困りましたわ。
クレアント：
全然……
アルパゴン：（脇で）
呪われろ……
クレアント：
ほら貴方が受けてくださらないので、父は気分を害してます。

アルパゴン：(小声で、息子に)
ああ、裏切り者！
クレアント：
お分かりでしょう、父は絶望しています。
アルパゴン：(小声で、息子に激怒し)
何たる冷血漢！
クレアント：
僕のせいじゃありません、お父さん。この方に渡そうとするのですが、受け取ってもらえないのです。
アルパゴン：(小声で、息子に激怒し)
このろくでなし。
クレアント：
お嬢さん、貴方のせいです。父が僕をなじるのは。
アルパゴン：(小声で、息子に、同じく渋面を浮かべ)
この下司野郎！
クレアント：
貴方は父を病気にしてしまいます。お願いですから、お嬢さん、これ以上拒まないでください。
フロジーヌ：
まあ、もういいでしょ。指輪をおつけなさいな。だって旦那さまがそれをお望みなのですから。
マリアーヌ：
貴方さまのご不興を蒙(こうむ)らないよう、私は指輪をつけさせていただきます。別の機会を見てお返しいたしましょう。

第8場

アルパゴン、マリアーヌ、フロジーヌ、クレアント、ヴァレール、
ブランダヴォワーヌ、エリーズ

ブランダヴォワーヌ：
旦那さま、貴方さまにお話ししたいと言う方が見えています。
アルパゴン：
今は差し支えある、と伝えてくれ。別の機会にまた来いとな。

ブランダヴォワーヌ：
何かお金を持ってらしたそうですが。
アルパゴン：
ちょっと失礼。すぐ戻る。

第9場

アルパゴン、マリアーヌ、クレアント、エリーズ、ヴァレール、
フロジーヌ、ラ・メルリューシュ

ラ・メルリューシュ：（走って入って来る、そしてアルパゴンとぶつかる）
旦那さ……
アルパゴン：
ああ！　死ぬかと思った。
クレアント：
どうしました、お父さん。お怪我は。
アルパゴン：
この裏切り者は間違いなくワシの債務者たちから金をもらったはずだ。ワシの首を掻くためにな。
ヴァレール：
何ともございません。
ラ・メルリューシュ：
旦那さま、済みません。急いで駆け付けたもので。
アルパゴン：
ここに、何しに来た。この吸血鬼。
ラ・メルリューシュ：
貴方の馬の金具がはずれたご報告に。
アルパゴン：
馬具屋のところへさっさと連れてゆけ。
クレアント：
馬に蹄鉄が付くのを待つ間、僕はお父さん、貴方に代わって家をご案内します。お嬢さんを庭にお連れして、そこにおやつをもって来させましょう。
アルパゴン：
ヴァレール、しっかり目を見張れ。できるだけ食べ物が残るようにし、余りは店に返

してやれ。
ヴァレール：
畏まりました。
アルパゴン：
ああ、愚かな息子よ、お前はワシを破産させたいのか。

第4幕

第1場

クレアント、マリアーヌ、エリーズ、フロジーヌ

クレアント：
さあ、こちらの方が落ち着けるでしょう。聞かれて困る人はいませんから、安心して話せます。

エリーズ：
そうですわ、お嬢さま。兄は貴方への思いを打ち明けてくれました。こんな面倒になって、さぞお辛いことでしょう。でも信じてください、貴方のことを私、何よりも深く案じております。

マリアーヌ：
こんな時、貴方のような方がおられると慰めになります。お嬢さま、どうかお願い致します。その優しいお気持ちそのままでいてください。そうすればこの悲しい運命をすこしでも癒すよすがになります。

フロジーヌ：
本当に、貴方がたは二人ともへまな人間ですこと。前もって私に教えてくれていたら、別のやり方をしたでしょう。こんな風に事を運びはしませんでしたのに。

クレアント：
仕方ない。意地悪い運命に導かれたとしか言えないよ。でも、美しいマリアーヌさん、貴方だって覚悟があるでしょう。

マリアーヌ：
そんな、私に覚悟を決めろなんて。今の私の身で、望む以外のことができるでしょうか。

クレアント：
望むことしか、貴方の心には僕がすがる支えはないのですか。僕への慈しみは、身を捧げる気持ちは、燃え上がる愛情はないのですか？

マリアーヌ：
私に何ができるでしょう。私の立場をわかってください。そして私に何ができるか考えてください。こうするよう、命じてください。私は貴方を信じています。良識とい

うものの範囲で私ができることを、貴方は私にお求めになるはずです。
クレアント：
ああ！　貴方は僕をどこに追い込むのだろう。厳しいしきたりや世間への顔向けを考えた上で、やることを決めろなんて。
マリアーヌ：
でもどうすればよいとおっしゃるの。女性としてのたしなみを捨てるとしても、母のことを思いやらねばなりません。母はずっと私を大切に育ててくれました。その母を悲しませるようなことはできません。母に働きかけて、母の心を捉えるため心を尽くしてください。貴方がこうしたらいいと思うことを全部してください、言ってください。そうして頂いて結構です。そして、貴方のことをどう思うか尋ねられるところまで来たら、私は喜んで母に、いま私が貴方に感じているそのままを告白いたします。
クレアント：
フロジーヌ、お願いだよ。何とか僕らを助けておくれ。
フロジーヌ：
もちろんです、お聞きになるまでもありません。私は心からお役に立ちたいと思っています。ご存じでしょ、私には元々人情味があるって。天は私の魂を青銅でなんかお造りにはなってません。真剣に愛し合っている人たちを見ると、ひと肌脱ぎたくなるのです。さて一体何をしたらよいでしょうかね。
クレアント：
考えておくれ、頼むよ。
マリアーヌ：
私たちに知恵をさずけてください。
エリーズ：
うまく工夫して、お前がおぜん立てしたことを元に戻して。
フロジーヌ：
それが結構むずかしいのですよ。（マリアーヌに）貴方さまのお母様は、良識に欠けた方ではありませんから、おそらく味方につけられます。父親に献じようとしていた大切な贈り物を息子のほうに移すことは出来るでしょう。しかし面倒なのは、（クレアントに）貴方の父上が何と言ってもあの父上だということです。
クレアント：
よくわかる。
フロジーヌ：
お嬢さんがあの方を拒んだら、あの方はきっと忌々しく思いますよ。そのあと、貴方がたの結婚に同意をする気には先ずならないでしょう。うまくやるには、あの方のほ

うから断るように、お嬢さんその人が嫌だと思わせるように仕向けることです。
クレアント：
その通りだ。
フロジーヌ：
でしょう。そこが肝心です。でも厄介なのは、どうやってそれをやるかです。ちょっとお待ちを。誰か年配の婦人がいれば。私と同じ才覚を持っていて、貴婦人らしく見える。そしたら大急ぎでこまごましたことを仕込んで、バス・ブルターニュあたりの侯爵夫人か子爵夫人らしき名前をつけて……。わたしゃ巧みにお父上に信じ込ませてやります。この方はお金持ちで、ご邸宅のほか10万エキュの現金をもっている。また、この方は狂おしいほど旦那さまにぞっこんで、奥さまになりたいから、結婚契約すれば自分の全財産を差し上げるつもりだ、と。旦那さまは必ずこの申し出に耳を貸します。だってとどのつまり、旦那さまはもちろん貴方を深く愛してらっしゃいますが、お金のほうをもうちょっと愛してらっしゃるんですから。それでこのまやかしに目がくらんで、いったん旦那さまが結婚を許可して下さったら、その後では彼の侯爵夫人の財産を確かめようとして、夢から覚めようが覚めまいが、大したことではありません。
クレアント：
よく考えた。
フロジーヌ：
任せてください。うん、この役にぴったりの人を思い出しました。
クレアント：
フロジーヌ、君が事を最後まで首尾よくやりおおせたら、充分お礼はするからね。でも、魅力的なマリアーヌさん、まずは貴方のお母さんから始めてほしい。この結婚を破談にするのは大仕事だ。貴方の役目を務めてください、可能な限りの努力で。お母さんは貴方を愛しく思っているのだから、言うことを真剣に聞いてくれるはずです。全てを発揮してほしい。天が貴方に与えた誰をも頷かせる言葉、貴方の瞳と唇に宿るおびただしい魅力を。そしてどうか忘れないで、貴方らしい優しい言葉づかい、頼まれて嬉しくなるお願いぶり、気持ちが充分伝わる真心を。
マリアーヌ：
私のできる限りを致します、そしてどれも忘れはしません。

第2場

アルパゴン、クレアント、マリアーヌ、エリーズ、フロジーヌ

アルパゴン：
おや、息子が将来の母親の手に接吻しているぞ、そして母親になる方も拒んでいないようだ。何か裏があるのだろうか。
エリーズ：
あらお父さまよ。
アルパゴン：
馬車の用意は整った。いつでも好きな時に出発できるぞ。
クレアント：
お父さんがいらっしゃらないのなら、僕が皆を案内しましょう。
アルパゴン：
いいや、お前はここに残れ。二人だけで行って来れるはずだ。それにワシはおまえに用がある。

第3場

アルパゴン、クレアント

アルパゴン：
ところで母親になるならんは別としてだが。あの人のことをお前、どう思う。
クレアント：
あの人をどう思うですか。
アルパゴン：
そうだ、その感じや、見た目、美しさ、性格など。
クレアント：
全然。
アルパゴン：
というと。
クレアント：
はっきり言ってよろしければ、あの人は思っていたのと違いますね。仕草は如何にも男に媚びるようですし、スタイルもちょっとバランスが悪いし、美しさもそれほどで

なく、知性もごくごく並ですか。だからと言ってお父さん、貴方に嫌気がさすよう仕向けているわけではありません。だって、義母といえど母親、誰であっても同じように大事にします。
アルパゴン：
しかしさっきは言っていたではないか……
クレアント：
貴方に敬意を表して、少しばかり聴きごこちのよいことを言ったのです。
アルパゴン：
ではお前は、あの人に恋心を抱いていないというわけか。
クレアント：
僕が？　全然。
アルパゴン：
そいつは残念だ。ワシの考えを振り出しに戻してしまう。あれをここで見て、自分の年齢を省みた。そしてこう考えた。こんなに若い相手と結婚したら、誰に何と言われるか分からないとな。それで、違った風にしようと思った。こちらから頼んでした結婚の約束だから、お前が嫌でなければ、あの人をお前と結婚させるつもりだった。
クレアント：
僕と？
アルパゴン：
お前と。
クレアント：
結婚を？
アルパゴン：
結婚だ。
クレアント：
聞いて下さい。確かにあの人はあまり好みではありませんが、貴方を喜ばせるためだったら、お父さん、よろしければ僕はあの方と結婚することに致しましょう。
アルパゴン：
ワシが喜べば？　ワシはお前が考えているより良識があるぞ。お前の好みを押さえつけるつもりはない。
クレアント：
それはどうも。でもお父さんに孝行したいのです、好きになるよう努力します。
アルパゴン：
いや、いや。好きでもないのにする結婚など、幸せを呼びはしない。

守銭奴　233

クレアント：
お父さん、あとから生まれることだってあります。愛は結婚の果実、とよく言うではないですか。

アルパゴン：
いいや。男の側から危ない橋を渡るものではない。あとでいざこざが起る、そんなものに関わりたくない。お前が何がしかの感情を持っているなら、ワシに代わってお前をあれの良人にしてやったのにな。だが、そうではなかった。ワシは最初の通り、あれと結婚することにする。

クレアント：
いや、お父さん。ここまで来たら、僕の本当の心をさらけだします、秘密を明かします。実は、散歩しているあの人を見た日から、僕は彼女に恋したのです。やがてはお父さんに結婚のお許しを願うつもりでした。でもお気持ちを聞いてしまい、お怒りを買うのではと恐れ、今まで言うのを控えていたのです。

アルパゴン：
お前はあれの宅(いえ)を訪問したのか。

クレアント：
はい、お父さん。

アルパゴン：
何度もか。

クレアント：
かなり、会ってからの時間の割には。

アルパゴン：
もてなされたか。

クレアント：
ええとても。でも僕が誰なのか知ってはいませんでした。だから今日、マリアーヌさんが驚いたのです。

アルパゴン：
お前の気持ちを打ち明けたのか、やがては結婚したいという心づもりも。

クレアント：
もちろん。そしてお母さんにもそれとなく自分の考えを伝えました。

アルパゴン：
母親はお前のいうことに耳を傾けたか。

クレアント：
はい、とても丁寧に。

アルパゴン：
娘はお前の気持ちにいい顔をしたか。
クレアント：
少なくとも表情から見る限り。彼女は僕になにがしかの好意を持っているはずです。
アルパゴン：
隠されていたことが明るみに出て、大いに満足だ。それこそワシが知りたかったことだ。さあ、息子よ。ワシの言わんとすることが分かるか。お前はそんな恋心を捨てねばならんぞ。ワシの相手を口説くことを禁ずる。お前には別の女性を用意してやる。
クレアント：
何と、僕をだましたのですね。こうなったからには、はっきり申し上げます。僕はマリアーヌさんに対して抱く情熱を捨てはしないと。彼女を得るために、貴方と争うのも辞さず、どんなことでもします。全然おかしいとは思いません。母親の同意を貴方が得ているとすれば、僕のほうだって別の援軍がいます。
アルパゴン：
何だと、このろくでなし。貴様は厚かましくもワシの邪魔をしようというのか。
クレアント：
邪魔をするのはお父さんではありませんか。僕の方が先なんですよ。
アルパゴン：
ワシはお前の父ではないのか。尊敬の念を持たぬのか。
クレアント：
ここまで来ては、息子が父親を 慮(おもんぱか)る必要はありません。恋のこととなったら、誰でも対等です。
アルパゴン：
ワシが誰だか、お前に棒の一発で思い知らせてやる。
クレアント：
いくら脅したって、詮(せん)無いことです。
アルパゴン：
マリアーヌをあきらめろ。
クレアント：
絶対にあきらめません。
アルパゴン：
棒だ、すぐ棒を持ってこい。

第4場

ジャック親方、アルパゴン、クレアント

ジャック親方：
ああ、旦那さま方。一体どうしたのです。何のおつもりですか。
クレアント：
好きにしてくれ。
ジャック親方：
ああ、若旦那。お静かに。
アルパゴン：
無礼な口を利きおって。
ジャック親方：
ああ、大旦那。お願いですから。
クレアント：
絶対にやめないぞ。
ジャック親方：
おや、何ですか。親御さんに向かって。
アルパゴン：
止めるな。
ジャック親方：
えっ、そんな。息子さんに対して。私にならしょうがありませんが。
アルパゴン：
ではお前に頼む、ジャック親方。いかにワシに理があるか示すため、この件について判断してくれ。
ジャック親方：
よろしゅうございます。（クレアントに）ちょっとあちらに。
アルパゴン：
ワシはある娘を愛しておる、結婚したいと思っている。なのに、あの馬鹿者が無礼にもワシと張り合ってその娘を愛していると言うのだ。意見しても、結婚相手として考えているなどと抜かすのだ。
ジャック親方：
そりゃ、若旦那が悪い。

アルパゴン：
こんなひどいことがあるか、息子が父親と女のことで張り合うなんて。親を敬う心があれば、息子はワシの好みのものに手を出すのを控えるべきでないのか。

ジャック親方：
その通りで。ワッシが若旦那に意見して参りましょう。ここにいて下さいまし。
（クレアントの方に向かい、舞台の端にゆく）

クレアント：
ようし。親爺がお前に判断を委ねると言うなら、僕も異議を申し立てない。誰が判断するかは僕にとってどうでもいいことだ。ジャック親方、お前に任せる。意見の仲裁は。

ジャック親方：
名誉なことです。

クレアント：
僕はある若い女性に恋をしている。その女性も僕の気持ちに応じてくれている。心より僕の純粋な愛を受け入れてくれている。なのに親爺ときたら、人を使って僕らの愛を邪魔しにきている。結婚の申し込みまでして。

ジャック親方：
間違いなくお父さまが悪い。

クレアント：
だいたい恥ずかしくないのだろうか。あの年で、結婚しようだなんて。まだ恋が似合っていると思っているのだろうか。こうしたことは若いものに任せておくべきではないのか。

ジャック親方：
その通りで。お父さまは戯言を言っておられるのですよ。ちょっとワッシがお話しして参りましょう。（アルパゴンのほうに来る）さあ！　若旦那は貴方がおっしゃっているほど変ではありません。常識を取り戻しています。お父さまに払わねばならない敬意は十分心得ている。最初にカッとして怒っただけだ。父親の願いに従わず拒否するつもりは毛頭ない。ただ今以上に自分に目をかけてほしい、自分が満足できる誰か適当な人を嫁さんとして世話してほしい、と。

アルパゴン：
よし、ジャック親方。息子に言ってやれ。このことと引き換えに、お前はワシからどんなものでも望むことができるとな。マリアーヌ以外なら、奴が望むどんな女でも自由に選んでよろしい。

ジャック親方：（息子の所に行き）
ワッシにお任せあれ。いいですか、貴方のお父さんは貴方が考えているほど無分別で

はありません。はっきり申されました。自分が怒ったのは貴方が熱くなりすぎているからだと。駄目だと言っているのは、ただ貴方の態度だけなのだと。貴方が大人しくそのことを受け入れ、息子が当然父親に払わねばならぬ敬意、尊敬、服従をしさえすれば、貴方の望む全てを下さるつもりでいらっしゃるのですよ。
クレアント：
ああ、ジャック親方。親爺に、確と伝えておくれ。マリアーヌのことだけ認めてくれれば、僕はこの世で一番素直な人間になるし、決して何も、お父さんの意向を無視してやったりはしないと。
ジャック親方：
これで決まりだ。（アルパゴンに）若旦那は、貴方さまのおっしゃることに全て同意です。
アルパゴン：
これで世の中全て丸く収まる。
ジャック親方：
全て解決しました。お父さまは貴方さまの約束に満足しています。
クレアント：
ああよかった。
ジャック親方：
旦那がた、あとはご一緒に話し合ってください。今やこうして意見一致したのですから。つまらぬ誤解から喧嘩になるところでした。
クレアント：
親切なジャック親方。生涯、君の配慮は忘れないよ。
ジャック親方：
どうってことありませんや、若旦那。
アルパゴン：
うまい具合に運んでくれた、ジャック親方。大したものだ。そうさ、ワシはお前の粋な裁きを忘れずにおるよ。
（といって、ポケットからハンケチを取り出す。ジャック親方は、何かもらえるものと思ってしまう）
ジャック親方：
ありがとうございます。

第 5 場

クレアント、アルパゴン

クレアント：
申し訳ございませんでした、お父さん。感情的になって。
アルパゴン：
どうということはない。
クレアント：
心から後悔しています。
アルパゴン：
お前が道理を分ってくれてうれしいぞ。
クレアント：
こんなにすぐ、僕の過ちを忘れてくださるなんて、何て広いお心でしょう。
アルパゴン：
子供の過失を親はたやすく忘れるものだ、子供が自分の務めを思い出すならばな。
クレアント：
ほんとですか。僕のがむしゃらな行動に対し、なんら根に持たないのですか。
アルパゴン：
お前が態度を改め、親に従い、敬ってくれればいいさ。
クレアント：
約束します、お父さん。死ぬまで僕は、お父さんの慈愛に満ちたお心を忘れません。
アルパゴン：
ワシは約束する、お前はワシから何でも欲しいものを手に入れてよいと。
クレアント：
ああ、お父さん。これ以上のものは何もお願い致しません。僕にマリアーヌさんをくださったことだけで充分です。
アルパゴン：
何だと？
クレアント：
お父さん、申し上げたのは、お父さんに大変感謝しているということです。お父さんが僕をマリアーヌさんと婚約させてくれるという優しいお気持ちこそ、全てを物語っています。

アルパゴン：
誰がお前をマリアーヌと婚約させるなんて話した。
クレアント：
貴方です、お父さん。
アルパゴン：
ワシが？
クレアント：
はい。
アルパゴン：
何だと。マリアーヌをあきらめると約束したのはお前ではないか。
クレアント：
僕が。彼女をあきらめるですって。
アルパゴン：
そうだ。
クレアント：
全然。
アルパゴン：
お前はあの娘を望むのを止めたのではないのか。
クレアント：
却って、今まで以上に気持ちが昂(たか)まっています。
アルパゴン：
何だと、下司下郎め。もう一度言ってみろ。
クレアント：
何があっても、僕の心は変わりません。
アルパゴン：
裏切り者、眼にものを見せてやるぞ。
クレアント：
ご勝手に。
アルパゴン：
以後決してワシに顔を見せるな。
クレアント：
分かりました。
アルパゴン：
勘当だ。

クレアント：
構いません。
アルパゴン：
ワシの息子として認めない。
クレアント：
どうぞお好きに。
アルパゴン：
相続権を奪ってやる。
クレアント：
覚悟します。
アルパゴン：
呪いの言葉を投げてやる。
クレアント：
そんな贈り物はお返しします。

第6場

ラ・フレーシュ、クレアント

ラ・フレーシュ：（小箱を持って、庭から走ってくる）
ああ！　若旦那、ここで会えてよかった。さあすぐ従いてきてください。
クレアント：
どうした。
ラ・フレーシュ：
言ってるでしょ、従いてきてくださいと。うまくいったんです。
クレアント：
何だって。
ラ・フレーシュ：
いわば思う壺。
クレアント：
何のことだ？
ラ・フレーシュ：
一日中狙ってたんですよ。

クレアント：
一体何だ。
ラ・フレーシュ：
貴方のお父さまの宝物。それをかっぱらってきたのです。
クレアント：
どんな風に。
ラ・フレーシュ：
すべてお答えします。まず逃げ出しましょう、大旦那の叫び声が聞こえます。

第7場

アルパゴン

(庭から泥棒だ、と叫んで、帽子もかぶらずに駆け込んで来る)
泥棒だ！　泥棒だ！　人殺し！　殺人者だ！　助けてくれ、ああ正義の神よ！　絶望的だ、打ちのめされた、喉を切られた、俺の金を盗まれた。一体誰だ？　金はどうなった？　金はどこ行った？　どこに隠れてる？　どうしたら見つけ出せる？　どこに走ろう？　どこに走っちゃならない？　そっちには全然ないか？　こっちには全然ないか？　どいつだ？　止まれ。ワシの金を返せ、このろくでなし……（自分自身の腕をつかむ）ああ！　ワシだった。頭が混乱している。それで、ワシは自分が何処にいるのか、自分が誰なのか、自分が何をしているのか分からない。ああ！　ワシのかわいいお金、ワシのかわいいお金、ワシの竹馬の友！　誰かがワシからお前を取り上げた。お前が盗まれたものだから、ワシは自分の心の支え、慰め、喜びを、なくしてしまった。一巻の終わりだ、この世にワシがすがるものはもう何もない。お前がいなければ、ワシには生きることが難しい。万事休す、もう生きられない。ワシは死にかけている、ワシは死んだ、ワシは埋められた。誰かいないのか、ワシを生き返らせようとしてくれる奴が。ワシのいとしいお金を取り戻してくれる、せめて誰が取ったのか知らせてくれる奴が？　ウーム、何だと？　いや誰もおらんか。誰の仕業か、さぞかし細心の注意で機会をうかがっていたのだろう。ワシがバカ息子と話し合っている時を見計らったんだ。こうしちゃおれん。ワシは警察まで行こう。そしてこの家中のものを尋問させるんだ。召使、下男下女、息子、もちろんこのワシもだ。（観客席に）随分と人が集まっているな！　怪しそうな奴ばかりだな。アレッ、みんなが皆んな盗人に見えてきた。ああ！　一体そこで連中は何を話しているのだ？　ワシから金を盗んだ奴のことか？　あそこでするのは何の物音だ？　盗人がいるのか？　お願いだ、

盗人についての情報があったら、是非ワシにお伝えいただきたい。まさか、あんたたちの間にあれを隠しているんじゃなかろうな？　こいつらワシの事をじろじろ見てるぞ、そして笑い出してる。やがてわかるさ、奴らもきっと盗みに関わってるんだ。早くゆこう、巡査、警部、憲兵隊、裁判官、拷問、首吊り台、死刑執行人。ワシは世界中の人間を吊るし首にしたい。そしてもし、ワシの金が見つからなかったら、ワシは自分でこの首を吊るしかない。

第5幕

第1場

アルパゴン、警部、書記

警部：
お任せください。幸い、私はこの仕事に精通しております。盗品を見つけ出すのは、今日に始まったことではありません。自分が吊るし首にした数だけ金貨をもらったら、祝儀袋一杯になりますよ。
アルパゴン：
司法当局全てがこの事件に責任がありますぞ。もし金(かね)を見つけてくれなかったら、ワシは裁判所に対し裁判を請求します。
警部：
まあ順序を追ってやりましょう。その箱の中には何が入っていると……
アルパゴン：
優に1万フラン。
警部：
1万フラン！
アルパゴン：
1万フラン。
警部：
かなりのものですな。
アルパゴン：
これほどの罪に見合う刑罰は存在しないでしょう。見過ごせば、安全なものなど何もなくなってしまいます。
警部：
そのお金の種類は。
アルパゴン：
正真正銘のルイ金貨と規定の重量あるピストール金貨。

警部：
疑わしい人物の心当たりは。
アルパゴン：
誰もみな。町中・近郊の者を全部逮捕してやりたいほどです。
警部：
それはそれとして。やたらに人を怯えさせてはなりません。まず確かな証拠をつかむよう粛々（しゅくしゅく）と努めるべきです。それからです、取られたお金がしっかり戻って来るようゴリゴリやるのは。

第２場

ジャック親方、アルパゴン、警部、書記

ジャック親方：（舞台の端で、やって来た方を振り返りながら）
すぐ戻るからな。喉を切って殺せ。足を炙り、グラグラの湯に入れ、それから天井に吊るすんだ。
アルパゴン：
何だと？　ワシに盗みを働いた奴をか？
ジャック親方：
子豚のことでさ、執事さんが寄こした。アッシはアッシ流にそいつを調理させていただきます。
アルパゴン：
そんなことはよい。別の事で警部さんに来ていただいている。
警部：
恐がらずに。私は君が嫌がるような人間ではない。物事は穏便にすすめるつもりだ。
ジャック親方：
旦那もお食事なさるので。
警部：
ねえ君、ここでは一切ご主人に隠しごとをしてはならないよ。
ジャック親方：
そんな！　アッシは腕によりをかけます、出来る限りの料理でご歓待申し上げます。
アルパゴン：
言っているのはそのことじゃない。

ジャック親方：
アッシが自分で思っているほどのものがお出しできなかったら、それはあの執事さんのせいですぜ。倹約というはさみで羽根をばさばさ切るんですから。

アルパゴン：
だから、食事のことじゃない。ワシが盗まれた金のことだ。何か知っていることはないか。

ジャック親方：
金が盗まれたんですかい。

アルパゴン：
そうだ、この悪党。戻さなかったら、貴様を吊るしてやるからな。

警部：
まあまあ！　いじめちゃだめですよ。顔つきを見ても、正直そうではありませんか。絞り上げずとも、貴方が知りたいことを全部言いますよ。
そうさ、君。君が事実を述べるなら、悪いようにはしない。旦那さんから然るべくご褒美がいただけるだろう。今日旦那さんの金を盗んだ奴がいるのだが、この件で何か心当たりがあれば教えてくれ。

ジャック親方：（脇で）
例の執事に復讐してやるいい機会だ。奴はここで旦那さまにうまく取り入って、旦那は奴のことばかり聞いているからな。オレは今日あいつから受けた棒叩きの屈辱を忘れてないぞ。

アルパゴン：
何をぶつくさ言っているのだ。

警部：
まあお待ちを。どう貴方に申し上げようか思案しているのですよ。正直そうな男とさっき言ったでしょ。

ジャック親方：
旦那さま、思い当るフシがあります。やったのはあの執事さんかも知れません。

アルパゴン：
ヴァレールが？

ジャック親方：
はい。

アルパゴン：
あんなに誠実そうにみえるが。

ジャック親方：
奴ですよ。奴が貴方に盗みを働いたのだと思います。
アルパゴン：
でどうしてそう思うのだ。
ジャック親方：
どうしてですか？
アルパゴン：
そうだ。
ジャック親方：
どうしてかと言うと……そう思うということでして。
警部：
そのわけを言う必要があるのだ。
アルパゴン：
ワシが箱を置いた場所の辺りを、あいつがうろついているのを見たと言うのか。
ジャック親方：
そうです。えーと、お金があったのは……
アルパゴン：
庭だ。
ジャック親方：
そうでがす。アッシはあいつが庭をうろついているのを見ました。でお金が入ってたのは……
アルパゴン：
箱の中だ。
ジャック親方：
まさにそうです。奴が箱を抱えてるのを見ました。
アルパゴン：
でその箱は、どんなものだった。それがワシのものだったかどうかはっきりさせたい。
ジャック親方：
どんなものだった？
アルパゴン：
そうだ。
ジャック親方：
あれは……あれは、箱のような箱でした。

守銭奴　*247*

警部：
それはわかってる。もう少し具体的に。
ジャック親方：
そりゃでっかい箱で……
アルパゴン：
盗まれたのは小さい。
ジャック親方：
ええ、え。確かに小さいです。でも中に入っているものはでっかいでしょう。
警部：
でどんな色だった。
ジャック親方：
どんな色？
警部：
そう。
ジャック親方：
色は……そう、つまり……何て言いましたっけ、あの色。
アルパゴン：
うん？
ジャック親方：
赤って言うのかな？
アルパゴン：
いや、灰色だ。
ジャック親方：
ああ、そう。赤茶けた灰色。ワッシが言いたかったのはそういうことで。
アルパゴン：
間違いない、確かにワシの箱だ。書き留めてください、警部さん。この証言をしっかり書き留めてください。参った、今後は一体誰を信じればよいのか。もう何が何やら。こんなことがあると、ワシはワシ自身がワシに盗みを働く人間だと思ってしまう。
ジャック親方：
旦那さま、ほらアイツがやってきました。このことをしゃべったのがアッシだなんて奴に言わないでくださいまし。

第3場

　　　　ヴァレール、アルパゴン、警部、書記、ジャック親方

アルパゴン：
こっちへ来い。貴様の卑劣極まりない企てを白状するのだ。今まで誰も犯したことのないようなおぞましい大罪を。

ヴァレール：
何のことですか、ご主人さま。

アルパゴン：
何のことだと。貴様、自分の犯した罪に恥じ入らないのか。

ヴァレール：
そう言われても。

アルパゴン：
破廉恥漢め、そう言われてもだと？　まるで清廉潔白みたいじゃないか。シラを切ろうとしたって無駄だ。事は露見した、すべてバレたんだ。くそっ、あろうことかワシの好意に付けこんで家に入り込み、ワシを裏切るのか。人をとんだ目に会わせおって。

ヴァレール：
何もかもご存じなら、これ以上隠し立ては致しません。

ジャック親方：
あれっ、嘘から出た真か！

ヴァレール：
このことはいずれお話しするつもりで、そのためのふさわしい機会を待っていたのです。ですがこうなった以上、どうかお願いです。お怒りにならずに、わけをお聞きください。

アルパゴン：
まあ抜けしゃあしゃあと。この盗人〔ぬすっと〕め。

ヴァレール：
ああ！　ご主人さま。私はそんな風に呼ばれる者ではありません。確かに、貴方に対して無礼を犯しました。ですが私の過ちは許されるべきものと思います。

アルパゴン：
何だと！　許されるべきだ？　こんな企みを、この非道を？

ヴァレール：
お願いです、お腹立ちにならないでください。私の話をちゃんと聞いて下されば、貴

方が考えているほどの不都合はないのが分かるはずです。
アルパゴン：
不都合はワシが考えているほどでない、だと。ふざけるな、ワシの命、ワシの心の糧だぞ、こん畜生め。
ヴァレール：
貴方の心の糧は、ご主人さま、悪しき手に落ちたのではありません。私は相手として相応しい身分の出です。ですから今度のことは責任をもってきっちり片を付けさせていただきます。
アルパゴン：
当たり前だ。とにかく奪ったものをすぐ返せ。
ヴァレール：
ご主人さま、決してこれで貴方の名誉が汚れるわけではありません。
アルパゴン：
名誉の問題ではないだろ。そもそも、何で貴様はこんなことをしでかしたのだ。
ヴァレール：
ああ、それにお答えせねばなりませんか。
アルパゴン：
当然のこと、答えろ。
ヴァレール：
それをお命じになり、その責任を自ら負ってくださる神さま、愛の神のせいです。
アルパゴン：
愛の神だと。
ヴァレール：
はい。
アルパゴン：
結構な愛だ、結構な愛だ。くそ！　ワシのルイ金貨に惚れるとは。
ヴァレール：
いいえ、ご主人さま。私の心を駆り立てたのは貴方のお金ではありません。そんなものに心惑ったりはしません。貴方の財産の何が欲しいわけでありません、私がお預かりしたものをそのまま私の手元に置かせていただければ。
アルパゴン：
そんなことはいささかも許さん、全ての悪魔にかけてもな。貴様に委ねたりはしない。第一、人から物を盗んでそれを手許にとどめ置こうなんて、そんな無茶があるか。

ヴァレール：
盗んだと言われるのですか。
アルパゴン：
盗んだと言わずに何と言う、あの宝物を。
ヴァレール：
確かに宝物です、まず貴方がお持ちのうちで一番貴重な。でも私の手元に置いたからと言って失われるものは何もありません。跪いてお願い致します、あの魅惑溢れる宝物を私に下さい。あとは全てきちっとやってご覧に入れますから。
アルパゴン：
いいや駄目だ、一体何のつもりだ。
ヴァレール：
僕たちは誓いを立てました、お互い決して離れないと。
アルパゴン：
誓いとはすばらしい、めでたい約束だ。
ヴァレール：
ええ、僕らは約束しました、いつまでも一緒にいようと。
アルパゴン：
言っておこう、ワシはそれをさせないとな。
ヴァレール：
僕らを隔てるのはただ死のみです。
アルパゴン：
ワシの金のことで頭がおかしくなってしまったのか。
ヴァレール：
すでに申しました通り、ご主人さま。私を導いたのは、利益ではないのです。私の心はいささかも貴方が考えておられるような衝動で動かされたのではありません。もっと高尚な動機がこの決意を吹き込んだのです。
アルパゴン：
キリスト教徒的思いやりからワシの財産を望む、というようなものだな。だがワシの返答はこうだ。法廷に突きだし、何もかも明らかにしてやる。
ヴァレール：
お好きなようになさってください、私はどんな苦難でも耐える覚悟ができています。貴方がお望みのままに。でもせめて信じていただきたいのです。落ち度があるとすれば、責められるべきはただただこの私なのであって、この件について貴方のお嬢さまに何ら罪はないのです。

アルパゴン：
当たり前だ。ワシの娘がこの犯罪にかかわるなんて莫迦なことがどこにあろうか。ともかく、ワシはあの宝物を取り戻したい。一体どこに持って行ったのだ、白状しろ。
ヴァレール：
どこにも持って行ってはいません。まだこの家です。
アルパゴン：(脇で)
ああ、ワシのいとしい小箱よ！　（声高に）家から出て行っていないのか。
ヴァレール：
はい、ご主人さま。
アルパゴン：
うむ。だったらちょっと訊きたい。貴様、それにいささかも手をつけていないだろうな。
ヴァレール：
僕が、手をつける。ああ、僕に対すると同じく、それはあの方への冒涜です。僕はまったくの純粋な、恭しい気持ちで、お慕い申し上げているのです。
アルパゴン：
ワシの小箱を、お慕い申し上げるだと。
ヴァレール：
あの方にはしたない気持ちで接するくらいなら、僕は死んだ方がましです。そんなことをするには、あの方はあまりに思慮深く、あまりに気高いのです。
アルパゴン：
ワシの小箱が気高い。
ヴァレール：
僕の願いはただ、いつもじっと見詰め、崇めることです。あの美しい瞳に射すくめられて目覚めた僕の心は熱くとも、邪（よこしま）な心に変わることはつゆありません。
アルパゴン：
ワシの小箱が美しい瞳をしている。こいつはまるで恋人のことでも話すようだ。
ヴァレール：
クロード婆さんがこの恋の顛末を知っています。お聞きください……
アルパゴン：
何だと。ワシの女中もグルなのか。
ヴァレール：
僕らの誓約の立会人になってくれました。僕の偽りのない心を知って、手助けしてくれました。ためらうお嬢さんを説き、誓約を受け入れさせてくれたのです。

アルパゴン：
ああ！　裁判が恐くて、こいつはうわごとを言っているのか。めくらませに、娘のことなぞ言い出すのか。

ヴァレール：
ご主人さま。申し上げているのは、お嬢さんは慎み深くて、僕の愛を受け入れてもらい、承諾してもらうのが、容易ではなかったということです。

アルパゴン：
誰の慎みだと。

ヴァレール：
貴方の娘さんです。昨日やっと、彼女は婚約の署名を一緒にする決心をしてくれたのです。

アルパゴン：
ワシの娘が貴様に結婚の約束の署名をしただと。

ヴァレール：
はい、僕と一緒に署名し合って。

アルパゴン：
ああ、天よ。こりゃまた別の凶事(まがごと)が起りました。

ジャック親方：(警部に)
書いて下さい、旦那。書き留めて下さい。

アルパゴン：
悪いこと、嫌なことが重なってくる。警部さん、あなたの職務を忠実に実行してください。窃盗、風俗紊乱(びんらん)のかどで、こいつを起訴できるようにしてください。

ヴァレール：
それはこの私にふさわしい呼び名ではありません。私がどんな人間かお知りになれば……

第4場

エリーズ、マリアーヌ、フロジーヌ、アルパゴン、ヴァレール、
ジャック親方、警部、書記

アルパゴン：
性悪娘め。ワシのような父親に似つかわしくない恥ずべき娘め。ワシが与えた教訓を曲げて、こんな風に実践するとはな。お前はとんでもない盗人(ぬすっと)にほれ込んで、ワシの

同意なく結婚の誓いを与えたのか。だがお前らの思い通りにはゆかんぞ。(エリーズに)お前は高い塀のある修道院行きだ。(ヴァレールに)そして貴様の大胆不敵さには、首吊り台がありがたくも、ワシの代わりに裁きをしてくれるだろう。
ヴァレール：
怒りのままに物事を判断するのはおやめください。非難する前に、私の言い分を聞いてください。
アルパゴン：
首吊り台と言ったが、間違いだ。生きたまま車引きの刑に処せられるのだ、お前は。
エリーズ：(父親に跪いて)
お父さま、お願いです。もう少し人間らしい気持ちをお持ちになって。父親の権威を振り回し、力に訴えようなどとしないでください。カッとなって、前後の見境をなくさないでください。ご自分がなさろうとしていることを、ちょっと振りかえって見てください。貴方が腹を立てている人を、よく見るようになさってください。この方は貴方が思っているような人では決してありません。この人がいなければ私は生きていられなかったのを知っていただければ、私がこの人に心を委ねるのも決しておかしくないのがわかるはずです。そうです、お父さま、この人こそが、私をあの恐ろしい災難から救ってくれたのです。私が水に流されたとき、娘である私の命を救ってくれたのは、彼なのです……
アルパゴン：
だからどうだと言うんだ。こんなことをされる位なら、お前に溺死してもらったほうがよかった。
エリーズ：
お父さま、お願いです。父親としての愛があるなら、どうか私に……
アルパゴン：
だめだ、だめだ、聞く耳を持たない。裁判できっちり片をつけるのだ。
ジャック親方：(脇で)
俺を殴った罰があたるのさ。
フロジーヌ：
困ったことになりました。

第 5 場

アンセルム、アルパゴン、エリーズ、マリアーヌ、フロジーヌ、
ヴァレール、ジャック親方、警部、書記

アンセルム：
どうなさったのですか、アルパゴンさん。随分と取り乱されて。

アルパゴン：
ああ！ アンセルムさん、ご覧のように私はあらゆる人間のうちでもっとも不運な人間です。せっかく結婚契約にお出で下されたのに、やたら面倒ごとがでて参りました。財産はなくなるや、面目は潰されるや。こいつが裏切り者です。極悪人で、もっとも神聖たるべき私の権利を侵害しました。この家に使用人として入り込み、ワシから金を盗み、ワシの娘を浚ったのです。

ヴァレール：
訳のわからない話をなさいますね、貴方のお金のことなど考えたこともありません。

アルパゴン：
こいつらは勝手に結婚の約束を交わしたのです。この無礼は貴方にもかかわります、アンセルムさん。貴方自身が身銭を割いて、こいつを訴え、裁判で徹底的に追求しなければなりません。こいつの無礼に報復してやるのです。

アンセルム：
力ずくで結婚するつもりは私にはありません。無理やり相手の心を捉えようとは思いません。でも貴方のお役に立つのなら、我がことのようにしてお力添えしますよ。

アルパゴン：
こちらにいらっしゃるのが、警部さん。こいつがワシに言ったことを職責にかけて裏付けて下さるとのことです。こいつにしっぺい返しをお願いします、警部さん。重罪にしてください。

ヴァレール：
貴方の娘さんを恋したからといって、罪を着せられるのがよく分かりません。勝手に結婚を誓ったことで罰せられるべきだとお考えのようですが、もし皆さんが私が一体どういう人物なのか知ったら……

アルパゴン：
そうした話は一切聴かない。今の世の中は、貴族の名をかたる詐欺師ばかりだ。こいつらは、自分の氏素性があいまいなのをいいことに、誤魔化し放題、高貴な苗字を好き勝手に名乗るのだ。

ヴァレール：
私は誇り高いので、自分にあてはまらない何かで身を飾ることなど致しませんが、ナポリ中の人が私の素性を証言できるはずです。
アンセルム：
まあ押さえて。自分が言おうとすることに用心なさい。君はここで自分が思っている以上の危険を冒している。ナポリ中に知られている者の目の前で、君は話しているのだぞ。嘘を吐けば、たやすく見破られてしまうよ。
ヴァレール：
（堂々と帽子をつけ）僕は何物も恐れることのない人間です。もし貴方がナポリで知られている方なら、ドン・トーマ・ダルブルチが誰だかご存じでしょ。
アンセルム：
もちろん、知っている。私ほど彼を知っている人間はまずいまい。
アルパゴン：
ドン・トーマだろうがドン・マルタンだろうが、どうでもいい。
アンセルム：
ちょっと、この青年に話させてやってください。何を言いだすか、聞こうではありませんか。
ヴァレール：
言いたいのは、彼こそが僕の実の親だということです。
アンセルム：
彼が？
ヴァレール：
ええ。
アンセルム：
何たるおふざけを。別の話を作ったほうがまだいい。自分の出自を偽ることで、窮地を脱しようなどと思い込んではならない。
ヴァレール：
そんな言い様はないでしょう。これは何ら詐称ではありません。証明するのはいとも簡単なことです。
アンセルム：
何だと。君は、自分がドン・トーマ・ダルブルチの息子だと言うのか。
ヴァレール：
はい、はっきりそう申し上げます。僕はこの事実を誰に対しても主張できます。

アンセルム：

途方もない大胆さだ。では聞いて驚くな。少なくとも16年前に、君が話している男はその子供、妻もろとも海で命を落とした。ナポリの例の一連の騒動に伴う、そして多くの貴族が追放された、悲惨な迫害から自分たちの命を守ろうとして。

ヴァレール：

ええ、でもご存知ですか。貴方こそ驚かれますよ。その息子は当時8歳でしたが、召使とともに、乗り合わせた船の難破から救われたのです。スペインの大型船に。そして救われた息子が、いま貴方に話しているこの僕なのです。この大型船の船長は僕の運命にいたく同情し、実の息子のように育ててくれました。そして僕は独り立ちできる年になると、軍隊に入りました。最近知ったのです、父が死んではいないと。ずっとそう信じていたように。父を捜してここを通りかかると、天の思し召しでしょう、偶然の出来事で僕は魅力的なエリーズさんと出会ったのです。一目見て僕はその美しさの虜になりました。その父親の厳格さを搔い潜る（かくぐ）ために、恋の焔が僕にこの家に入り込むよう決心させたのです。親を探すのは、別の人にお願いしました。

アンセルム：

だが、どんな証拠がある、君の言葉の外に。それが事実を元に組み立てた作り話ではないと我々が納得できるような。

ヴァレール：

スペイン船の船長。父のものだったルビーの印章。母が僕の腕にしてくれた瑪瑙（めのう）の腕輪。年老いた従僕のペドロ、難破から僕と一緒に助かったのです。

マリアーヌ：

貴方のお言葉にお返しできます、貴方は何ら嘘をついていないと。そう、そのお言葉ではっきり分かりました、貴方が私の兄上であると。

ヴァレール：

貴方が僕の妹。

マリアーヌ：

はい。お話しの最初から、心がうずき出しました。母も貴方を見てとても喜ぶはずですわ。その母は常々私たち家族の不運をかこっていました。天はあの悲しい遭難の中、私たちを完全に破滅させることはなさいませんでした。私たちは救われたのですが、自由を奪われました。乗っていた大型船の破片にすがっていた母と私を引き上げてくれたのは、海賊船だったのです。奴隷としての10年のあと、運よく自由になることができました。私たちはナポリに戻りましたが、そこではわが家の財産はすべて売られ、お父さまの消息も知ることはできませんでした。私たちはジェノバに移りました、そこで母はばらばらになっていたわずかばかりの財産をかき集めたのです。そして、

親戚の手ひどい仕打ちから逃れるように、母はこの地に来たのです。ここで細々と生きてきたのです。

アンセルム：
おお、天よ！　あなたの運命の矢は如何ばかりのものでありますことか！　そして奇跡をなすのはただ神ご自身であることを、お示しになられました！　さあ抱擁しよう、子供たち。そして二人とも、お前たちの愛情のほとばしりをこの父に投げかけておくれ。

ヴァレール：
貴方が僕らの父親？

マリアーヌ：
貴方なのですか、お母さまがあんなに涙していたのは？

アンセルム：
そうだ、娘よ。そうだ、息子よ。私がドン・トーマ・ダルブルチだ。天のおかげで、身に付けていた有り金は全部波から守られた。この16年間お前たちが皆死んでしまったものと思い、ながい旅路のはてに、優しく賢明な人と婚姻を結び新しい家庭をつくり慰めを得ようと、その準備を始めたところだった。命が危険にさらされると判断し、もう絶対ナポリには戻らぬと決めたのだ。
そしてうまくナポリにあった財産を処分する目途が立ったものだから、ここに住みついた。ここではアンセルムと名を変え、要らぬ脇道をさまよった昔の名前も、昔の悲しみも忘れようとしたのだ。

アルパゴン：
これはアンタの息子ですか。

アンセルム：
そうです。

アルパゴン：
ワシはアンタを相手取って訴訟を起こしますよ。こいつが盗んだ1万エキュを取り戻すために。

アンセルム：
息子が、貴方に盗みを働いたのですか。

アルパゴン：
その通り。

ヴァレール：
誰がそんなことを言ったのです。

ジャック親方：
ワッシは何も言いませんぜ。
アルパゴン：
言っただろ。ほら警部さんがちゃんと証言を記しておる。
ヴァレール：
そんな卑怯な行いを僕ができますか。
アルパゴン：
出来ようが出来まいが、ワシはワシの金を取り戻したい。

第6場

クレアント、ヴァレール、マリアーヌ、エリーズ、フロジーヌ、アルパゴン、
アンセルム、ジャック親方、ラ・フレーシュ、警部、書記

クレアント：
悩むことはありません、お父さん。誰も咎めてはだめですよ。僕は貴方がお探しの物の確かな情報を摑みました。それをご報告に来たのです。僕をマリアーヌさんと結婚させてくれる決心さえしてくれたら、貴方のお金はちゃんと戻ります。
アルパゴン：
何処にあるのだ？
クレアント：
どうか心配なさらずに。責任をもって保管してあります。それをどうするかは僕次第。どちらの決心をするかは貴方次第。さあ選んでください、マリアーヌさんを僕に下さるか、貴方の可愛い小箱を失うか。
アルパゴン：
中味をくすねてはおらんだろうな？
クレアント：
もちろん。それで、この結婚に賛成してくれますか。マリアーヌさんのお母さんは、僕でもお父さんでも、娘が決めればいいと言ってくれているのですが、お父さんはどうなんですか。それでいいですか。
マリアーヌ：
でも母の承諾だけでは十分でないわ、天は貴方の目の前に兄をお与えくださり、そして父をも私に取り戻させてくれたばかりなのですもの。

守銭奴　259

アンセルム：
我が子供たちよ、天はお前たちの誓いに反対するよう私に言わせたりはなさらない。アルパゴンさん、貴方だってお分かりでしょう。若い娘の選択は父親よりも息子に向くものです。さあ、お聞きする必要もないでしょう。私と同じようにこの二組の結婚に賛成してやってください。
アルパゴン：
それにはまず、ワシは自分の小箱を見なければ。
クレアント：
大丈夫、きちっとした状態でいつでもお目に掛けられます。
アルパゴン：
この結婚で子供たちに呉れてやる金など、ワシには一文もないぞ。
アンセルム：
ならば、彼らの分は私が持ちます。そのことはご心配なさらぬよう。
アルパゴン：
この二つの婚姻に掛かる出費は全て貴方が負担してくださるというわけですか。
アンセルム：
ええ、そう致します。それならご満足いただけますか。
アルパゴン：
よかろう。ついでに、結婚式用に服を一着作ってくださらんか。
アンセルム：
分かりました。この仕合せな日が我々に与えてくれた喜びを、皆で共に味わいに行きましょう。
警部：
ちょっと待った。旦那がた、ちょっと。よろしいですか、どなたが私に書類の支払いをしてくれるのでしょう。
アルパゴン：
アンタの書類など用はない。
警部：
そんな。タダで書類を作らされるなんて。
アルパゴン：
アンタへの支払い代わりに（ジャック親方を指して）、この男を吊るし首用に呉れてやる。
ジャック親方：
ああ！　一体どういうことだ。本当のことを言えば殴られ、嘘をつけば吊るし首だな

んて。
アンセルム：
アルパゴンさん、こいつのウソは許してやりなさいな。
アルパゴン：
では貴方が警部への支払いをしてくださるのですか。
アンセルム：
いいでしょう。さあ急いで、お前たちの母親にこの喜びを知らせに行こう。
アルパゴン：
そしたらワシは、可愛い小箱に会いに行くとするか。

モリエール

タルチュフ

[ものがたり]
オルゴンはパリのブルジョワ。母親のペルネル夫人、後妻のエルミール、前妻の息子ダミス、娘マリアーヌと暮らしている。そこに怪しげな信心家のタルチュフとその弟子ローランが入り込んできてひと騒動。オルゴンは妻エルミールの兄であるクレアント、マリアーヌのお付きドリーヌの忠告を聞かずタルチュフにのめり込む。とうとう娘のマリアーヌをタルチュフの妻にすると言い出す始末。タルチュフは調子に乗り、美しい後妻エルミールに言い寄る。その現場を見せられてはじめて、オルゴンは現実を知る。タルチュフを叩き出そうとするが、タルチュフは既に譲られた家屋敷の法的権利を盾に居直り、さらに国王に直訴。国王からの使者が吟味を始めるが、タルチュフは調べにより別の名前の凶悪犯であることが明かされた。この間の天晴れな働きにより、マリアーヌの恋人、ヴァレールは結婚を許され、すべてめでたしめでたしとなるのだった。

【登場人物】

ペルネル夫人…………オルゴンの母親

オルゴン………………エルミールの夫

エルミール……………オルゴンの後妻

ダミス…………………オルゴンの息子

マリアーヌ……………オルゴンの娘、ヴァレールの恋人

ヴァレール……………マリアーヌの恋人

クレアント……………エルミールの兄、オルゴンの義兄

タルチュフ……………偽信心家

ドリーヌ………………マリアーヌのお付き

ローラン………………タルチュフの弟子

ロワイヤル氏…………執達吏

フリポット……………ペルネル夫人の小間使い

警　吏

『タルチュフ』人物関係図

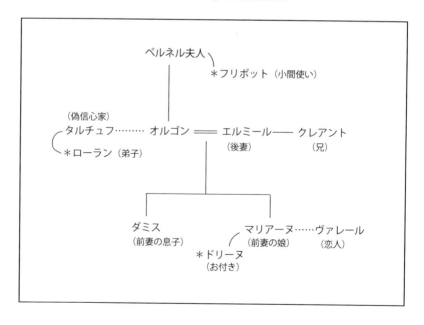

舞台はパリ

第1幕

第1場

　　　ペルネル夫人、その小間使いのフリポット、エルミール、マリアーヌ、
　　　　　　　ドリーヌ、ダミス、クレアント

ペルネル夫人：
さあ早く、フリポット。こんなところにいられやしない。
エルミール：
お母さま、おみ足が早くて従いてゆけません。
ペルネル夫人：
放っておいておくれ、息子の嫁さんや。ここで結構。
見送りするには及びません。
エルミール：
いえ、嫁としての義務ですから。
でも、どうしてこんな風にして出てゆかれるのですか。
ペルネル夫人：
ここでは何事も見ていられないからね、
私が思ってることなど誰もこれっぽっちも気にかけない。
そうさ、私はあきれ果てて出てゆくのだよ。
何をいくら言っても、耳を貸そうとしない、
大事なことをないがしろにして、皆声高にしゃべるばかり
これじゃまるで乞食の王様ペトーの宮廷だ。
ドリーヌ：
でも……
ペルネル夫人：
あんたはね、婆さんや、侍女のくせに
口が達者な分だけ、大層不躾だよ。
何にでも一言口をはさみたがる。

タルチュフ　265

ダミス：
でも……
ペルネル夫人：
アンタは文字通りの愚か者だよ、坊や。
おばあさんである私が言っているのだ。
私の息子のアンタの父親にはさんざん忠告してきた、
この子はケチな悪党の雰囲気を身に着けて
親に悩みの種しか与えることはないだろう、ってね。
マリアーヌ：
私思うの……
ペルネル夫人：
何だって、お嬢ちゃん。アンタは控えめな様子をして
家族の悪風に染まっていない、それほど優しそうに見える。
でも、眠った水ほど悪い水はないというからね、
隠れて何かよからぬことをたくらんでるんだろう。
エルミール：
あの、お母様……
ペルネル夫人：
お嫁さんや、こう言ったら気に入るまいが、
あらゆる点でアンタの振る舞いは最悪だ。
アンタは子供たちに模範を示さねばならないはずだろ、
この子たちの死んだ母親はその点よいお手本だった。
アンタは浪費家で、私しゃあきれてる、
公爵夫人と同じように着飾るのだからね。
自分の亭主にだけ気に入られようとする女房なら、
お嫁さんや、余計な身づくろいなど必要ないはずだよ。
クレアント：
でも、奥さま、何にせよ……
ペルネル夫人：
嫁のお兄さんや、
私は貴方を心から立派な方だと思い、一目置いてますよ。
といっても、もし私が貴方の妹の夫である私の息子の立場だったら、
わが家へは絶対立ち入らないように強くお願いするはずさ。
絶えず貴方は処世訓を説きますけどね

それはまともな人間にはいささかも従いてゆけないような代物さ。
あからさまな物言いで済みませんね、でもこれが性分だから、
胸にあることを奥歯に物が挟まったように言ったりはしない。
ダミス：
おばあちゃんの大切なタルチュフ様はさぞかしご満悦でしょうね……
ペルネル夫人：
あの方は有徳の士です、誰もあの方のいう事を聞かねばなりません。
だから、私は腹を立てずにはおれない、
あの方がアンタみたいな馬鹿に文句をつけられるのを見るなんて。
ダミス：
何ですって。この僕が、何でもあら探しする似非(えせ)信者に我慢しろってことですか
この家で我が物顔に振る舞う奴に。
我慢しろってことですか、僕たちが何も楽しむことができなくても、
もしあの結構な紳士がうんと言わないかぎり。
ドリーヌ：
あの方の言うことを聞いて、あの方の教えをまともに信じろというなら、
私たちは罪を犯さずに何事もできなくなってしまいます。
なにしろあの御大層な批評家は全てを仕切るのですから。
ペルネル夫人：
あの方がいろいろ言うことで、全てがうまく按配される。
あの方が私たちを導いて行こうとするのは、神への大道(だいどう)なのです、
私の息子だってアンタたち皆があの方を慈しむようさせるはずですよ。
ダミス：
いいですか、おばあちゃん、父親であれ誰であれに何と言われようと
僕にあいつを思いやらねばならぬ理由などありません。
気持ちにそぐわぬ言葉を口にするのは心を裏切ることになります。
僕はいつだってあいつの態度に腹を立てているのです。
この件では断言してもいい、つまりあのクソ野郎といたら
僕はついには何かひと騒動起こしかねないって。
ドリーヌ：
おまけに憤慨せずにはいられません、
このお屋敷で部外者があるじ顔をするなんて。
やって来たときは短靴もはいてなかった乞食が、
それも全部あわせて六デニエにしかならない服をまとっていた乞食が

自分の身分を正しくわきまえず
全ての人を不愉快にさせ主人顔するのを見るようになるなんて。
ペルネル夫人：
まあ。何てことを。物事はそのうちよくなるはずですよ、
皆があの方の深い信心を見習って身をつつしむようになれば。
ドリーヌ：
大奥様の頭の中ではあの方は聖人として通っています。
でも実際は、あの方の振る舞いは全て偽善でしかありません。
ペルネル夫人：
ことばづかいに気を付けなさい。
ドリーヌ：
あの方も、従者のローランも、
ちゃんとした保証人でも立ててもらわねば信用できません。
ペルネル夫人：
あの従者のことは知らない。
でも主人のタルチュフが有徳の士であることは請け合います。
アンタがたはあの方を認めず、突っぱねる
本当のことをアンタがたに言うからさ。
あの方が憤るのは宗教上の罪に対してであり、
そして神の利益こそあの方を駆り遣るものなのです。
ドリーヌ：
なるほど。では何故、ことにある時からですが、
誰であれ人がこの家に足繁く通う事にいらいらしだしたのですか。
まともな人たちの訪問の一体何が天に不快を与えるのでしょう、
そんなことにいちいちうるさく騒ぎ立てたりして。
ちょっと私の考えを述べさせて下さいましな。
あの方は奥様に恋々としているに決まっています。
ペルネル夫人：
おだまり、言葉に気をおつけ。
来客を咎めているのはあの方だけじゃない。
出入りする人たちのおかげで増えるありとあるわずらわしさ。
絶えず戸口に四輪馬車が置かれ
お付きの者たちが群れ集うことで、
近所一帯にざわざわした空気が広がる。

まあそれで何かが起こるわけではないだろうが、
でもとにかく、人のうわさも立つし、いいことじゃない。
クレアント：
ああ。奥様、人がおしゃべりするのを妨げたいとお思いですか。
人生は実につまらないものになってしまいますよ、
無用な噂が立つから
すばらしい友人づきあいをあきらめるとしたら。
それに、万一つきあいをやめたところで、
世間に黙るよう指図（さしず）できると思いますか。
人は中傷に対しては守る盾を持たないのです。
ですから愚かな饒舌に対して如何なる対策も講じてはなりません。
自分がきちんとしていればよいのです。
うわさ好きな人のことはまったくの我儘かってにしておきましょう。
ドリーヌ：
お隣のダフネさんとそのケチなご亭主が
この家のことを悪くいう人でないなどと言えるでしょうか。
自分の行動が一番他人からは笑われるはずの人こそ
決まって他人を悪しざまに言うのです。
連中はすばやく確実に摑むのです
ほんのわずかに見える愛情のきらめきを。
そして見知ったことをはしゃいでバラ撒きます、
おまけにこう信じて欲しいと望む尾ひれをそれに付けるのです。
連中は他人の行動を自分たちの好みの色に染め上げることで
自分たちの行動が世間に言い訳が立つようにするのです。
そしてうわべだけまともに見えるよう取り繕い
自分たちのたくらみを弁解できるものにすり替えるか、
でなければ自分達自身が世間から受けるはずの辛辣な非難の矛先を
他の人間に向けさせようとするのです。
ペルネル夫人：
そんな風に悪口を言ったって何の足しにもなりゃしない。
ダフネ・オラントが模範的な生活を送っているのは皆知っている。
あの人の関心は天に向かっている、そして誰もが聞いているはずだ。
ダフネはこの家にやって来る人々の列をひどく嫌っているって。

ドリーヌ：
なるほど、それはそれでよろしいことです。
ダフネさんが謹厳実直な暮らしをしているのは確かです。
でも時の流れがあの人の魂を潔癖なものにしたのですよ、
みな知っています、あの人が不承不承貞淑でいることを。
周りからちやほやされているうちは、
あの人はそれを満喫していました。
しかし、わが身の輝きの衰えを思い知るようになると
相手にしてくれなくなった世間を自分から遠ざけ、
そして、高い思慮分別という荘厳な衣を纏い
擦り切れた自分の魅力を棚上げするのです。
これが時代を画したあだっぽい女のなれの果ての姿です。
色男たちに見捨てられるのを見るのは伊達女たちには耐えられないのです。
いったん見捨てられてしまうと、不安が陰にこもり
貞淑さを頼みの綱にして気高い女のふりをするのが精々なのです。
こうして生まれた徳のある女たちの厳格さは
全てのものを罰し、何物をも許しません。
高所からこの女たちは一人びとりの生活を非難します、
いささかも思いやりからではなく、妬（ねた）みの感情で以て。
そして他人があの喜びをもつことを絶対に許しません
そう、年を重ねたため自分に失われてしまった異性との愛の喜びを。
ペルネル夫人：
手前勝手な作り話だこと。
お嫁さんや、この家では黙ることしかないようだね、
だって奥さん中心に一日中人の悪口を喋りまくっているのだから。
でもね、私にも少ししゃべらせておくれ。
うちの息子は今度ほど良いことをしたことはないと思うよ
あの信心深いお方をわが家に引き取ったのだから。
天が必要と認めこの家にあの方を送り込んで下さったのさ
アンタたちみんなの性根を立て直すためにね、
アンタたちがあの方の話をしっかり聞いて救われるためにね。
あの方はとがめだてする必要のないものをとがめだてたりしない、
例の訪問、舞踏会、おしゃべりずくめは
悪魔の精神を持った連中の発明品だ。

そこでは、神を敬う言葉などこれっぽちも聞かれない。
あるのは碌でもない話題、全く以ての無駄口ばかり。
しょっちゅう、隣人はそうした中でさらしものになる、
それも無差別にけなされるんだ。
それでまともな人でも頭が混乱してしまう
こうした手合いが生みだすヨタ話のせいで。
千もの下らぬお喋りがそうした中では飛び交ってる。
いつかある博士がいみじくも言ったように
これは全くバベルの塔というわけさ、
だってね、誰もがみなおしゃべりして、飽きることがない。
この点について博士曰く……
（クレアントを指して）
おやまあ、こちらの紳士はにんまりしておられる。
だったらもっと笑わせてくれるお笑い芸人でも探しに行くがいいさ、
しょうがない……さらばだよ、お嫁さん。もう何も言いたくない。
私しゃこの家にはつくづく愛想が尽きた、
いつかまた足を踏み入れる時があれば楽しい時でありますように。
（フリポットに平手打ちを食わせる）
さあ行くよ。いつもぼんやりして。ぽかんと口をあけて空ばかり見ていて。
バカな娘だね。耳を引っぱられないようにおし。
ほら行きな、バカ娘、行きな。

第2場

クレアント、ドリーヌ

クレアント：
見送りは止めにしよう。
どうせまた碌でもないことを吹っ掛けられる、
とんだ婆さんだ……
ドリーヌ：
あらま、残念ですね
大奥様にその言葉を聞かせられなくて。
きっとがなりたてたでしょう、

自分はそんな婆さん呼ばわりされる年でないって。
クレアント：
何でまああんな風にわめき散らすのだろう。
タルチュフのことしか頭にないみたいだ。
ドリーヌ：
それだって、息子さんに比べれば、
あの方の息子さんを見たら、こりゃもっとひどいっておっしゃるはずです。
内乱があった際には立派なお振舞をみせ、
国王陛下に尽くす武勇を示されました。
それが今気の抜けたお人柄になってしまったのです、
タルチュフの手練手管に操られるようになって以来。
タルチュフを親友と呼び、タルチュフを心から愛し
それは母を、息子を、妻を愛するのの千倍もです。
全ての自分の秘密を打ち明けられる唯一の相手がタルチュフ、
自分の行動が正しいかどうかお伺いを立てる相手がタルチュフ。
ご主人さまはタルチュフに目をかけ、抱きしめ、誰も恋人にだって
あれ以上優しくはできないでしょう。
食卓では、タルチュフを最上席に坐らせる。
そこでタルチュフが六人分平らげるのを喜んで見ている。
最上の部位を、皆タルチュフに譲らなければならない。
そして、タルチュフがゲップすると、旦那さまは「神のお恵みあれ」という。
（話しているのは召使である）
あいつのせいでおかしくなっているのです。自分の全て、自分の英雄って。
旦那さまはタルチュフにすっかり惚れ込んで、いつもタルチュフを引合いに出します。
あの人のちょっとした行いが旦那さまには奇跡に感じられ、
あの人の全ての言葉は神のお告げなのです。
騙されやすいカモの性格をよく知っており、それを手玉に取ろうとするあいつは、
百ものまやかしの姿によって相手の目をくらませる。
あいつの似非（えせ）信者教はいつでも旦那さまからお金をたんまり引出し、
私たちのすることなすことに何かと難癖をつける。
お付きとして従っている者ほど馬鹿ではないにしても、
なにしろそいつときたら私たちにいらぬおせっかいを焼き、
目を吊り上げてお説教を垂れようとするのですから。
そして私たちのリボン、口紅、付けぼくろを捨ててしまう。

あの陰険な奴めはこの前などその手で引きちぎったのです、
「聖人の花」の本の中にハンケチを見つけると、
とても恐ろしい過失だ
神聖なものと悪魔の装飾品を一緒にするなんて、と言って。

第3場

エルミール、マリアーヌ、ダミス、クレアント、ドリーヌ

エルミール：
送りにこなくてよかったわ
戸口でお母様の長々したおしゃべりといったら。
でもちょうど夫が帰って来るところでした。こちらには気付かなかったようだから、
私は上にいってお帰りを待つことにいたしましょう。
クレアント：
私は、このままここで待とう、時間が無駄だから、
あいさつだけしておく。
ダミス：
妹の結婚のことをそれとなく触れてみてください。
タルチュフが反対しているような気がします、
でなければタルチュフは父をそそのかして邪魔立てしようとしているのではないかと。
叔父さんは僕がどれほど妹の結婚に関心をもっているかご存知でしょう。
僕の妹とヴァレールが燃やしている恋の炎、
それと同じものをヴァレールの妹と僕は燃やしているのです。
だからもし……
ドリーヌ：
ご主人様の御帰還です。

第4場

オルゴン、クレアント、ドリーヌ

オルゴン：
ああ。お義兄さん、いらっしゃい。

クレアント：
帰るところでした。御帰宅にお会いできてよかった。
今田舎は花が咲いていないのでしょうね。
オルゴン：
ドリーヌ……兄さん、済みませんが、ちょっと待ってください。
まず気懸りを払っておかねばなりません、お許しを願います、
留守中のこの家のことを知っておかねば。
ドリーヌ、この二日間、すべてはきちんといっていたかね。
我が家では皆どうしてる。変わりはないかね。
ドリーヌ：
奥様は一昨日晩まで熱がありました、
なじみのない頭痛でもって。
オルゴン：
でタルチュフは。
ドリーヌ：
タルチュフ様ですか。絶好調です。
太って脂肪がついて、みずみずしい肌の色で、朱色の唇です。
オルゴン：
それはそれは。
ドリーヌ：
その晩、奥さまは大層具合が悪くて、
夕食では何も手をつけられませんでした。
それほど頭痛は辛いものだったのです。
オルゴン：
でタルチュフは。
ドリーヌ：
夕食をとりました、たったひとりで、奥様のまえで、
そして鹿爪らしく、あの方はヤマウズラを二羽、
羊の腿をひき肉にしたものを半分食べました。
オルゴン：
それはそれは。
ドリーヌ：
夜がすっかり更けても
奥様は片時も瞼を閉じることができずに。

熱が奥様のまどろみを妨げたのです、
それで朝日が昇るまで奥様のそばで私たちは寝ずの番をせねばなりませんでした。
オルゴン：
でタルチュフは。
ドリーヌ：
気持のよい眠りに誘われたのでしょう、
あの方は食卓を離れるとすぐ自分の部屋に向われました、
そしてとても暖かい自分の寝台にさっさと潜り込みました、
そこで何のわずらいもなく翌朝までぐっすり眠られました。
オルゴン：
それはそれは。
ドリーヌ：
私たちがしつこく説得するものですから、
奥様は瀉血をすることに同意され、
するとすぐに痛みが和らぎました。
オルゴン：
でタルチュフは。
ドリーヌ：
あの方は然るべく元気回復され、
気力充実しあらゆる悪に立ち向かう意欲満々。
奥様が失った血を取り返そうと、
朝食にはなみなみと四杯ワインを飲みました。
オルゴン：
それはそれは。
ドリーヌ：
お二人とも今では大層体の具合がよろしいですよ。
それでは私は奥様にお知らせに行ってまいりましょう
奥様の御回復を旦那さまが大層喜んでいらっしゃると。

第5場

オルゴン、クレアント

クレアント：
あの女め鼻先で貴方のことを嘲笑(あざわら)っています。
でも貴方を不愉快にさせようとして言うわけではありませんが、
あの女のいうことは道理にかなっています。
貴方のきまぐれがこれほど世間で話題になったことがあったでしょうか。
何か気になる男がやって来た
その男のために主人は全てを忘れて世話をし、
惨めな境遇から救ってやったその上、
主人はあろうことかそいつを……
オルゴン：
もうやめなさい、兄さん。
話題にしている方のことを貴方は御存知でないのです。
クレアント：
私はあの男のことをよく知らないのかもしれません、貴方がおっしゃるように。
でも結局、相手がどんな人間か知るにはですね……
オルゴン：
貴方があの人のことをよく知ってくれると嬉しいのだが。
そうしたら、私たちの喜びはとどまるところを知らなくなるはずだ。
あの方こそ……ああ……あの方こそ何と言うかともかくすごい方だ。
あの方の教えに従う者は深い心のやすらぎを得、
世間をゴミ溜めようなものとみなす。
そう、私はあの方と話していると自分がすっかり変わってくる。
あの方は私に何物にも愛情を持たないよう教えてくれた、
あの方は私の魂をあらゆる執着から解き放ってくれる。
だから私は兄弟、子供、母親、家内が死んでも、
他のものに対してと同じく何ら気に掛けることはないのです。
クレアント：
それが人間らしい感情といえるでしょうか、なんとまあ。
オルゴン：
いや。もし私があの方に出会ったときの様子をみていたら、

貴方だって私と同じ気持を抱いたことでしょう。
毎日教会にあの方は穏やかな様子でやって来て
私のすぐ向いで、両ひざをつきはじめるのです。
あの方は会衆の耳目を引きつけます
天への祈りに示すその激しさによって。
畏敬の念に打たれたように溜息をつき、
いつでもへりくだって大地に接吻します。
そして私が出てゆくとき、さっと先に回り、
私に聖水を撒いてくれるのです。
いつも師匠の真似ばかりする供の者に教えられ
その赤貧とその人となりを知り、
私はあの方に寄付をするのですが、いつもつつましく
その半分を返そうとなさるのです。
あの方は言うのです「多すぎます、半分でも多すぎます。
私は貴方のお慈悲を賜るには値しません」と。
それで私が受け取りを頑なに拒むと、
私の目の前であの方は貧しい者たちにそれを分け与えるのです。
結局天の思し召しでわが家に来てもらいましたが、
そのときからすべてはこの家でうまくいっているようです。
私にはわかります、あの方がすべてを修復してくれるのを、そして我が妻のことでも
私の名誉のために極度の心遣いをみせてくれます。
妻に色目を使う連中のことを教えてくれ、
そして私の何倍も焼餅を焼いてくれるのです。
でも貴方にはあの方の熱意がどこまで達するのか分からないでしょう。
自らのささいな誤りを宗教上の罪と自責してしまう。
ほんのささいなことでもあの方の心を痛めさせるには充分なのです。
先日など自らを責めるあまり、
祈禱中にノミをつかまえ
怒りのままに潰してしまったことを悔いておられました。
クレアント：
でも。ちょっとどうかなさっていませんか。
そんな駄弁を弄するなんて。
おふざけか何かとしか……

オルゴン：
兄さん、その話し方は自由思想家の匂いがしますよ。
貴方の心の底はちょっとばかりそれに染まっているのではないですか。
私が口を酸っぱくして説いたように、
それでは何か良くない問題を引き寄せかねません。
クレアント：
貴方の御同類がよく言いだすことですね。
連中はみんなが自分たちと同じく盲目であればと願っているのです。
眼がきく人間をすべて自由思想家とひとくくりにしてしまう、
無益な見せかけが大好きでない自由思想家は
神聖なものに対し尊敬もしないし誓いもしない危険な奴らだ、と。
ばかな、貴方がたのそうした非難に私はたじろいだりしません。
私は自分がどんな風に話しているか知っています、そして天が私の心を見ておられます。
貴方のいうような形ばかり重んじる人々の奴隷にはなりません。
偽りの勇士はよくいますが同様に偽りの信心家もよく出てきます。
そしてここぞという場所で
真の勇士がこれ見よがしに騒ぎ立てることなどないように、
我々が範として見倣うべき善き真(まこと)の信心家は
人の注目を浴びる場面でやたらに渋面を作ったりはしません。
それとも何ですか。貴方は何ら相違を認めようとしないのですか
偽善と献身の。
そうした人々を似たような言葉で扱い、
真の顔と化けの皮に同じ敬意を表(ひょう)そうとするのですか。
そしてさらに技巧と誠実さを同じものとし
外観と真の姿を取り違え、
実の人間と同じぐらい幽霊を、
良貨と同じぐらい贋金を評価しようというのですか。
ひとは奇妙に作られているものですね。
大抵の人間が願わしい判断力を常に持っているとは思えません。
大多数の人間にとって理性はほんのちっぽけな道標なのです。
人はどんな性格の人でもそうした道標の境目を乗り越えてしまう。
そして人々は最も大切な物を傷つけかねません、というのは
その物自体を本来の位置より前に押し出し歪めてしまうからです。
これは、余計なことを申し上げましたかね。

オルゴン：
そうさ貴方は人が敬う博士に違いない。
世界の全ての知識はアンタの身に付いている。
アンタは唯一の賢者、唯一の教養人だ。
この時代の神託を授かった者、ローマの偉人大カトーさ。
そしてアンタの側(そば)ではすべての人はアホということになるのさ。
クレアント：
私は尊敬される博士などではありません。
全ての知識を身に着けているわけではありません。
でも一語で言えば、私の知識に賭けて、私は知っています、
真と偽の違いを見分ける術を。
そして、私はこの上ない信心家以上に高く評価できる
如何なる種類の英雄も認めないし、
世に在るどんなことでも敬虔な熱情と本物の献身以上に
高貴で美しいものはないと思う一方、
このことほどおぞましものはないと考えています、
つまり、おしろいを塗りたくった見せかけの熱心な信仰、
またペテン師、群衆がいる場所での信心家。
こうした連中は冒瀆と偽りの渋面で、
人が敬虔な気持ちをもって接するものを
偽装し悪用し、人々をだまし放題しているのです。
利益に目がくらんでこいつらは
信心を商売と心得、
信用と尊厳を手に入れようとするのです、
偽りの目配せとこれ見よがしの信心ぶりで
こいつらは、いいですか、熱弁をふるい
天の道を餌にしてひと財産築き上げ、
燃えるような祈禱ぶりで毎日布施をかきあつめながら
宮廷のまん中では隠遁生活の勧めを説く。
自分の悪徳と信心の帳尻合わせが上手で、
怒りっぽく、執念深く、真心がなく、策略にたけ、
誰かを陥れるためにあろうことか覆い隠すのです
天の利益という大義名分の下に自分たちの傲慢な恨みつらみを。
その憤り方が危険なのは、

タルチュフ

連中は人々が崇めている信仰を盾に
己の憤りをいかにも好ましく見える情熱に装い、
我々を神のつるぎで殺害しようとするからなのです。
こうした偽りの人格はそこらじゅうに見られます。
それでも真の信心家は簡単に見分けられます。
我々の世紀は、そうした人々を目の前に示してくれています。
そうした人たちは我々に栄光に満ちた手本を提供することができるのです。
アリストンをごらんなさい、ペリアンドルをごらんなさい。
オロント、アルシダマス、ポリドール、クリタンドルを。
あの方たちは誰もが認める行い正しき人たちです。
美徳のほら吹きなどでは決してありません。
彼らにあっては似非宗教家の示す奇の衒(てら)いは見られないのです、
そして彼らのお勤めは人間味あふれるもので、親しみが持てるものです。
彼らは我々の行為をやたらに懲罰にかけようとはしません。
そのように人をたしなめることにおごりを感じるのです。
それは別の人に任せ、
自らの行為によって我々に範を示してくれるのです。
彼らにあっては人の悪しきうわべは大して重要ではありません、
彼らの魂は他人の善いところを見ようとするからです。
徒党を組むことなど在りようがなく、企むべき陰謀だとてありません。
この方たちは善く生きるために深い注意を払っているのがわかるでしょう。
罪びとにだとて決して激しさをもちません。
憎むものはただ罪悪のみで
利害に対しても決して、天ご自身がお望みになる以上の
思い入れで干渉しようとはしないのです。
これが本当の人間です、これが然るべくふるまいをする人間です、
これが要するに立派な方々が示す実例です。
はっきり言って、貴方の例の男はこの模範には当てはまりません。
貴方があの人をほめそやすのはその信心ぶりです。
でも偽りの輝きに目を眩ませられているのだと思いますよ。
オルゴン：
親しき我が兄弟よ、言いたいのはそれだけかね。
クレアント：
ええ。

オルゴン：
それは結構。
（行こうとする）
クレアント：
お願いですから。一言だけ。
この議論はここまでとして。覚えておられますよね
女婿(むすめむこ)にするとヴァレールに約束なさったのは。
オルゴン：
ああ。
クレアント：
その結婚の日を決めたのですね。
オルゴン：
確かに。
クレアント：
じゃあ何故、祝宴の日取りを延ばすのですか。
オルゴン：
さあどうだか。
クレアント：
頭の中に何か考えがおありですか。
オルゴン：
あるいは。
クレアント：
誓いに背かれるおつもりですか。
オルゴン：
そうは言っておらん。
クレアント：
障害は全くないと思いますが。
貴方が約束を実行するのを妨げるようなものは。
オルゴン：
場合による。
クレアント：
一言でいえば済むのに、何か問題があるのでしょうか。
ヴァレールがこの点を貴方に尋ねてくれと申しまして。

タルチュフ　281

オルゴン：
なるほど。
クレアント：
でどのように報告しましょうか。
オルゴン：
お好きなように。
クレアント：
でも必要です
貴方のお考えを知ることが。どうなのですか。
オルゴン：
神の
御心(みこころ)のままに。
クレアント：
いや本気で話してください。
ヴァレールは信じているのですよ。約束を守るのですか、守らないのですか。
オルゴン：
さらば。
クレアント：
彼の愛にとって、良くないことが起こりそうだ、
ありのままを知らせてやらねば。

第2幕

第1場

オルゴン、マリアーヌ

オルゴン：
マリアーヌ。
マリアーヌ：
はいお父さま。
オルゴン：
折り入って
お前に話しがある。
マリアーヌ：
何をお探しですか。
オルゴン：(脇の小部屋を窺って)
確かめているのだ、
ワシらの話を誰かが立ち聞きしていやしないかと。
この小さな場所は秘密を盗み聞くのに格好だからな。
よしこれで安心。マリアーヌや、ワシはお前が
優しい気立てのよい娘だと思っている、
何より、お前は私にとってかけがいのないものだ。
マリアーヌ：
お父さまの愛情、身に沁みています。
オルゴン：
よくぞ言った、娘や。その言葉に値するためには、
お前はワシを満足させることだけに気を配らねばならん。
マリアーヌ：
それこそ私が一番大切だと考えていることです。
オルゴン：
たいへん結構。うちの賓客のタルチュフをどう思う。

マリアーヌ：
だれが、私がですか。
オルゴン：
お前がだよ。どう答えるかよく考えなさい。
マリアーヌ：
はい。お父さまのお望みのままに申し上げます。
オルゴン：
よしよし。ならば娘よ、言っておくれ、
あの方には高い価値がその身体全体に輝いていると、
それが自分の心に響いてくる、実にうれしい事だ
お父さまのご配慮によりあの方を自分の良人(おっと)として迎えられれば、と。
マリアーヌ：(驚いてあとずさり)
ええっ。
オルゴン：
何だ。
マリアーヌ：
何とおっしゃいました。
オルゴン：
何だと。
マリアーヌ：
聞き違いしたのかしら。
オルゴン：
何だって。
マリアーヌ：
お父さま、誰のことですか
私の心に響いてくる、実にうれしい
お父さまのご配慮で私の良人に迎えるのが、って。
オルゴン：
タルチュフさ。
マリアーヌ：
とんでもない、お父さま、そんなこと。
何故そんなおかしなことを私に言わせようというのですか。
オルゴン：
だがワシはそうなってほしいのだ。

お前にはワシが相手を選んだというだけで充分なはずだ。
マリアーヌ：
そんな。お父さままさか、……
オルゴン：
そうだ、ワシがそう望んでいるのだ、娘よ、
お前の婚姻を通してタルチュフをわが家に結び付けたいのだ。
あの人はお前の婿になる、わしがそう決めた。
お前が以前に交わした例の誓いに関してはだな……

第 2 場

ドリーヌ、オルゴン、マリアーヌ

オルゴン：
そこで何をしている。
詮索好きにもほどがあるぞ、
婆さんや、そんな風に聞き耳を立てたりするんじゃない。
ドリーヌ：
全く、判らなかったのです単なるうわさにしても
ためにする雑言から発したものなのか偶々流れ出たものなのか、
でもこの結婚の話を聞いてからずっと
そんなのは根も葉もないものと考えておりました。
オルゴン：
何だと。信じられないことだというのか。
ドリーヌ：
そうです、
まさか旦那さまが本気でおっしゃっているとは思えません。
オルゴン：
お前が十分信じられるようにしてやろう。
ドリーヌ：
あら、あら。莫迦らしいほら話をしてらっしゃるのですね。
オルゴン：
すぐに現実になることを話しているのだ。

ドリーヌ:
おたわむれを。
オルゴン:
娘や、ワシは冗談を言っているのでない。
ドリーヌ:
お父様のおっしゃることをいささかも信じてはだめですよ。
からかっているのですから。
オルゴン:
いいか……
ドリーヌ:
いいえ、いくら言ってもダメでございます、
いささかも信じたり致しません。
オルゴン:
しまいにゃ怒るぞ……
ドリーヌ:
ならば信じましょう。でもそうなると、かえって貴方さまに具合が悪いことになります。
いいですか。旦那様、良識ある人間の様子をして
顔のまん中に立派な髭を生やしていながら、
そんなことを望むなんて失礼ながら相当おかしくなっておられるのでは……
オルゴン:
よく聞け。
お前はこの家で無遠慮に振る舞っているが
ワシは気にいらんぞ。然とそう言っておく婆さんや。
ドリーヌ:
そんなにお腹立ちなさらないでくださいまし。
こんなことを目論むなんて人を馬鹿にした話ですよ。
お嬢様は信心に凝り固まった方と何等かかわりはないのです。
あの方には自分が考えていることをやる別の役どころがあります。
それに、そのような婚姻関係を持って貴方さまにどんな利点がありますか。
旦那様ほどの財産を持つ方が
乞食の女婿(むすめむこ)を選ぼうとするどんな理由があるのでしょう……
オルゴン:
黙れ。タルチュフが何物も持っていなくとも、
人が彼を敬わねばならぬのはまさにその故であることを知りなさい。

あの人の貧窮はいってみれば誠実なる貧困なのだ。
それがあの人を精神の高みに押し上げているにちがいない、
何となればつまり自分の財産が奪われるままにしているからだ。
現世のことにはほとんど気づかいせず、
そして永遠なものへの飽くなき執着があるからだ。
だがワシの援助があの人に手段を与えられるだろう
苦境から脱し自分の財産を取り戻すためのな。
そう、故郷での立派な称号付封地(ほうち)をだ。
そもそも地方貴族にふさわしい風貌をしておられるではないか。
ドリーヌ：
なるほど。あの方が自分でそう言っているのですね。そのこけおどしを。
あの方はちっとも信心に見合っていません。
聖人の生活で以て無垢を選ぶ人が
貴族の身分や家柄をこれ見よがしにするはずがありません。
そして本当の信心の証しである謙虚な心があれば
そうしたつまらぬ見栄を張るのは恥ずかしく思うはずです。
そんな背伸びして何の役に立つのですか……でもこの話は嫌そうですね。
あの方の人柄について話しましょう、その貴族の身分のことはさておいて。
ああした男の元にお嬢様のような娘さんを、
少しも心を痛めずに、差し出すそうとするのですか。
似つかわしさというものを考えたらいかがです
それにこの縁組の結果を予想されてはいかがです。
ご存知ですか、娘の美徳を危険にさらすことになるのですよ、
意に沿わぬ結婚の場合には。
ご存知ですか、結婚生活を正しき人間として全うしてゆけるかどうかは
親が娘に与える配偶者しだいであるということを。
ご存知ですか、いたるところであざけられる殿方というのは
自分のせいで妻をよからぬほうに走らせていることが多いのです。
ある決まった型にはまったご亭主に対しては
妻が夫に忠実になるのは何と言っても難しいのです。
そして、娘が嫌っている男を娘に与える親は
天に対し娘のなす過ちの責任があることになります。
旦那様の目論見がご自身に与える危険を少しは考えて見てください。

オルゴン：
娘が世に処してゆく術はきちんとワシが教えてやると言っておこう。
ドリーヌ：
私の話しをお聞きになったほうがよろしいのですが。
オルゴン：
娘よ、こんなたわごとを聞いて時間を無駄にするのはやめよう。
お前がやらなければならないことを申し渡す、ワシはお前の父親だからな。
たしかにワシはヴァレールにお前をやると言った。
だが奴は賭けごとが好きらしいし、そればかりでなく、
奴は無信仰者じゃないかと疑えるところがある。
奴が教会へ足繁く通うのを見たことがない。
ドリーヌ：
旦那様がいらっしゃるその時に合わせ駆けつければいいとおっしゃるのですか、
人目に立つだけのために教会に出かける人たちのようにして。
オルゴン：
そのことでお前の意見を聞いてはいない。
つまりだ、あの方はこの上なく神さまとともにおられるということだ、
それこそが何よりも満ち足りることだ。
この婚姻で幸せという幸せがあふれお前の望みは全てかなうことになる、
二人はすっかり大いなる喜びに浸りきることになろう。
二人して生きてゆくのだ、誠実なる熱情でもって、
二つの真の神の子として、二つのキジバトとして。
そうしたあかつきにはいかなる苦悩もお前の元にはやってこない、
そしてお前はお前が望むすべてをあの人から手に入れられる。
ドリーヌ：
お嬢様が？　お嬢様はあの方をコキュにすることしかしません、断言します。
オルゴン：
へえ！　何たるたわごと！
ドリーヌ：
そんなことを匂わせるあの方の容貌です、
あの方はお嬢様の堅い貞節をも打ち破る
悪い星の定めを持っています。
オルゴン：
人の話の腰を折るな、そして黙ることを心得ろ、

お前に関係ないことに首を突っ込むな。
ドリーヌ：
旦那様、私はあなたのお為を思えばこそ話しているのです。
（ドリーヌはオルゴンが自分の娘に話すために背を向けるとき、常に邪魔をする）
オルゴン：
余計なお世話だ。頼むから黙っていてくれ。
ドリーヌ：
私は旦那様をお慕いして……
オルゴン：
お前になど慕われたくない。
ドリーヌ：
でも私はお慕い申し上げます、旦那様、貴方の御意向に逆らっても。
オルゴン：
ふん。
ドリーヌ：
旦那様の名誉が私には大切なのです、そして私は耐えることは出来ないのです
旦那様が誰れ彼れの嘲笑に身を晒すことが。
オルゴン：
ちっとも黙ってはいないではないか。
ドリーヌ：
貴方様がこんな縁組を進めるままにしておくなんて
心がとがめるのです。
オルゴン：
黙れと言うに。頑固者。その厚かましい毒舌が……
ドリーヌ：
信仰に篤くていらっしゃるのに、そのようにかっとなさるのですか。
オルゴン：
ああ、このくだらない冗談を聞いて俺の胆汁が熱くなった、
いいか俺は断固命じるお前が黙ることを。
ドリーヌ：
分かりました。でも何も言わなくとも私は考えていないわけではありませんからね。
オルゴン：
考えるのは勝手にしろ。でもお前の関心事を
いささかも俺に話しかけぬようにしろ、さもなければ……もういい。

タルチュフ　289

(娘の方を向く)
分別を尽くし
俺は全てのことをじっくり検討した。
ドリーヌ：
もどかしい
話しちゃいけないのが。
(オルゴンが振り向くと黙る)
オルゴン：
優男ではないけれど、
タルチュフの人物は……
ドリーヌ：
はい、大した御面相で。
オルゴン：
お前があの人の全ての天の恵みに如何なる好感を
抱くことがなくてもだ……
(ドリーヌの前に身をぐるりと返し、腕組みして見やる)
ドリーヌ：
それは、御運がよいこと。
私がお嬢さまだったら、相手は確実に
無理やり結婚しても不都合を生ぜずにはおれないでしょう。
いずれ祝宴のあとでまもなく思い知らせてやります
女はいつだって仕返しの用意ができているのだってことを。
オルゴン：
さて、俺が言ったことを無視するつもりか。
ドリーヌ：
何をぶつぶつ言ってらっしゃるのですか。私は黙っていますよ。
オルゴン：
じゃあ何をお前はしとるのかね。
ドリーヌ：
自分に語りかけているのです。
オルゴン：
なるほど。そのはなはだしい無礼を懲らしめるために、
この手でひっぱたいてやらねばならぬようだな。
(平手打ちする姿勢をとる。ドリーヌはオルゴンに視線を投げかけられるたびに、

話さず真直ぐに姿勢を保つ)
娘や、お前はワシの計画に賛成せねばならぬ……
信じるのだ、夫……ワシがお前に選んだ者こそ……
(ドリーヌに)
なんで話さぬ。
ドリーヌ：
何も考えていませんから。
オルゴン：
何かしゃべてみろ。
ドリーヌ：
話したくありません。
オルゴン：
なるほど、じゃ待ち構えよう。
ドリーヌ：
そんな、ばかな。
オルゴン：
つまりだ娘や、言うことをきけば利益が得られる、
ワシの判断に対し全幅の信頼を置きなさい。
ドリーヌ：(逃げようとして)
私ならそんな配偶者はご免こうむりますね。
(オルゴン、平手打ちをくわそうとするが、失敗する)
オルゴン：
お前の側にいるのは有害な人間だ、
一緒にいたら必ず過ちを犯してしまう。
気分が悪くてもう話しを続けられない。
分をわきまえずケチをつけワシの心をかっかとさせる奴め。
空気を吸って、少し心を落ち着かせることとしよう。

第3場

ドリーヌ、マリアーヌ

ドリーヌ：
一体どうして口がきけなくなったのですか、

私があんなふうにお嬢様の役目をしなければならないなんて。
お父さまが常識では考えられないことを言い出したのに、
ほんのちょっとイヤだの言葉も吐かないなんて。
マリアーヌ：
父親は絶対よ、私にどうすればよいというの。
ドリーヌ：
嵩に懸ってきたらうまく逃れようとするのです。
マリアーヌ：
何て。
ドリーヌ：
人の心は他人の言う通りにはならないと言っておやりなさい、
自分のために結婚するので父親のためではないと、
全ての事はその当人のためになされるのが道理である以上
必要なのは夫が自分の気に入るかであって、父親の気に入るかではないと、
タルチュフがお父さまにとってそんなにお気に召すというのなら
とっととタルチュフと結婚すればいいでしょうと。
マリアーヌ：
そうはいっても、父の権威は私には大きすぎます、
私には何も抗う力はないのです。
ドリーヌ：
でもよく考えてごらんなさいませ。ヴァレールさんが貴方に気持ちを打ち明けたのでしょ。
貴方の方は彼を愛しているのですか、それとも愛していないのですか。
マリアーヌ：
あら。私の愛情をそんな風に疑うなんて、
ドリーヌったら。どうしてそんなことを言うの。
そのことでは百回も私の心をありのままに話したじゃないの、
私の熱い気持ちがどれほどのものか知らないわけでないでしょ。
ドリーヌ：
本心が口から語られるかどうかなんて、
あの方を本当に貴方がお好きかどうかなんて私には分かりません。
マリアーヌ：
ひどいわ、ドリーヌ、そんなことを疑うなんて、
私の本当の心持はすっかりありのままに出ていますことよ。

ドリーヌ:
ではつまり、貴方はヴァレールさんを愛していらっしゃると。
マリアーヌ:
ええ、心の底から。
ドリーヌ:
であちらも貴方を愛していらっしゃるはずだと。
マリアーヌ:
そう思います。
ドリーヌ:
二人は互いに燃える思いで焦がれ合っているのですね
結婚したくてたまらないと。
マリアーヌ:
確かです。
ドリーヌ:
ではもう一つの縁談を貴方はどう思うのですか。
マリアーヌ:
無理強いされれば死んでしまいます。
ドリーヌ:
なるほど。そんな手がありましたね。
この窮地を脱するには貴方は死ぬしかないと。
その治療薬はおそらく素晴らしい、
でもその種の言葉を聞くと私は腹が立ちます。
マリアーヌ:
何ですって。どうしてそんなに不機嫌になるのですか。
こんなに追い詰められているのに同情してくれないの。
ドリーヌ:
たわごとをいう人に同情なぞ致しません、
それも貴方のようにつらい立場ですっかり弱気になっている人には。
マリアーヌ:
どうしろというのですか。私が臆病になっているのを。
ドリーヌ:
恋愛には毅然とした態度が必要です。
マリアーヌ:
でも私はヴァレールとの恋に愛情はしっかりとってあるわ。

父から私を取り戻すのは彼の役割でないでしょうか。
ドリーヌ：
何ですか。貴方の父上が札付きの気むずかし屋で、
すっかりタルチュフに夢中になっていて
自分で決めた婚姻の約束を違(たが)えるとして、
誤りを貴方の恋人のせいにできるのですか。
マリアーヌ：
じゃあこの縁談に嫌悪感をむき出しにして
自分の選んだ人一途であることを示さねばならないのですか。
好きな人の素晴らしさが充分わかっていても、
女性としての慎み、娘である義務から離れることができるでしょうか。
私の心の焔を世間にさらけ出すことができると思いますか……
ドリーヌ：
いいえ、そんなことこれっぽちも。貴方自身が
タルチュフと結婚したがっているのです。そう考えると、
私がご一緒になって貴方に用意された路を変えようとするのは間違いになります。
貴方ご自身のお望みに立ち向う理由がどうして私にあるでしょうか。
自分で選んだ決心はそれこそいちばん好ましいものです。
タルチュフさま。ああ、あ。私が申し上げることなど何もありはしませんでしょ。
確かに、タルチュフさまは、よく考えれば、
なかなか押し出しのよい方ではありませんか、
その細君になるなんて、幸せこの上ないではありませんか。
人々は皆あの方を褒め称えています。
故郷ではれっきとした貴族ですし、大したお方ですわ。
血色のよい耳をもち、つやのある顔色。
そのような殿方となら大変満足して暮らせるはずです。
マリアーヌ：
とんでもない。
ドリーヌ：
如何なる喜びが貴方さまの心に宿るでしょう、
こんな素晴らしい殿方の妻となることができた暁には。
マリアーヌ：
ああ。止めて。お願いです。そんな話をするのは。
私がこのような結婚をしないで済むよう助けてください。

力を絞り出して、何でもやりますから。
ドリーヌ：
いいえ、娘は父に従うものです、
例え夫として醜い皺だらけの男をあてがわれても。
貴方の巡り会わせは最良でした。何に不平を言うのですか。
旦那さまの故郷に四輪馬車で乗り付けるのですよ、
そこでは伯父さんや従妹やがたくさんお待ちです、
その人たちと楽しくお話が出来る筈です。
まず貴方は地元のご立派な社交界に連れ出されるでしょう。
歓迎に待ち構える方々に挨拶するのです、
お代官夫人、名士夫人など、
貴方に敬意を表して折りたたみ椅子を勧めてくれるでしょう。
あちらでは、謝肉祭で、お楽しみになれますよ
舞踏会、バグパイプ二つからなる楽団、
それからさらには猿回し、操り人形、
貴方の旦那さまがもし……
マリアーヌ：
ああ。死ぬほどつらい。
知恵を貸してどうか私を助けてくださいな。
ドリーヌ：
何と申しましょうか。
マリアーヌ：
ねえ。ドリーヌ。お願いだから……
ドリーヌ：
貴方へのお仕置きです、この件はこのまま先に進めましょう。
マリアーヌ：
ひどい人。
ドリーヌ：
いいえ。
マリアーヌ：
私の願いはただ……
ドリーヌ：
タルチュフが貴方の御主人。それを身を以て体験なさいませ。

マリアーヌ：
私がいつも貴方に本心を打ち明けているのを知っているでしょう。
どうか……
ドリーヌ：
いいえ、誓って貴方はタルチュフさまのものになるのです。
マリアーヌ：
もう。こんな私のひどい状況を見ても何も感じないなら
打ちひしがれたままに放っておいて下さい、
私は絶望を心のよりどころにします。
そして、私はこの災難から逃れられる特効薬を使うことに致しましょう。
（去ろうとする）
ドリーヌ：
おやおや、お戻りなさいな。怒るのは止めましょう。
何はあっても、貴方さまのことを思いやらねばなりませんからね。
マリアーヌ：
いいこと、こんなつらい目に会うばかりなら、
ドリーヌ、私は死んでしまいます。
ドリーヌ：
そんなに悩まないで。うまくやることだって
できますよ……でもほら恋人のヴァレールさんが来ましたよ。

第4場

ヴァレール、マリアーヌ、ドリーヌ

ヴァレール：
マリアーヌさん、僕は今知らせを耳にしました。
僕が知らずにいた、そしておそらく大変結構な知らせを。
マリアーヌ：
何ですの。
ヴァレール：
貴方がタルチュフと結婚されるという知らせです。
マリアーヌ：
確かに

父がそんな風に動いているのです。
ヴァレール：
お父さまがですか、マリアーヌさん……
マリアーヌ：
そう、考えを変えたの。
そのことを父から直接聞きました。
ヴァレール：
何ですって。本気なんですか。
マリアーヌ：
ええ、うそじゃありません。
この婚姻のことを父にはっきり申し渡されました。
ヴァレール：
で貴方の心はどうなのですか、
マリアーヌさん。
マリアーヌ：
分かりません。
ヴァレール：
そのお答えは正直なものですか。
分からないと。
マリアーヌ：
そうです。
ヴァレール：
そうですって。
マリアーヌ：
どうしろとおっしゃるの。
ヴァレール：
そのお相手をお選びなさい。
マリアーヌ：
そうしろとおっしゃるの。
ヴァレール：
ええ。
マリアーヌ：
本気で。

ヴァレール：
確かに。
その選択は名誉なもので、充分に従う価値があります。
マリアーヌ：
あらまあ。それが貴方さまが下さるご助言ね。
ヴァレール：
それを聞き入れるのは訳ないことでしょう。
マリアーヌ：
そうした助言をすることで貴方の魂がたいして傷まないのと同じ位にね。
ヴァレール：
僕は貴方に喜んでもらおうとしてそう言ったのですよ。
マリアーヌ：
私だって、貴方を喜ばせようとしてお言いつけに従うのです。
ドリーヌ：
このあとどうなるかしばらく見ていよう。
ヴァレール：
それが貴方の愛なのですか。嘘だったのですね
あのとき貴方が……
マリアーヌ：
そのことは言わないで、お願い。
貴方は率直におっしゃってくださった、私に受け入れろと
父が私に押し付けようとしている方を。
そして、私ははっきり申し上げます、その方と結婚したいと、
だって貴方が大層為になるご助言を下さったのですもの。
ヴァレール：
僕の言葉の端をとらえ貴方がとやかく言えるものではないでしょう。
貴方はすでに心を決めていたのです。
そして取るに足らない口実を作って
約束を違えようとしているのです。
マリアーヌ：
そうね、その通りよ。
ヴァレール：
おそらく。そして貴方の心は
僕に対して本当の愛情なぞ持ってはいなかったのです。

マリアーヌ：
あら。そう考えていただいてもよろしいわ。
ヴァレール：
なるほど、なるほど。それでいいのですね。でも僕の憤る心は
同じような算段をして貴方の先回りをしますよ。
僕だって僕を受け入れてくれる人が他にいないわけじゃないんだ。
マリアーヌ：
ああ。それはいささかも疑いません。貴方のような立派な方なら
きっと何でも……
ヴァレール：
いや、別に立派な人間ではありません。
貴方を惹きつけることができなかったのですものね。断じてそう申し上げます。
でも僕だって他の女性が僕に心遣いを示すことがあるものと思っています、
こうして貴方をはっきりあきらめた空虚な僕の心を
素直に癒してくれる女性がどこかにいると信じています。
マリアーヌ：
痛手は大きなものでないでしょう。新しいものを掴むことで
貴方は簡単に立ち直れるはずですもの。
ヴァレール：
僕は今できる範囲で自分にできそうなことをやります。見ていてください。
無視された時こそ男の誇りは頭をもたげるものです。
恋を忘れるために精神を集中させる。
忘れられなくてもせめて忘れたふりをする。
女々しくするなんて絶対に許されぬことです、
自分を見捨てた相手に対し愛情を示すなんてことは絶対。
マリアーヌ：
その感情は気高く高貴なものでしょう。
ヴァレール：
その通り。堂々と胸を張れるものになるはずです、誰に対しても。
それとも、何ですか。貴方はお望みだとでも言うのですか、僕が心の中で永久に
貴方に対する恋の炎を燃やしたまま
この目でもって貴方が他の男に抱かれるのを見続けるのを、
それも貴方が嫌だと思うといけないから他の女性に心を移したりせずに。

マリアーヌ：
まさか。貴方のお考え通り進めればよいでしょう。
早くそれをなさって下さいましな。
ヴァレール：
それがお望みだと。
マリアーヌ：
ええ。
ヴァレール：
そこまで言うのか。
マリアーヌさん。ではお望みのままに致しましょう。
(行こうとするが、そのまま戻ってくる)
マリアーヌ：
はい？
ヴァレール：
いいですか、少なくとも貴方のせいなのですよ
僕の心をこんな極端に走らせるのは。
マリアーヌ：
ええ。
ヴァレール：
そして、僕の思い描く算段は
貴方へのあてつけ以外の何物でもないことは。
マリアーヌ：
私へのあてつけですか、まあいいでしょう。
ヴァレール：
判った。お望みどおりにしてやろう。
マリアーヌ：
それはよかった。
ヴァレール：
御覧のとおり、これでお別れです。
マリアーヌ：
あら、それは結構。
ヴァレール：(行こうとするが、戸口で振り返り)
えーと。

マリアーヌ：
何。
ヴァレール：
呼ばなかった。
マリアーヌ：
私が？　まさか。
ヴァレール：
ならしょうがない。このまま出てゆくとするか。
おさらば、淑女のあなた。
マリアーヌ：
さよなら、紳士のあなた。
ドリーヌ：
困りましたね
貴方がたはこの突然の事態に正気を失っているのです。
私はすっかり貴方がたをなるがままに任せておきました、
どこまで行ったら気が済むのか見届けるために、
ほら。ヴァレールさま。
（ドリーヌはヴァレールの腕をつかもうとする、ヴァレールは抗する仕草をする）
ヴァレール：
えっ。どうしろというのだ、ドリーヌ。
ドリーヌ：
こちらへいらっしゃい。
ヴァレール：
いや、いや。腹が立ってたまらない。
あの人が望んでいるのだ、僕を引き止めないでくれ。
ドリーヌ：
ここにいてください。
ヴァレール：
いやだ。いいかい。もう決まったことだ。
ドリーヌ：
まあ。
マリアーヌ：
あの方は私を見るのさえ嫌なんだわ、
私はここから出て行ったほうが良さそうです。

ドリーヌ：(ヴァレールのところからマリアーヌのところへ走り寄る)
貴女は別の方へ行こうとする。どこにゆくのですか。
マリアーヌ：
放っておいて。
ドリーヌ：
お戻りなさい。
マリアーヌ：
いや、いや。ドリーヌ。私を止めても無駄よ。
ヴァレール：
僕がそばにいるだけであの人は拷問に感じているようだ、
おそらくあの人をその拷問から解放してあげた方がよいだろう。
ドリーヌ：(マリアーヌの元を去り、ヴァレールの方へ)
またですか。いい加減にしてください。
くだらない意地の張り合いは止めて、ご一緒にこちらに来てください。
(二人を引っぱる)
ヴァレール：
でも君の考えはどうなの。
マリアーヌ：
貴方はどうしたいの。
ドリーヌ：
二人とも元の鞘に収まって、事態を切り抜けるのです。
こんなことしてる場合じゃないでしょ。
ヴァレール：
あの人が僕に言ったことを聞いてなかったのかい。
ドリーヌ：
お嬢様も馬鹿ですわ、あんなにかっとなるなんて。
マリアーヌ：
成り行きを見てたでしょ、あの人の私に対するやり方を。
ドリーヌ：(ヴァレールとマリアーヌ、それぞれに)
お二人ともおばかさん。お嬢様の関心は
貴男にしかないのです、私が断言します。
この方はお嬢様だけを愛してらっしゃいまして、望みはただ
貴女と結婚することだけ。命に掛けてそうお答えしますわ。

マリアーヌ：
じゃあ何故、あんな忠告をしたの。
ヴァレール：
なんであんなことで僕の意見を求めたのだい。
ドリーヌ：
二人とも馬鹿ですね。さあ、手と手をつないで。
さあ、早く。
ヴァレール：(ドリーヌに手を差し出す)
僕の手が一体何の役に立つのだろう。
ドリーヌ：
ああ。さあ、貴女のも。
マリアーヌ：(同じく手を差し出して)
これが何の役に立つの。
ドリーヌ：
あらま。早く。前に。
貴方がたは自分たちが考えているよりずっと愛し合っているのですよ。
ヴァレール：
なら意地を張るのは止めて、
怒らないで僕をじっと見ておくれ。
(マリアーヌ、目をヴァレールに向け、微笑する)
ドリーヌ：
本当に、恋人たちって皆しょうがないものね。
ヴァレール：
だけど僕が君に文句を言いたくなるのも無理ないだろ。
正直言って、君はちょっと意地悪じゃなかったかい、
ひどいことを言って僕をからかうなんて。
マリアーヌ：
貴方だって、愛を素直に出せない頑固者だったでしょ……
ドリーヌ：
そうしたお話しはまた別の機会にして、
いまはこの不当な婚姻を逃れることを考えましょう。
マリアーヌ：
どんな方法をとればいいか教えて。

タルチュフ　303

ドリーヌ：
あらゆるやり方で事態を動かしましょう。
お父様は戯言(ざれごと)をよくいいます、これもたわごとですよ。
でも貴方は、父上の突飛な考えにとりあえず合わせて
よろこんで同意したように見せかけるのがよいでしょう、
のっぴきならなくなった場合、そのほうが
提案された婚姻を引き延ばせやすいですから。
時間を稼ぐために、やれることは全部やるのです。
ある時は突然の病気を口実に
延期をお願いする。
ある時は嫌な兆候を口実にするのです。
不吉にも死人と出会ったことだってあり、
鏡が割れたとか、泥水が急に夢に出たとかもあり。
結局何よりも重要なのは、この方以外の誰に対しても
貴方がはいと言わなければ無理強いできないということです。
しかしよりうまくやるため、いいですか、
誰にもお二人が一緒に話しているところを見られぬのがよいでしょう。
（ヴァレールに）
さあ行って、すぐにお友達を頼りなさい、
そして約束の婚姻を元通り早く進められるよう計らってもらうのです。
私たちは叔父さまに尽力してもらうよう頼みましょう。
そしてお母さまを私たちの仲間に引き入れるのです。
ではまた。
ヴァレール：（マリアーヌに）
僕たちがどんな仕掛けをやってみようとも、
実の所、僕が一番の拠りどころするのは貴方なのです。
マリアーヌ：（ヴァレールに）
父の意志がどうなのかは分かりません。
でも私はヴァレールさん以外の誰のものにもなりません。
ヴァレール：
実に嬉しいことを言ってくれるね。何があろうとも……
ドリーヌ：
ああ。なんて、恋人たちはいつまでもお喋べりしていて飽きないものなのかしら。
さあ行って、ほらほら。

ヴァレール：(行きかけて戻る)
だけど……
ドリーヌ：
お喋りは後！
(二人の肩を押す)
貴男(あなた)はこちら、貴女(あなた)はそちらから。

第3幕

第1場

ダミス、ドリーヌ

ダミス：
雷に打たれ僕の命はここで潰えてしまうだろう、
世の中から僕は最底の下司扱いされるだろう、
権力と権威の前に僕が膝を屈してしまうとすれば、
己れの力でしっかりした対抗策を打ち樹てるのでなければ。
ドリーヌ：
お願いですから、そんなに興奮しないでください。
お父様はただ口から出まかせを言っただけです。
そのまま実行するわけではありませんよ、
やると言ったって、そうは簡単にできるものじゃないですし。
ダミス：
この企みは何としても阻止しなければ。
親爺にちょっと話をしてやろう。
ドリーヌ：
まあ落ち着いて。お父様のこともあの男のことも、
義理のお母様にお任せなさい。
タルチュフは奥様には変に構えません。
奥様のいう事なら何でもハイハイと聞いて、
奥様に気があるのかもしれません。
いやそうだといい。だったら事は簡単なのに。
ともかく貴方の為を思って、奥様はタルチュフをお呼びになったのです。
貴方が心配なさっている結婚のことを探ってくださるでしょう。
あいつの気持ちがどのあたりにあるか突き止め、あいつに理を説いてくれるはずです、
手前勝手な思惑でお嬢様との結婚に色気を出したりすれば
揉め事を引き起こすだけだと。

お付きの者が言うには、タルチュフは今祈禱中で、会えません。
でも間もなく下に降りてくるとのこと。
さあどうか行ってくださいませ。ここで私が待ちうけます。
ダミス：
話し合いの場に僕も一緒にいていいだろう。
ドリーヌ：
駄目です。二人だけにしなければ。
ダミス：
何も喋らないからさ。
ドリーヌ：
御冗談を。貴方はすぐカッとなさるでしょ
そんなことしたら事態を台無しにしてしまいます。
あちらに行っていてください。
ダミス：
嫌だ。見ていたい、怒ったりしないからさ。
ドリーヌ：
困ったひとですね。来ました。引っ込んで。

第2場

タルチュフ、ローラン、ドリーヌ

タルチュフ：（ドリーヌが眼に入って）
ローラン、私の鞭と懺悔服をしまっておくれ。
天が変らずお前を明るく照らしてくださるよう祈りなさい。
人が私を訪ねてきたら、頂いた寄付からいくばくかの金子(きんす)を
囚人に分け与えに行っていると伝えておくれ。
ドリーヌ：
何たるわざとらしさ。
タルチュフ：
何か御用かな。
ドリーヌ：
じつは……

タルチュフ　307

タルチュフ：(ポケットからハンカチを取り出す)
ああ、どうか。お願いです、
話す前にこのハンカチをお取りください。
ドリーヌ：
はっ？
タルチュフ：
私の目に触れぬようその胸を蔽ってください。
そのようなものを見ると、魂は傷つけられます、
そこからは咎められるべき想念が沸き起こります。
ドリーヌ：
あなたはそんなに誘惑に弱いのですか、
肉体が貴方の思慮分別に対し大きな影響を与えるのですか。
まあ、貴方がどんな熱情に浮かされているか存じませんが
でも私はそんなにすぐにかっかしたりしませんよ、
あなたが上から下まで裸になっても
その肌が私の心を惑わすことなど起こりません。
タルチュフ：
おしゃべりはそこそこにしていただきたいものですな、
でないとお暇(いとま)しますよ。
ドリーヌ：
いやいや。お邪魔するつもりはございません、
申し上げるのはほんの一言だけ。
奥様がこの下の階へいらっしゃいます、
ちょっと貴方様とお話ししたいそうで。
タルチュフ：
ああそれは。喜んで。
ドリーヌ：(独り言)
まあこの嬉しがりよう。
やっぱり、思った通りだ。
タルチュフ：
すぐ見えるのかな。
ドリーヌ：
あら足音が。
きっと奥様ですわ、私は失礼して。

第3場

エルミール、タルチュフ

タルチュフ：
天が永遠にその慈愛により
貴方に魂と肉体の健康を与えて下さいますように。
そして、貴方の日々を祝福してくださいますよう
天の愛に導かれる者たちのうち一番賤しき者の願いのままに。
エルミール：
敬虔なお祈り、痛み入ります。
でも椅子にお座りください、そのほうが楽ですから。
タルチュフ：
お体の具合いかがですか。
エルミール：
とても良くなりました。熱もまもなく下がって。
タルチュフ：
私の祈りなどは求められる効用を得られません
天からのこうした恩寵をいただくには。
でも私は天にひたすら篤い祈りのみをしていたのです
奥様のご回復を願って。
エルミール：
私のためにそのようなお気遣い、痛み入ります。
タルチュフ：
奥様の大切な健康はいくら願っても願い過ぎることはありません、
そのためなら私は自分の健康を犠牲にしてもよいほどです。
エルミール：
キリスト教徒の隣人愛にしてもそれは過分というものです、
そうした親切なお心、私、大いに感謝致します。
タルチュフ：
奥様にふさわしかろう半分も私の祈りは成就出来てはいません。
エルミール：
じつは貴方さまに或る事で内々にご相談したかったのです、

誰も見ている者がいないのでここなら安心ですわ。
タルチュフ：
私も同様にとても嬉しく思いますし、何といっても私には心地よいのです、
奥様、貴方と差向いになれたことが。
こうした機会を何度も天にお願いしてきましたが、
これまで天は私にその恩恵を与えて下さることはなかったのです。
エルミール：
ほんのちょっとだけ、お話ししたく存じます、
貴方さまも心を開いて、何もつつみ隠さず応じていただきたいのです。
タルチュフ：
私も、神のこの特別のお計らいに対し
貴方の眼に私の心のありのままを示すことだけを望んでいますし、
また誓って申し上げたい、私がいろいろ煩(うるさ)く言いつのった
奥様に色目を使う訪問者たちのことでは
貴方に対するいかなる憎しみのゆえではなく、
むしろ私を駆り立てる心の現れによるものであり、
つまり純粋な情熱が……
エルミール：
良く分かります、
私の魂を救おうとなさってくださるのですね。
タルチュフ：(彼女の指先をきつく握って)
ええ、奥様、そうなのです、私の熱情はこうして……
エルミール：
うっ。きつく握りすぎます。
タルチュフ：
これもありあまる情熱の故です。
貴方を痛くしようというつもりではありませんでした、
いやむしろ私がしたかったのは……
(彼女の膝に手を置く)
エルミール：
貴方の手は何をなさっているのですか。
タルチュフ：
お着物を触っているのです。この布地は柔らかいのですね。

エルミール：
お願いです、止めてください、くすぐったいですわ。
(彼女は椅子を引く、タルチュフは自分の椅子を近づける)
タルチュフ：
おや。この縫い目の仕事の見事なこと。
昨今は技術がきわめて上がっているのですね。
それにしても、こんなに素晴らしい出来栄えは見たことがありません。
エルミール：
そうですね。でも用件について少しお話し致しましょう。
夫が婚姻の約束を取り消した、と聞きました
そして娘を貴方に差し上げるつもりだと。本当なのですか。
タルチュフ：
そんなこと言われましたかね。でも、奥様、実のところ、
そんな幸せを私が願っているのではありません。
別のところに私は至高の魅惑、
私の願いの全てを体現する目くるめく魅惑を感じるのです。
エルミール：
この地上のものは何ら貴方には魅力がないというわけですね。
タルチュフ：
私の胸は石でできた心臓を閉じ込めているわけではありません。
エルミール：
貴方の憧憬(あこがれ)は全て天に向かっていると思っておりました、
この世では何ものも貴方の望みを掻きたてはしないと。
タルチュフ：
我々を永遠の美に繋ぐ愛は
我々の中で現世の愛を息絶やせはしません。
我々の分別はいともたやすく、魅了されるものです
天が作った完璧なる作品に対して。
そうした魅力が貴方のような方に於いてキラキラと輝いています。
天はそのたぐい希なるすばらしい秘蹟を貴方の中に示されました。
天は貴方のお姿に美をふんだんに注ぎ
それに人びとの眼は圧倒され、心は酔いしれるのです。
そしてこの私は、完璧な女性である貴方を見るたびに
貴方のなかに造化(ぞうか)の神を賛美せざるを得ませんでした、

そして、私の心に強烈な愛情が満つるのを感じざるを得ませんでした、
天ご自身が自らを描く肖像画のうちで一番美しいものに接し。
何よりもまず、私は懸念しました、この身の内に沸き起こる熱情は
悪魔の巧妙な罠ではないかと。
そして、私の心は貴方の眼を避けようとさえしました、
私が天国に迎えられるようになる障害であると決めつけて。
でも結局、私は知ったのです、おおまこと愛すべき美の化身よ、
この情熱はいささかも恥ずべきものではない、
慎みとこれを折り合いづけることができる、
自分の心はあるがままに委ねればよい、と。
白状しますが、実に大胆至極なことです
この私の心の願いを思い切って貴方に申し上げるのは。
でも、誓って申し上げます、私は貴方の全きご判断を待ち受けます、
それでこの弱い心の空しい努力は差し控えます。
私の希望、幸福、安らぎは、貴方にこそあります。
私が苦脳するか法悦に至るかは貴方次第なのであり、
貴方の判断ひとつで、私は、
貴方が望めば幸せにも、貴方が欲すれば不幸にも、なれるのです。
エルミール：
これはまた艶っぽい告白ですこと、
でも、実のところ、正直ちょっと驚きました、
貴方は胸の中でもうちょっと脇を固めたほうがよいのではないですか、
そしてこうした事についてはもっとじっくり自分を省みたほうが。
貴方のような信心家で、至る所で名前が挙がっている方が……
タルチュフ：
ああ。なるほど私は信心家ですが、それで私の人間性が減じるわけでありません。
貴方の天与の魅力をたまたま見てしまったからには、
心は奪われるままになり、何等抗することができなくなるのです。
こうした私の言葉は奇妙に聞こえるかもしれません。
でも、奥様、結局のところ、私は天使ではないのです。
ですから、いま私が貴方にした告白を貴方が強く非難するとすれば、
貴方は人を惹きつけるご自身の魅力に対し、自らを非難しなければなりません。
神の御業としか思えない貴方の魅力の燦然たる輝きを目にしてからというもの、
貴方は私の心のなかで至高の存在となったのです。

貴方の崇高な眼差しのえも言われぬ甘美さが
私の心の頑なな抵抗を押しのけてしまったのです。
その甘美さは全てのもの、断食、祈禱、悲嘆を圧倒し、
私のすべての願いを貴方の魅力の側(がわ)に向けたのです。
私の眼と私の溜息は貴方にそのことを千回も訴えましたが、
自分の気持ちをさらにはっきり伝えるために、私は実際声に出して申し上げます。
貴方の卑しき奴婢(はしため)の心身の苦しみを
ちょっと優しい気持ちで思いやってくださるなら、
そして、貴方の優しさが私を慰めようと
この取るに足らぬ貴方の下僕(しもべ)の位置まで降りてきてくださるならば、
心惹かれる素晴らしき人よ、私はいつも貴方に対して
他に比べるものなき献身を捧げるでありましょう。
私とならば貴方の体面に関わることが、噂として流れるなどはいささかもありません、
それで、私の側(がわ)から生じる不体裁を怖れる必要は少しもないのです。
宮廷の色男たちは、女たちに気を引かせながら、
自分たちの情事を騒ぎ立て、言葉でやたらに吹聴しては
いつも自分の色恋の進み具合を自慢し鼻に掛けるのです、
秘め事への配慮などいささかも払わず。
女性は男の口の堅さを信じているはずなのに、彼らの無神経な饒舌ときたら、
心を捧げている女性の名誉を傷つけるに十分なものなのです。
でも、我々のような人間の恋の炎は慎み深く燃えています。
だからこそ、常に変わらず秘密は守られるのです。
自身の名声が大事なものですから充分気を配り
すべてのことを愛する人に保証しますし、
この我々のような人間と付き合ってこそ、その心を受け入れることで
咎められない愛、恐れのない悦楽を手に入れることができるのです。
エルミール：
おっしゃることよく分かりました、雄弁でいらっしゃる貴方は
私の心に力強い言葉で貴方の考えを説明して下さいます。
でも懸念しないのですか、この私が気を回し
この艶っぽいやり取りを夫に報告しはしないかと、
この種の性急な愛の告白が
夫が貴方に示している友愛の情を毀(こわ)しかねないと。

タルチュフ：
私は存じております、貴方はとてもお優しい方で、
私のこの無鉄砲さに対してもきっと
大目に見て下さるだろう、この人間的な弱さを
貴方を傷つけかねない愛の激情のゆえだと。
そしてご自身のその美しさを顧みれば、きっと納得して下さるでしょう、
人間は盲らでもないし、人間は生身の肉体からできているものであると。
エルミール：
ほかの女性だったら別の受け取り方をするかもしれません。
ですが私は慎み深く振る舞いたく存じます。
このことは一切夫に口外致しません。
でもその代わりに貴方に一つお願いがあります。
それはきっぱりと、何の条件もつけずに、進めることです
ヴァレールとマリアーヌの結婚を、
そのために貴方自身は、夫の力を不当に利用しようなどと考えないでください
他人の財産に目をつけて自分の望みを実現させようなどとは。
それで……

第4場

ダミス、エルミール、タルチュフ

ダミス：(隠れていた小部屋から出て来て)
いいえ、母上、駄目です。この話は広まらねばなりません。
僕はこの場所にいて、全てを聞くことができました。
天の好意がここに僕を導いたとのだと思います
僕の心を痛めつける悪党の慢心をやりこめるために、
僕に仕返しの道、そう
その偽善と無礼に対する道、を開き
父の眼を覚まさせ、母上に愛を告白する極悪人の魂を白日のもとにさらす
そう、その道を開いてくれようと。
エルミール：
いいえ、ダミスさん。この方が良識をもってくだされば充分ですのよ、
そして私が示した誠意に値しようと努めてくだされればそれで。

だって私はこの方に約束したのですもの、翻すなんてできないわ。
そもそも大騒ぎするのは私の性格に合っていません。
女たるものはこうしたとりとめない言動を気に留めないもの、
そしてこんなことで決して夫の耳を汚したりしないものよ。
ダミス：
母上にはそうする十分な理由がおありになるでしょうが、
僕にだって違った風に僕なりに振る舞う理由があります。
タルチュフを容赦するなどは笑止千万です。
こいつの狂信的な言動は無礼極まりない慢心とともに
僕の怒りに燃える心を抑え込み、
わが家にたまらない無秩序をもたらしただけです。
この偽善的な奴は長いこと父を好きに操ってきましたし、
ヴァレールの恋と同じく僕の恋の妨げとなってきました。
父は背信者から目覚めねばなりません、
天はこのために、願ってもない手段を提供してくれたのです。
僕はこの機会を生かしこいつを懲らしめる義務があります、
そしてこの絶好の機会を、おろそかにするわけにはゆきません。
今を逃したら、天にもう二度と同じお願いはできなくなります
この機に乗じ、自分の思うまま事を進めないとしたら。
エルミール：
ダミスさん……
ダミス：
嫌です、済みませんが、自分の信じたことをやらねばなりません。
僕の魂は今や喜びの絶頂です。
母上がいくら僕を説得しようとしても
恨みを晴らす喜びを止めることは出来ないのです。
さあぐずぐずしていないで、けりをつけましょう。
ちょうど思い切って真相を打ち明ける相手がきた。

第 5 場

オルゴン、ダミス、タルチュフ、エルミール

ダミス：
お父さん、御到着をお祝い申し上げます
貴方を驚かせるとっておきのお知らせでもって。
お父さんは自分が差し出したすばらしき友情に高い代償を払うことに相成りました、
貴方が慈しんだ紳士は大したお返しをしてくれたのです。
貴方に対するその大いなる情熱が今はっきり示されました。
こいつは貴方の名誉を傷つけずには行動しないのです。
僕は現場を取り押さえました
呆れた恋の告白をこいつが母上にしているところを。
母上は気立てが優しくていらしゃるし、控え目な方ですので
なんとかそのことを穏便に済ませようとしました。
でも僕はこんな破廉恥を放ってゆくわけにはまいりません。
言わないでいたら父上を侮辱することになります。
エルミール：
ええ、こうした取るに足らない事柄は何であれ、それでもって
夫の安らぎを乱してはならないと考えています、
そうすることで名誉がどうなる類のものではないと、
自分の処し方をしっかりしておればそれで充分であると。
これが私の判断です。ダミスさん貴方もこんなことあからさまにしなかったはずです、
私のいう事をもう少し理解してくださっていれば。

第 6 場

オルゴン、ダミス、タルチュフ

オルゴン：
今耳に入ったことといったら、ああ何たることか。信じられようか。
タルチュフ：
そうです、兄弟よ、私は無価値な、非難すべき、
罪多き、堕落に満ち満ちた、

いまだかって存在したことのないような極悪人です、
我が人生の一瞬一瞬は汚辱に満ちています。
我が人生は過ちと汚れの堆積でしかありません。
分かるのです、天は私を罰するために
この機を利用して私に屈辱を与えようとしているのが。
人々がこの私に与えようとする大いなる懲罰に対し
私は自己弁護する思い上がりは持ちません。
皆が私に関していうことを信じなさい、貴方の怒りに拍車をかけなさい、
そして、犯罪人としてこの私を貴方の家から追い払いなさい。
私に与えられる恥辱はいくらでもお受けしましょう、
それより幾層倍も恥辱に値するこの私なのですから。

オルゴン：(息子に)
ああ。不実な奴め、お前はこんな虚言でもって
この方の汚れなき美徳をくすませようとするのか。

ダミス：
何ですって。この偽善的な魂の見せかけのやさしさにつられ
父さんは僕の言うことを否定なさるのですか。

オルゴン：
黙れ、憎たらしいごろつきめ。

タルチュフ：
ああ。息子さんに話させてやってください。貴方は息子さんを不当に非難します、
この人のおっしゃることをちゃんと信じたほうがよろしい。
どうしてこうした事で私をかばうのですか。
いずれにせよ、いいですか、私は何かをしかねない人間なのです。
兄弟よ、貴方は私のうわべを信用するのですか。
見かけのすべてでもって、私を買い被るのですか。
だめです、だめです。貴方は見てくれでもって思い違いをしておられます、
ああ、この私は決して人が考えているような人物などではないのです。
世間では私のことを尊敬される人間とみなしていますが、
実際本当のところ、私には何の価値もないのです。

(ダミスに話しかける)
そうです、親愛なる息子よ。お話しなさい。私を背信者扱いなさい、
卑しむべき者、おぞましき者、盗人(ぬすびと)、狂人と。
もっとひどい呼び名を浴びせかけてください。

それを私はいささかも嫌がりません、私はそれにふさわしい者なのです。
そして私は跪いて屈辱を耐え忍びましょう、
これまでの人生に犯した大罪に相応しい人物として。
オルゴン：(タルチュフに)
兄弟よ、もうたくさんです。
(息子に)
お前はこれでも分からないのか。
貴様、卑劣漢。
ダミス：
何ですって。すっかりこいつにだまされてしまったようですね……
オルゴン：
黙れ、極悪人。
(タルチュフに)
兄弟よ、ああ。立ち上がってください、お願いだから。
(息子に)
恥知らずめ。
ダミス：
いいですか……
オルゴン：
だまれ。
ダミス：
くそっ。なんてこった。こんな奴は……
オルゴン：
一言でも口を聞いてみろ、貴様の腕を引きちぎってやる。
タルチュフ：
兄弟、神の御名において、お静まりください。
どんな耐え難い苦痛でも私は甘受いたします、
息子さんが私のためにかすり傷でも負うぐらいなら。
オルゴン：(息子に)
恩知らずめ。
タルチュフ：
仲良くしてください。息子さんをご容赦くださるなら、
私はこうして跪いて……

オルゴン：（タルチュフに）
ああ勿体ない。そんな冗談はよしてください。
（息子に）
ろくでなし。この方の優しさを見ろ。
ダミス：
だって……
オルゴン：
黙れと言うに。
ダミス：
そんな。僕はただ……
オルゴン：
黙れと言ってるだろ。
どういう理由でお前がこのお人に突っかかるかよくわかっている。
お前らみんな、この方を憎んでいるんだ、今日はっきりわかった
妻も、子供も、召使も、このお方に対して、反感を持っている。
お前らは厚かましくもどんなものでも使って、
わが家からこの敬虔な人物を追い払おうとしている。
だがな、この方を追い出そうとすればするほど、
ますますこのワシはこの方をもっと引き留めようとするのだ。
ワシはこれから急いでタルチュフ殿にうちの娘を嫁がせる準備をする、
我が家の連中のとんだ傲慢を叩き潰すためにな。
ダミス：
妹を無理やりタルチュフと結婚させるというのですか。
オルゴン：
ああ、反逆者め。今夜にもだ、お前らを怒らせるためにな。
ああ。お前ら皆をあざ笑ってやる、そして思い知らせてやる
俺に従わねばならぬことを、俺は家長なのだからな。
さあ、前言を取り消せ、すぐにだこのペテン師め、
許しを請うためにこの方の足元に跪け。
ダミス：
えっ、僕が。この詐欺師に、まやかしでもって……
オルゴン：
ああ。反抗するのか、このくそ乞食、罵り言葉など吐きおって。
棒だ、棒を持ってこい。

(タルチュフに)
止めないでください。
(息子に)
それ、直ちにこの家から出てゆくのだ、
二度と帰って来れると思うな。
ダミス：
分かりました、出てゆきます。でも……
オルゴン：
早く、とっとと出て失せろ。
極悪人め、お前の財産相続分はとりあげだ、
代わりにお前には呪いの言葉をくれてやる。

第7場

オルゴン、タルチュフ

オルゴン：
あんなふうに聖人を侮辱するなんて。
タルチュフ：
おお、何たること。あの方が私に与えた苦痛のことであの方を許してやってください。
(オルゴンに)
お分かりになれますでしょうか、私の悲しみが如何ばかりであったか
我が兄弟の周りの人が私を中傷しようとする目に会って……
オルゴン：
なんとも。
タルチュフ：
ああした恩を恩とも思わぬ振る舞いを見ると
私の魂は非常に激しい苦痛に襲われるのです……
恐ろしい……苦痛で胸が締め付けられる、
もう何も話せぬほど、死んでしまうのではないかと思えるほど。
オルゴン：(涙を流し、息子を追い出した戸口へと急ぎながら)
ごろつきめ。貴様を殴るのを容赦したのが口惜しい、
さっさとその場でぶちのめさなかったのが。
兄弟、元気を出して、気を取り直してください。

タルチュフ：
止めにしましょう、こうした不愉快な議論を続けても意味ありません。
私はこの家に何か大きな厄介をもたらしているようです、
兄弟よ、それで私は出て行った方がよさそうです。
オルゴン：
何ですと。妙な冗談を。
タルチュフ：
私はこの家で憎まれています、分かるのです
皆が私の誠実さを疑わせるようなことを貴方に吹き込んでいるのが。
オルゴン：
そんなことどうでもいいでしょう。私がそんな話を聞く耳を持つとお思いですか。
タルチュフ：
必ず連中はしつこく追いまわすでしょう。
いま貴方がはねつけた同じ告げ口が
またいつか聞かれないとも限りません。
オルゴン：
いいや、兄弟。私は絶対聞きません。
タルチュフ：
ああ、兄弟。女房族というやつは
たやすく亭主の心の隙を突いてくるものなのです。
オルゴン：
いや、決して。
タルチュフ：
さあ早く、私をこの家から追い払ってください、
そうすれば彼らも私を攻撃することはなくなるでしょうから。
オルゴン：
いいや、ここにいてください。後生ですから。
タルチュフ：
いやはや。これは困った。
それでも、どうしてもと言われるなら……
オルゴン：
是非。
タルチュフ：
よろしい。ならば残りましょう。

タルチュフ 321

でもここで自分はどう振る舞ったらよいかわきまえています。
名誉は脆弱なものです、貴方との友情のため
猜疑心が生まれそうな行動は避けたほうがよいと考えます。
私は奥様には近づきません、決して一緒に……
オルゴン：
いいや、気にせずに、どんどん会ってやってください、
連中を悔しがらせるのは私の欣快とするところですから。
そして、四六時中妻と一緒にいるところを見せつけてやってください。
それでもまだ足りない。くだらぬ相手を歯牙にもかけないことをはっきり示すために、
私は相続人として貴方以外の者を認めません、
この足で、さっそく
私の財産をすっかり貴方に贈与する手続きに参ります。
そして正真正銘の友を我が娘の婿とする、
これは息子より、妻より、親より私にとって大切なことです。
この申し出、受けていただけますかな。
タルチュフ：
何事も神の御心のままに。
オルゴン：
いとしいお方よ。よしすぐに書類を作成しに行こう、
うらやむ奴らは恨みで身が裂け死んでしまうがいい。

第4幕

第1場

クレアント、タルチュフ

クレアント：
ええ、世間じゃ皆、その話でもちきりですよ、貴方だって分かるでしょう、
こんな醜聞はいささかも貴方の名誉のためになりません。
折よく、貴方に出会えましたので、
手短にはっきりと私の存念を申し上げましょう。
人の口に上っていることをいちいち確かめつもりはありません。
それは置くにせよ、事態は最悪です。
仮にダミスがよい振る舞いをしなかったとして、
また人が貴方を非難するのが間違っているとして、
無礼を大目に見るのがキリスト教徒の本分ではありませんか。
心の中にうずく復讐の念を消し去るのが本当のキリスト教徒ではないのですか。
貴方を巡る揉め事のために、そのままにしてよいのですか、
父親の住まいから息子が追放されるのを。
もう一度申し上げます、それもはっきりと言いますが、
誰もがみな憤慨しています。
私のいう通りにしていただけば、丸く収まります、
事態を最後まで押しやってはなりません。
貴方の怒りは全て神に捧げなさい、
そして思いやりをもって息子を父親に戻してやって下さい。
タルチュフ：
いや残念。私もそう願いたい、私の気持ちからすれば、快く。
私は御子息に対し何等とげとげしい気持ちはありません。
私はすべてを許します、どんなことでもあの青年を非難したり致しません、
真心をもって、できれば彼に相対したいと思うのです。
でも、天の思し召しはそのことに同意しないのです、

もし彼がこの家に戻ったら、私が出てゆかねばなりません。
前例のないあんな行動のあとで、
私たちが仲良くしたら、顰蹙を買うでしょう。
何より、そんなことをしたら世間はやっぱりなと思うに決まっています。
わだかまりを消し敢えて私がする和解に対し、打算だと陰口をきくでしょう。
みんな口々に言い立てるでしょう、
自分を非難する人間に後ろめたさがあればこそ、
相手を恐れ気を回し
手なずけて黙らせようとしているのだと。
クレアント：
ものごとを言い訳で塗り固める必要はありません。
その理屈はいささか不自然です。
天のためなどとは余計なおせっかい、
罪人(つみびと)を罰するのに天は我々を必要とするでしょうか。
天罰の役目は天にお任せなさい。
天は罪に対し許すお慈悲をお持ちです。
貴方が天のありがたきお心に従うとき、
人の判断などいささかも気を配る必要はないのです。
何ですか。他人にどう思われるか気をとられて
善きことをする栄誉を取り逃がすのですか。
いやいや、いつも天の思し召しのままにすればよいのです、
他の心配にいささかも精神を乱されてはなりません。
タルチュフ：
先ほど申し上げましたように、私の心はあの若者をすでに許しております、
神がお命じになることをちゃんと果たしています。
ですが今日の侮辱的なはかりごとのあとでは、
天は私が彼と共に住むことを許しません。
クレアント：
そのくせ、耳を傾けるよう神が貴方に命じているというのですか
父親の全くの気まぐれが勧めていることを、
命じているというのですか、財産の贈与を受けるようにと
全く受ける資格のない権利を譲り受けるようにと。
タルチュフ：
私をよく知っている人であれば考えないでしょう

これが打算的な心のなせるものであるなどとは。
現世の全ての財物はこの私にはまったく魅力などないのです、
私はそういった見せかけの輝かしさに目を眩ませられることはありません。
あの父親がこの私にしたいと思った
贈与の申し出を受けようと決心したのは、
実をいうと恐れたからにほかなりません
こうした財産が有害な人の手に渡ることを、
その財産を分与される人間が
それをとんでもない使い方しかせず、
この私のようには、神の栄光と隣人の利益のために
使う事のないことを恐れるのです。
クレアント：
おやまあ、過剰な心配はなさらぬよう、
それでは正当な相続人の不平を引き起こしかねません。
何事にも煩わされることなく、許すのです、
息子が自らの覚悟で財産に責任を持つことを。
そしてよく考えるのです、彼が財産を濫費したとしてもその方がいいだろうと、
そんなものを無理に奪ったら自分が世間からそしりを招くことになるだろうと。
私はただ驚くばかりです、一人勝手な思い込みではなく、
貴方がこうした提案を平然と受け入れたなどとは。
なぜなら、つまり、真の道徳律に照らせば
法的相続人から身ぐるみはぐことなど考えられないからです。
そしてもし天が貴方の心の中に
ダミスとどうしても一緒に暮してはゆけないという障壁を築くとするなら、
慎み深い人間としてこうしたらどうですか
この家から誠実に退去なさること、
あらゆる道理を無視してこんな風に苦労するより、
家の息子を貴方の代わりに追い払うより、その方がよいでしょう。
いいですか、貴方の真摯さに掛かっているのですよ、
御坊(ごぼう)……
タルチュフ：
三時半だ。
敬虔なる挽課(ばんか)を上で行わねばなりません、
早めに貴方の元を立ち去るのをお許しください。

クレアント：
ああ。

第2場

エルミール、マリアーヌ、ドリーヌ、クレアント

ドリーヌ：
お願いですから、お嬢様にお力添えください、
叔父様。この方の魂は死ぬほどの苦痛を蒙っています。
そして、あのお父上が今夜にもと取り決めた婚姻が
あろうことか、お嬢様を絶望の状態に陥れています。
旦那様がやって来ました。お願いです、力を合わせましょう、
そして知恵も力も重ね、ひっくり返しましょう
私たちにとんでもない面倒をもたらすこの不都合な計画を。

第3場

オルゴン、エルミール、マリアーヌ、クレアント、ドリーヌ

オルゴン：
あっ。皆おそろいで嬉しいことだ。
(マリアーヌに)
お前にきっと喜んでもらえる準備を整えたぞ、
何のことかすでに分かっていような。
マリアーヌ：(膝まずいて)
お父さま、私の苦しみを御存じの天の名にかけて、
また貴方の心に感銘を与えうる全てのものの名にかけて、
私を生んで下さった親としての権利を少し控えてくださいませ、
そしてこの度のことに私が従わないのを許してください。
この辛い定めに私を追いやらないでください。
私がお父様の娘であることで神さまに不平を言うようになるほど、
そして貴方が私に与えて下さったこの人生に不平を言うようになるほど、
お父様、私の人生を不幸なものにしないでくださいませ。

もし私が夢見ていた愉しい未来に対し
私が愛そうとするお方のものになることを敢えて禁じるのであるなら、
せめて貴方の御慈悲によって、どうか膝にすがってお願いします、
嫌いな人のものになる苦しみからお救い下さい、
そして私を絶望の淵に至らせないでください、
どうぞ私に親の威光を振りかざすことなく。
オルゴン：（ついほろりとして）
さあ、わが魂よ、心を閉ざせ、いささかも人間的な弱さを示すでない。
マリアーヌ：
お父様があの方にいくら優しさを示そうとも何等辛い思いは致しません。
その優しさをそのままお出しなさいませ、あの方に財産を差し上げなさいませ、
そして、それでも十分でないというなら、私の分も付け加えて上げてください。
私はそれに心より同意いたしますし、私は自分の財産権を放棄いたします。
でも、少なくとも、私の身と心にまでは立ち入らぬようにしていただきたいのです、
せめて厳格さで鳴る修道院で
天が私に思召す悲しい日々を送るようにさせてください。
オルゴン：
ああ、修道女になろうというのか、
父親がつまらぬ恋の焔を消してやろうとしているのに。
立つのだ。お前の心がタルチュフに嫌悪感を覚えれば覚えるほど、
それはますますお前にとってためになる。
この婚姻で俗世の欲望を抑えるのだ、
これ以上私をいらつかせないでくれ。
ドリーヌ：
そんな……
オルゴン：
黙れ、余計な口出しはするな。
はっきり禁じる、一言もしゃべらぬようにとな。
クレアント：
もし私が何かご助言申してよろしいとすれば……
オルゴン：
兄弟よ、貴方の忠告はこの世で一番素晴らしいものです、
実に明晰なもので、それを私も尊重するのだが、
今はそれを受けつけないのがよろしいと思う。

エルミール：(夫に)
これじゃもう、何を言っても始まりませんね、
旦那様の無分別にはほとほと呆れてしまいます。
先ほどの出来事を本当だと認めないということは、
あのお方に貴方は夢中になって、思い込みにしがみついているとしか申せません。
オルゴン：
結構でございますな、自分の眼でみたことだけを信じるのだ。
あのペテン師である息子にお前は甘すぎるのを知っている。
お前は奴が企みを白状するのが怖いのだ
あの可哀そうなお方に濡れ衣を着せたのがバレるのが。
大体あの時、お前は落ち着き払っていた、
本当に驚いたんだったら、もっと別の態度が示せたはずだ。
エルミール：
ちょっと言い寄られたぐらいで
私たち女の貞節はそんなに強く向い腹を立てねばならぬものでしょうか。
いちいち愛の告白に対し
眼に怒りを、口に軽蔑をもって応じねばならぬのでしょうか。
私はそうした事柄はただそのままやり過ごすだけです、
ざわざわ騒ぎ出しても何等良いことがあるとは思えません。
穏やかに賢明に処しているのがよいと思っていますし、
名誉を爪と歯で守ろうとする
貞淑ぶったがさつな女性たちとは違うのです、
ちょっと何か言われただけで殿方の顔をひっかくような方々とは。
神が私をかかるさかしらから守らんことを！
私は気のつよい女性たちの美徳は望みません、
つれなくしてそれと判らせるほうが
直接の言葉で相手の心を不快にさせるより有効であると信じます。
オルゴン：
さっきの事の流れは分っている、騙されないぞ。
エルミール：
本当に呆れるわ、貴方のその判断のおかしさには、
でも私が、ダミスは本当のことを言っているのをお見せしたら
貴方のその疑い深い頑迷さはどう答えるでしょうね。

オルゴン：
見せるだと。
エルミール：
はい。
オルゴン：
なんのたわごとを。
エルミール：
どうしてですか。たくさんの証拠で
貴方にその事実を示したらどうしますか。
オルゴン：
根拠のない話を。
エルミール：
何て人。少なくとも答えて。
私のいう事を信じろなんて言っていません。
でも、例えば、貴方がそばにいる席で
私がはっきりとすべてを見させ、全てを聞かせたら、
その時貴方のいわゆる善の化身のようなお方に関し、貴方はどう言うおつもりですか。
オルゴン：
その場合、ワシは言うだろうつまり……いやワシは何も言わん、
そんなことはあり得んからだ。
エルミール：
随分長い間つづく勘違いだこと、
それほど私のいうことをないがしろになさるのかしら。
では気分を変えて、面倒なことは言いませんから、
貴方に申し上げていることすべてが本当かどうか実演を見てはいかがです。
オルゴン：
よろしい。その言葉を受けよう。その遊びに乗ろうではないか、
でどのようにお前はそれをやってみせるのだ。
エルミール：
あの方をこちらに来させてください。
ドリーヌ：
悪賢い奴です、
中々現場を押さえられる尻尾は出しますまい。

エルミール：
いいえ。人は自分が愛する者にはたやすく騙されるものよ。
そして下手に自尊心なんてものがあると、そのために自らの身を誤ってしまうものよ。
下へ降りてこさせてちょうだい。
（クレアントとマリアーヌに話しかけ）
貴方がた、出て行って下さい。

第4場

エルミール、オルゴン

エルミール：
このテーブルを寄せて、そしてその下に隠れて。
オルゴン：
何だって。
エルミール：
貴方がちゃんと隠れることが必要なのです。
オルゴン：
何だってこんなテーブルの下に。
エルミール：
ねえ、いいこと。任せて。
考えはこの頭に入っているの、だから言うことを聞いて。
そう中に入って、いいわね。そしてそのままでいて頂戴、
相手から見られぬようにして、音も立てないようにするのですよ。
オルゴン：
素直にいいつけを守るのも癪だが、
お前の企ての結果を見届けよう。
エルミール：
やがて反論できなくなりますよ。
（テーブルの下にいるオルゴンに）
少なくとも、私はかなり変なことを言いますからね。
どうあってもそれに憤慨したりなさらないでね。
何を私が言おうと、それはそうしなければならないからなのですよ、
前に言ったように、これは貴方を納得させるためなのですからね。

こうするのが一番だからするのですが、私は穏やかに
あの偽善者の心の仮面を剝いでやります、
その心のずうずうしい欲望を膨らませてやります、
自由気ままに本性(ほんしょう)を無謀にも発揮するように仕向けてやります。
これはひとえに貴方のためなのです、あの人を呆然とさせるためなのですからね。
私の心が彼の望みに答えるようなふりをしますからね。
それで貴方が納得したらすぐさま私はお芝居をやめます、
事態は貴方が望むところまでしか進まないことになります。
もうそこまでで充分だと貴方が思った時
このから騒ぎをとめるのは貴方次第です、
貴方の迷いを覚ますために必要である事をするのですから
妻をいたわり、妻を危険にさらさないようにするのは貴方の責任です。
貴方の利益がからんでいるのですからね。貴方がそれを自分で決める主人なのです。
で……やってきました。しっかり隠れてくださいな。

第5場

タルチュフ、エルミール、オルゴン

タルチュフ：
ここで私にお話ししたいそうですが。
エルミール：
はい。貴方に打ち明けねばならない秘密があります。
でもそれを言う前に、あの扉を閉めてください、
そして方々を見てください、盗み聞きされぬよう。
今日の午後のような事が
あっては困りますから。
あんな恐ろしい罵り合いははじめてです。
ダミスの振る舞いには胸が止まりそうでした、
そして貴方は私の努力をよく御覧になったでしょ
あの子の思惑を断ち、興奮を鎮めるための。
あのとき私にはもの凄い不安が憑(と)りつきました、
それで私はあの子の言葉を打ち消す余裕がないほどでした。
でも結局、神のおかげで、全てはとてもうまくゆき、

いま困ることはなくなっています、
主人が貴方に対し抱いている信頼が疑いのかけらを消し去りました、
そして夫は貴方に対して些かの猜疑心も抱いていません。
悪いうわさが広まっても気にするなと言います、
夫は私たちがいつも一緒にいることを望んでいます。
それだからこそ、私は咎め立てられることなく
ここにこうして貴方と二人閉じ籠っていられるのですし、
だからこそ私の心のあるがままをお示しできるのです。
貴方の熱情にお応えするにはちょっと急ぎ過ぎかもしれませんが。
タルチュフ：
そのお言葉を理解するのはちと困難ですな、
奥様、今日の午後は違った話しぶりだったではありませんか。
エルミール：
ああ。あのようなお断りの仕方にお腹立ちになっていらっしゃるのね、
女ごころというものを貴方はお分かりにならない。
女が弱弱しい眼差しで殿方を見るとき、
貴方は女心が申し上げたいと思っていることをほとんど理解しないのだわ。
いつも私たち女の羞恥心はこうした瞬間に戦っているのです
貴方たち殿方が女に優しい感情でもって与えて下さるものに対して。
女は自分が相手に好意を抱いても、
実のところ、いつだっていささかの羞恥心が芽生えるはずです。
女はまずそれを受け入れまいとしますが、その振る舞いによって
もう自分の心は降伏していることを知らせているのです。
私たちの口は名誉のために私たちの願いに逆らいますが、
そうして形では断わりながらすべてのことを約束しているのです。
さあこれだけでももう十分な告白ということになるでしょう、
本来あるべき慎みからすればいささか奔放なものです。
しかし、言葉が発せられてしまった以上本気で申し上げます、
私はダミスを止めることに懸命になったではありませんか。
いいですか、あんなにぼーっとして
私は貴方の求愛をすっかり聞くことができていたでしょうか、
もし貴方の言葉が私の気に入るものでなかったならば。
貴方が私にしてほしいと思っておられるような態度を私が取ったでしょうか。
私が貴方にすがって

夫が一方的に決めたばかりの婚姻を拒絶するようお願いしたとき、
そのことで何を私が伝えようとしていたか分かりますか、
私が貴方と分かち合いたかった幸せと
夫が推し進めようとする婚姻が私たち二人の心を裂き、
私が抱くことになるかもしれない苦しみ、をです。
タルチュフ：
何とも言えない甘美な気持ちになります
そんな言葉を貴方ご自身の口から聞くと。
私の五官にそれらの蜜はどくどくと流れてきます
今まで味わったことのない甘美さで。
貴方を喜ばせるという僥倖はかけがえないものです、
私の心は貴方に打ち明けられることによって至福にいたります。
しかし、この心は勝手ながら
この至福を疑うのです。
私はこの言葉を何かの策略であると疑うこともできるのです
準備されている婚姻を私に自ら断たしめるための。
私の考えを率直に説明するなら、
この甘美なお言葉を信用するわけにはゆきません、
私が強く望んでいる恩恵のいくばくかを与えて下さり
言っていること全てがまさにその通りだと私が得心し、
私の心の中に確かな信念が
そう貴方の愛情に自分が確信を持てるまでは。
エルミール：(夫に合図するためせき込む)
何ですって。そんなに早く事を進めて、
何より愛の心を汲みつくそうというのですか。
こうして心のたけを打ち明けるだけで精一杯なのです。
それでも貴方はまだ足りないと言うのですか、
貴方の満足を得るまで至るのはなかなかできません、
最後の愛の証しまで事態を進めよとおっしゃるのなら。
タルチュフ：
幸福に値しない者であればあるほど、幸福が与えられるのをいぶかるものです。
今までの話についての私たちの誓いは確かめがたいものです。
栄光に満ちた運命にはいつ暗雲が立ち込めるやもしれません、
だからそれを信じる前に実際に手に入れようとするのです。

私にしてみれば、貴方の好意を受けるに足らぬ存在なものですから、
私は自分の無鉄砲さが引き起こす幸福を疑うのです。
私は信じるわけにはゆきません、奥様あなたが、
この私の愛の焔に身を焦がす事実を見るまでは。
エルミール：
あら、貴方の愛は暴君のような振る舞いをするのですね、
貴方の愛は私の頭を混乱させます。
貴方の愛は人の心に怒り狂った支配力を示すのですね。
どんな暴力を振るって貴方の愛は物事を自分が思うとおりにしようとするのでしょう。
ああ。貴方の口説きの技(わざ)は私が自分を守る暇(いとま)を与えてはくれません、
一息入れる時間すら下さらないのですか。
厳しく詰め寄るのが相応しい事なのでしょうか、
私は貴方に弱味を握られている、
なのに人の弱点に付け込んでぐいぐいと押してくる
相手のことも少しは考えてくださったらよろしいのでは。
タルチュフ：
しかし、慈愛のこもった眼差しで私の貴方に対する賛辞を見て頂けるのなら、
何ゆえ私に確実に愛を示す証拠を出すのをためらわれるのですか。
エルミール：
でもどのようにして貴方がお望みになることに応じられるのでしょうか、
天をないがしろにすることなしに、いつも貴方がそれに気をとめていらしゃるはずの。
タルチュフ：
私の願いを妨げるのが神の御心だけでしたら、
かかる障害を取り除くのは、私に取って何の雑作もないことです、
ですからそのことで自分の心を押しとどめる必要はありません。
エルミール：
でも天の裁きは恐ろしいものですわ。
タルチュフ：
そうした馬鹿げた恐れは消し去ってみせます、
奥様、私は良心の咎めを取り去る方法を心得ているのです。
天は、全く以て、ある種の欲望を禁じています。
(話しているのは極悪人である)
しかし、神との妥協案を考え出した人がいるのです。
様々の必要の見地から、それは一個の立派な解釈となっています、

我々の良心の束縛をゆるめ
行動の悪を修正するのに
我々の意図の純粋さをもってする、というものです。
この秘密の仕掛けを、奥様、貴方にお教えしましょう。
貴方は導かれるままにすればよいのです。
私の望みに答えればよいのです、いささかも怯える必要はありません。
私はどんなことにもきちんと対応します、ご迷惑が掛からぬようにします。
随分強い咳ですね、奥様。

エルミール：
ええ、とても苦しいです。

タルチュフ：
この甘草(かんぞう)を一服いかがですか。

エルミール：
頑固な風邪なんです、きっと。ですから
煎じ薬などどれもうまく効きませんわ。

タルチュフ：
それはじつに困ったことだ。

エルミール：
ええ、口に出して言えないくらい。

タルチュフ：
つまりですな、良心のとがめなどというものは簡単に潰せるのですよ。
貴方はいま完全な秘密を保証されています、
悪というものは人が立てるやかましい雑音の中にしか存在しないのです。
世間に醜聞が広まることこそ、罪を犯したということなのです、
誰も知らなければ、それは罪でも何でもない。

エルミール：（再び咳をした後で）
いいわ、歩み寄る決心をしなければならないようね、
全く貴方に合わせねばならぬようです、
そうでもしなければ満足していただけず
納得して下さらないでしょうからね。
たしかに、私たちの間がここまでくるとは困ったものです、
でも、貴方がどうしてもと仰るわけですし、
人の言うことは何一つ信用されず、
もっとはっきりした愛の証拠を出せと

貴方が言い張っておられるわけですから、
それに頷き、従わねばなりませんね。
この私たちの間での決めごとがこの身に何か罪を生じさせるものだとすれば、
こんな強引さで私を屈服させる方(かた)に文句を言いましょう。
罪は明らかにこの私にあるのではありませんから。
タルチュフ：
はい奥様、私が全て責任を引き受けます、貴方のことは……
エルミール：
少し扉を開けてください、そしてお願い、見て下さい、
うちの主人が廊下にいないかどうか。
タルチュフ：
そんな懸念をあの人にする必要がありますかね。
あれは、ここだけの話、私が意のままに操れる人間ですよ。
私たちが会うのを彼は誇りにしています、
何をみても何等疑問を感じないように仕込んであります。
エルミール：
それでも。出て見て、お願い。ちょっとだけ、
ドアの外をちゃんとしっかり見て頂戴。

第6場

オルゴン、エルミール

オルゴン：(テーブルの下から出て)
そういうことか、よく分かった、嫌悪すべき人間め！
ワシは打ちのめされ、頭がぼんやりだ。
エルミール：
あら。こんな早く出てきて。まだ駄目ですよ。
厚布の下に戻りなさい、まだ潮時ではないのです。
物事を確かに見るために終わりまで待ってください、
そして単なる憶測で断じてはなりません。
オルゴン：
いいや、これ以上ひどいものが地獄からでも流れ出ることはない。

エルミール：
あらまあ！　そうそう簡単に物事を信じ込んではなりません。
全て認める前に充分よく納得するのです、
そして決して急いてはなりません、早呑み込みかも知れないでしょ。
（自分の後ろに夫を押しやろうとする）

第7場

タルチュフ、エルミール、オルゴン

タルチュフ：
奥様、全てのものが私の満足の方へとひた走っております。
私はこの眼で、この住居全体をくまなく確認しました。
誰もおりません。そして私の魂は天にも昇るほど……
オルゴン：（タルチュフを止めようとして）
まあ落ち着いて！　アンタはアンタの恋の欲望に従いすぎる、
そんなに夢中になってはいけない。
ああ、あ！　善行の人であるアンタが、私をだますなどとはな！
アンタの魂は何と誘惑に身を任せやすいものか！
私の娘と結婚する手はずになっていたろ、それでいて私の妻に言い寄るとはな！
しばらく疑っていた、こんなことが本当であるなんて、
そして思っていた、そのうち態度を変えるだろうと。
だが横恋慕の証しをこれだけ見せてもらえれば、もう充分だ。
もうこれでいい、これ以上はもう何も証拠はいらない。
エルミール：（タルチュフに）
こんなことをしたのは私の性分ではありません。
でも貴方をこのように取り扱うよう皆で計画を練り上げたのです。
タルチュフ：
なんですと？　まさかそんな……
オルゴン：
さあ、ガタガタ騒がぬようお願いする。
この家から出て行ってもらおう、それももったいつけずに。
タルチュフ：
これはちょっとした……

オルゴン：
そうした議論はもはや無用だ。
直ちにこの屋敷から出ていくことだ。
タルチュフ：
出てゆかねばならないのはお前さんのほうさ、主人面して話しているお前さんさ。
この家は俺のものだ、そのことを思い知らせてやる。
そしてお前らによく教えてやる、こんな周りっくどいやり方で
俺に喧嘩を吹っ掛けようとしても無駄だってことを、
お前らは俺を不当に扱える立場にはないってことを、
こうしたペテンをやり込め罰してやれるだけのものを俺は持ってるってことを。
さらにお前らに天罰が下され、この俺を追い出そうと企んだ連中を
後悔させるに充分なものを持っているってことをな。

第8場

エルミール、オルゴン

エルミール：
一体あの捨て台詞は何？　何をあの人は言いたいのかしら？
オルゴン：
いや、困った、一笑に付せない理由がある。
エルミール：
どんな？
オルゴン：
ワシの不手際で奴に弱味を握られてしまった、
そして贈与についても今反省せざるを得ない。
エルミール：
贈与……
オルゴン：
そうさ、もうしてしまった。
だがさらにそれ以上ワシを心配させることがある。
エルミール：
何のこと？

オルゴン：
すぐ分かる。よし確認しに行こう
あの小箱がまだ上にあるかどうか。

第5幕

第1場

オルゴン、クレアント

クレアント：
そんなに急いでどこへ。
オルゴン：
ああ！ 知るもんか？
クレアント：
何はともあれ
皆で相談するのがよいでしょう
一体どうすべきか。
オルゴン：
あの小箱のことでもう頭がいっぱいだ。
気が滅入るといったらない。
クレアント：
その小箱には何か秘密の品でも入っているのですか。
オルゴン：
友人のアルガスに同情して預かったものがある。
内密にと言ってワシの手に委ねたのだ。
奴が逃亡する時どうしてもと。
何だかたいそう訳ありの書きつけで、
あいつの命と財産にかかわるというのだ。
クレアント：
そんなものをどうして他人の手に渡したのです。
オルゴン：
良心の問題さ。
ワシはあの裏切り者にこのことを丸ごと打ち明けた。
すると奴はワシをまんまと言いくるめ

自分が守るからと小箱をすぐ渡すよう仕向けたのだ。
捜査が入っても否認すればいい
知らぬ存ぜぬと言い張れるだろう、
真実に反する誓いをしても
現に所持していないのだから後ろめたくないはずだ、と。
クレアント：
まずいことを、どうりで奴が居丈高になるはずです。
贈与のこともそうして信じ切ることも、
率直に感想を言うならば、
貴方はあまりに軽々しくやりすぎました。
あいつはそれを材料に思わぬ事態を招きかねません。
あの男は貴方に対して優位に立っているのですから、
手荒に扱えばますますまずいことになるでしょう、
慎重に事を進めるべきでしたね。
オルゴン：
何と。あんなに熱意溢れる様子をみせながら
あれほど表裏ある心を、あれほど悪意ある魂を隠しているなどとは。
物乞いをし、一文無しだった奴を受け入れてやったこのワシが……
万事休す、これからはワシは全ての善行の人と縁を切る。
そういう連中はもうこりごりだ、
奴らにとって悪魔より始末の悪い存在になってやる。
クレアント：
おやまあ、そんなに激高せずとも。
貴方はどこからみても穏やかな気持を持ち合わせないのですね。
貴方の理性は中庸という形に収まらないのでしょうか、
いつも一つの極端から別の極端へと身を投げかけて。
自分の過ちをご存じのはずです、そして思い知ったはずです
貴方は見せかけの熱意によって欺かれたのだと。
でもそれを改めるために、一体どうして
かえってもっと大きな過ちへと向かってゆくのですか、
それで貴方は碌でもない背信者の心と
全ての善の人間の心を一緒くたになさるのですか。
いいですか。詐欺師が大胆にも貴方をだます、
いかめしい渋面をして芝居がかった声音の下(もと)にそうするとして、

貴方は至るところ誰もが奴のようであることをお望みですか、
そして真の信心家が今日では誰もいなくなっていることをお望みですか。
こういったつまらない妄想は自由思想家に任せておきなさい。
本当の美徳と見せかけを区別なさい、
性急に判断し突っ走るのはおよしなさい、
そのためには、ほどほどが肝心です。
用心してペテンを敬わないないようになさい、
そして同じように真の熱情を侮辱しないよう注意なさい。
万一同じ極端に走らなければならないとするなら、
その場合ペテンを敬う方の罪を犯すのがまだましです。

第2場

ダミス、オルゴン、クレアント

ダミス：
何ですって？　お父さん、あのごろつきが貴方を脅しているとは本当なのですか。
あいつは人に受けた恩をこれっぽっちも覚えていないのですね、
卑劣にもおごり高ぶった揚句、
貴方の善意を逆手に取り身を守る道具にしてしまったのですね。
オルゴン：
そうだ息子よ、わしは痛恨の極みだ。
ダミス：
いいですか、僕は奴の耳をちょん切ってやります。
奴の言い逃れをそのまま許してはなりません、
この場を切り抜けるため、僕は奴を叩きのめさねばなりません。
クレアント：
いかにも若者らしいものの言い様だ。
だがどうか自制しなさい、そうしてやたらに興奮するのは。
我々が生きているこの御時世は
暴力を振るっても何の得にもならない時代なのだ。

第3場

ペルネル夫人、マリアーヌ、エルミール、ドリーヌ、ダミス、オルゴン、クレアント

ペルネル夫人：
何ですか？　とんでもない事が起きたというけれど。
オルゴン：
この眼が証人となって確かめました、
あれだけ世話してやった揚句の代償をご覧ください。
ワシは惨めな境遇にいる人間を熱い心をもって引き取りました、
その男を泊めてやり、自分の兄弟同然に扱いました。
できることは毎日何でもしてやりました。
娘をやり全財産をやることも決めました。
それが何と、あろうことか裏切り者めは
ワシの妻を誘惑するというとんでもない挙に出たのです。
さらにそうした卑怯な振る舞いだけでは満足せず、
奴はワシの信頼を裏切って脅すのです、
つまりワシの思慮が足りなかったばかりに奴に打ち明けた秘密を盾に
私が破滅するように画策するのです、
そしてワシが譲り渡してしまった家屋敷からワシを追い払おうとするのです、
おまけに自分がいた惨めな境遇にワシを引きずり下ろそうとするのです。
ドリーヌ：
そうですか、そうですか！
ペルネル夫人：
息子や、私にはまったく信じられない
あの方がそんなよこしまなことをしただなんて。
オルゴン：
何ですと？
ペルネル夫人：
善行の人はいつだってねたまれるものさ。
オルゴン：
それは一体どういう意味ですか、
お母さん。

ペルネ夫人：
この家ではみんなあきれた暮らし方をしているものね、
おまけにひどい憎しみをあの方に抱いているだろ。
オルゴン：
ひどい憎しみって何のことですか。
ペルネ夫人：
小さい頃あんたに何べんも言っただろう、
この世の徳はいつもねたまれる存在なのだよ、
妬み深い人は死んでも、妬みは決してなくならないのさ。
オルゴン：
でも今日のできごととお母さんの話はどういう関係がありますか。
ペルネ夫人：
あの方を嫌って百もの下らぬ話をお前さん方はでっち上げたのだろう。
オルゴン：
ですからワシがこの眼で確かめたと言っているではありませんか。
ペルネ夫人：
悪口を言う奴の心は歪んでいるからね。
オルゴン：
何てめちゃなことを、お母さん。言ったでしょう
とんでもない犯罪行為をこの眼で見たのだと。
ペルネ夫人：
言葉はいつも悪意をもって放たれるものだ、
そしてそれから身を守る術はこの世にありはしない。
オルゴン：
何たるたわごとを、
いいですか、ワシはこの眼でしっかり見たんです、
見たということ、そのことばを繰り返さねばならないのですか
百度も耳に、そして大声で叫ばねばならないのですか。
ペルネ夫人：
あらま、外面が人をあざむくなんてしょっちゅうじゃないか、
つねに見たものに基づいて判断しちゃならないよ。
オルゴン：
いい加減にしてください。

ペルネル夫人：
人間は憶測で間違った判断をするものさ、
そして善い行いは悪く解釈されることが多い。
オルゴン：
私の妻を抱きしめる欲望を
慈悲深い気配りと解釈せよというのですか。
ペルネル夫人：
必要だよ
人を非難するには、正当な理由がね。
そしてはっきりものが分かるまで待たなきゃならんだろうよ。
オルゴン：
なんとまあ。分かるまで待つですと。
お母さん、そうしたらワシは自分の目の前で待つのですか
あいつが女房に……馬鹿なことを言わせないでください。
ペルネル夫人：
とにかく、あの方の魂はたぐいまれな純粋な熱情にとらわれているのさ。
だから私にはどうあってもそのまま信じられはしないね
みんなが言っているようなことをあの方がやろうとしただなんて。
オルゴン：
いいですか、貴方が母親でなかったら、
悪態のかぎりをついてますよ、それほどワシは怒っているんですからね。
ドリーヌ：
正当な報いです、旦那様、因果応報というもの。
貴方は人のいう事を全然信じませんでした、ですから人も貴方を信じないのですよ。
クレアント：
全くつまらない事で時間を浪費してしまっている、
必要な対応をとらねばならないのに。
敵が囲いを狭めてくるのに手をこまねいていてはなりません。
ダミス：
えっ。そんなに差し迫っているのですか。
エルミール：
あの人が訴えたってうまくゆくとは思いません、
だって恩を仇で返したのが誰の目にも明らかですもの。

クレアント:
無駄な期待をしてはならない。奴のごり押しは
無理が通れば道理引っ込む式のものだ。
少なくとも、奴らが権謀術策を尽くせば
どんな相手もたじたじとなる。
今さら言ってもしょうがないが、奴らが持っている手持ち駒を考えれば
ゆめゆめ最後まで追い詰めてはならなかったのです。
オルゴン:
確かに。でもどうすればよかったのか。あの裏切り者の破廉恥ぶりに対し、
あのときはどうしたって怒りを抑えきれなかった。
クレアント:
今となっては、貴方がた二人が
何とかうまく折り合いをつけられるよう祈るのみです。
エルミール:
隠し道具を持っていると知っていたら、
あんな危険なお芝居は打たなかったでしょうに、
それで……
オルゴン:
うっ、あの男は? 誰だかすぐに聞いてこい。
こんな時に訪ねてくるなんて。

第4場

ロワイヤル氏、ペルネル夫人、オルゴン、ダミス、マリアーヌ、
ドリーヌ、エルミール、クレアント

ロワイヤル氏:
こんにちは、わが親愛なるお姉さま。乞い願います、
ご主人様にお話しさせてください。
ドリーヌ:
いま別の方々と御一緒です、
お会いできかねると存じますが。
ロワイヤル氏:
この場に面倒をもたらそうというのではありません。

私が来たことでご主人が御不快になることはありますまい。
きっと喜んでいただけるものと存じます。
ドリーヌ：
お名前は？
ロワイヤル氏：
ご主人にはただ私が
タルチュフ氏の代理で、その財産のことで参ったとお伝えください。
ドリーヌ：
あのお方、軟らかな物腰で
タルチュフ氏の代理で
旦那様が喜ばれることのため来たと申されます。
クレアント：
さてどう判断しますか
あの人は一体誰なのか、何をしようとしているのか。
オルゴン：
ワシらを仲直りさせるためにやってきたのかもしれないな。
どんな態度で接したらよいだろう。
クレアント：
怒りを爆発させてはなりませんよ。
向こうに言い分があるなら聞いてやってください。
ロワイヤル氏：
これは、御主人。天が貴方に危害を及ぼす者を破滅させますように、
そうして私が願う分だけ貴方が天のご加護を得られますように！
オルゴン：
この穏やかなあいさつの言葉はどうもワシの予想と合っていそうだ。
なにか和解案でも持って来たのだろうか。
ロワイヤル氏：
このお宅は実になつかしい、
私はかつてあなたのお父上のお世話になっておりました。
オルゴン：
申し訳ありません、お恥ずかしいのですが
貴方を存じ上げません、お名前は何とおっしゃるのですか。
ロワイヤル氏：
ロワイヤルと申します、ノルマンディーの出身で。

そして人からうらやまれる杖を許された執達吏。
私は40年間天のおかげで、光栄にも
名誉ある仕事にずっと従事しております。
そして私はご主人、参ったのです、貴方の御同意を得たうえで
ある命令の令状を通達するために……
オルゴン：
何ですと？　貴方がここにいらしたのは……？
ロワイヤル氏：
ご主人、冷静に聞いてください、
これはまさに勧告というべきものです、
貴方ならびに貴方のご家族がここから立ち退き、
家具類を外に出し、場所を空けるための、
それも遅延、遅怠なく、必要に合わせ……
オルゴン：
わしが、ここから出る？
ロワイヤル氏：
はい御主人、どうぞお願いします。
この家は、他のものと同様、
異論の余地なく善良なるタルチュフ氏に属します。
私が携えている契約書の名において、
以後タルチュフ氏が貴方の財産の主人で所有者なのです。
これは正式の手続きを踏んでおり、
それに関し誰も異議を申し立てることはできません。
ダミス：
まあ、この厚顔無恥、実にたいしたものだ。
ロワイヤル氏：
息子さん、あなたには関係ありません。
相手はご主人です。御主人は分別があり、優しい方です、
そして善良な人間の義務をよく御存じです。
オルゴン：
いやその……
ロワイヤル氏：
はいご主人、ゆめゆめ
貴方は反抗などなさらぬ方だと私は存じております、

そしてまた理解しています、実直な人間として、貴方はお許しになる
私がここで命じられた命令を実行するのを。
ダミス：
杖を持つ執達吏さま、貴方の黒い胴衣は
棒の一発を御所望のようですがね。
ロワイヤル氏：
息子さんを黙らせるか、下がらせるかしてください、
ご主人。私は書きたくないのです、
やたら名前を私の調書に。
ドリーヌ：
このロワイヤル氏はロワイヤル「忠実」という名にはふさわしくないようね！
ロワイヤル氏：
全ての有徳の人々に私は敬愛の念を抱いています、
それで調書を担当することを自ら希望いたしました。
貴方にご配慮申し上げ、貴方に喜んでいただけるよう、
穏やかな仕事の進め方をしてさしあげたいと。
別のものが担当となったら
もっと手荒なやり方で作業に取り掛かるはずですよ。
オルゴン：
家から退去するよう家人に命じるのに
もっと悪い方法などあるのですか？
ロワイヤル氏：
時間を差し上げましょう、
明日まで猶予致します
今回の特例として。
ただ私はここで夜を明かしにきます、
騒がずに音も立てずに十人の部下と共に。
形式的にですが頂戴できませんか
お休みになる前に、お宅の家の扉の鍵を、
貴方がたの安眠を妨げないように気をつけますし、
場に相応しくないことは一切致しません。
しかし明日の朝になったら、どうか迅速に
ここから必要な家具一切持って退出してください。
部下に手伝わせましょう、そのため屈強な連中を集めております

全てのものを滞りなく外に出せるように。
私ほどこの段取りをうまくやる者はいないと思いますよ。
こうした寛大さで扱うのですから、
その分、御主人、お願い申し上げます、きちんとしたお振る舞いをなさることを、
そして私の好意に答えてそれに反するような面倒を起こさぬよう。
オルゴン：
手元に残っている百ルイ金貨を
投げ出してもいい、
こいつの鼻先に一撃を与えられる
それも考えられる限りのでかいげんこつを一発お見舞いできるなら。
クレアント：
やめなさい、話をぶちこわします。
ダミス：
こんなひどい仕打ちに対し
自分を抑えるのが辛い、殴りたくて腕がうずうずしてくる。
ドリーヌ：
確かにこんな立派なお背中ですもの、ロワイヤル様、
どんなに撃ってもどうってことありませんわよね。
ロワイヤル氏：
そうした無礼な言葉を罰することもできるのですよ、
おばあさま、女性だって投獄されうるのですからな。
クレアント：
このへんでやめておきましょう、執達吏どの。これで沢山。
お願いですから令状を早く渡して、私たちを解放してください。
ロワイヤル氏：
また会う時まで。天が皆様をいつも喜びの状態に置かれますことを。
オルゴン：
天がお前をやり込め、またお前を送りこんだ人間をやり込めますように！

第5場

オルゴン、クレアント、マリアーヌ、エルミール、ペルネル夫人、ドリーヌ、ダミス

オルゴン：
どうです、見たでしょう、お母さん、その通りだったでしょう。
あの令状一本で他のことはすべて想像がつくでしょう。
奴のとんでもない裏切りがよく分かったでしょう。
ペルネル夫人：
驚きすぎて、物も言えない。
ドリーヌ：
間違っています旦那さまは、貴方様がタルチュフを非難するのは間違っています、
あの方の敬虔な意図がこの件で確認されたのです。
隣人愛にのっとって、あの方の美徳はここに極まったのです。
あの方は知っています、しばしば財産が人間を堕落させると、
それで純粋な慈悲の心で、あの方は取り除こうとするのです
貴方が救われるのに障害となる全てのものを。
オルゴン：
黙れ。何度言わせるのだ。
クレアント：
しっかり考えて解決法を見つけよう。
エルミール：
恩知らずの厚かましさを明るみに出しましょう。
そうすれば契約など無効になります。
そして全ての悪が暴露されれば、
あの男のたくらみはどうあっても世間が許さないものになるはずです。

第6場

ヴァレール、オルゴン、クレアント、エルミール、マリアーヌ、他

ヴァレール：
すみません、御当主への悪いお知らせです。

この差し迫った危険のことで気が気ではありません。
とても仲の良いある友人が、
その友人は私が貴方と深いかかわりがあるのを知っているものですから、
私のことを思って、聞きだしてくれたのです、
国家の政治にかかわる機密を。
そして私に助言してくれました、
それによると解決策として貴方が今すぐ逃亡するしかないというのです。
長いこと貴方を欺いてきたあの悪党ですが
ほんの先刻、陛下に貴方を訴え出たのです、
そしてさんざん悪口を言った揚句、陛下の手に、
国家反逆者の重大な小箱を渡したのです、
その小箱に関しあいつが言うには、「臣民の義務に違反し
貴方が非難すべき隠しごとをしてきた」と。
そいつが言う重大な過失云々については存じません。
でも貴方御本人に対して命令は下されたのです。
そしてタルチュフ自身がこの命令を実行するよう責任を任され、
貴方を逮捕する役目の者に付いてきています。

クレアント：
これはもう大変な武器というほかない。これを足掛かりにしてあの裏切り者は
かねてから狙っていた財産の主人になろうとしているのだな。

オルゴン：
なんとまあ、人間というやつはじつに情けない生き物なのか！

ヴァレール：
ぐずぐずしていれば命とりになります。
お連れしようと、四輪馬車を戸口に待たせてあります、
貴方のおために一千ルイ持ってきました。
些かも時間を無駄にしてはなりません。放たれた矢は熾烈なものです、
この一撃から身をかわしうまく逃げおおせねばなりません。
安全確実な場所まで、私が案内役を買って出ます、
貴方の逃亡の果てまで付いてゆく覚悟です。

オルゴン：
何と。このありがたい気づかいにいささかも報えぬのが申し訳ない。
いずれ感謝の念は別の機会に示させていただこう。
天の加護を得て、

いつか貴方のご厚意に報いられる日が来ますよう！
さらば。皆さんもどうか御達者でな……
クレアント：
早く行って下さい。
兄弟よ、これからどうするかは私たちで考えます。

最終場

　　警吏、タルチュフ、ヴァレール、オルゴン、エルミール、マリアーヌ、他

タルチュフ：
よしよし、結構結構、そんなに急ぐ必要はありませんよ。
宿泊場所を求めそんなに遠くへ出かけることはありません、
陛下の御名において貴殿を収監する。
オルゴン：
裏切り者、お前は最後にこの矢礫(やっぶて)を残しておいたのだな。
極悪人め、それによってワシに止めを刺すのだな、
そしてこれがお前の全ての背信の最後を飾るわけだ。
タルチュフ：
いくら侮辱されても私は何ら苛立ったりしない、
天にかわって全ての苦しみを引き受けるのがこの私の変わらぬ務めだ。
クレアント：
まったく素晴らしい謙虚さですな。
ダミス：
破廉恥漢は何と面の皮が厚いことか！
タルチュフ：
お前がいくら喚(わめ)いても私はなんらたじろぐことはない。
私は自分の義務を果たすことだけを考える。
マリアーヌ：
貴方はここでお望み通りの栄光を得られているわけですね、
とても似つかわしい役どころですわ。
タルチュフ：
私をこの場所に送ったのが公の意志である以上
私の役どころは栄光のものでしかありえません。

オルゴン：
でも貴様はワシの恩義を思い出さないのか
この恩知らずめ、貴様を悲惨な状況から救ってやった。
タルチュフ：
確かに、私がいただいた何がしかのご好意は覚えています。
でもお上の利益こそが私の第一の義務なのです。
この神聖かつ正しき義務の強さは
私の心の中ですべての感謝の気持ちを隅に追いやります、
そして私はそれに対する強き絆のために他のものすべてを犠牲に捧げるのです
友人、恋人、両親、そして自分自身を。
エルミール：
大嘘つき！
ドリーヌ：
この男の並はずれた悪辣さときたら
人々が崇めるもので自分の隠れ蓑を作るのだわ。
クレアント：
だがもし貴方が篤い信仰心に駆られているというなら、
つまり貴方を押しやり、貴方がそれで身を飾っているその熱い思いの事ですが、
一体どうしてその情熱は出てこなかったのですか
相手の細君を追いかけたことで自分が追いつめられるまで、
そして名誉を損なわれたことで相手が
貴方を追い出そうと決心するまで。
問題をそらして蒸し返そうというのではありません、
義弟の財産の贈与のことを。
しかしこの人を罪人として扱おうとするのなら、
どうしてそれ以前に財産を受け取ることを承諾したのですか。
タルチュフ：(警吏に)
この煩い物言いから私を解放してください、警吏どの、
そしてお願いです、すぐ仕事にかかってください。
警吏：
その通り、職務にとりかかるのに長く待ち過ぎました。
早くやれと急かれるのに応じましょう。
私が職権を行使できるよう、すぐに私に従ってきていただきたい。
貴方の住居として貴方に用意された牢獄に。

タルチュフ：
何ですと。この私がですか、警吏どの。
警吏：
そうだ、貴様だ。
タルチュフ：
なにゆえ牢獄に。
警吏：
貴様に説明する必要はない。
ご主人、驚かれたでしょうが安心してください、
我々は不正行為の仇敵である国王陛下の下(もと)で生きています、
陛下の目は相手の心の中を見通すのです、
詐欺師の術策など見抜いてしまわれます。
陛下のお心は鋭敏な判断力をそなえておられ
いつも物事に正しい視線を投げかけておられます。
陛下のお心は何事にも目を眩ませられることなく、
そのゆるぎない理性は如何なる極端に陥ることもありません。
陛下は善き人々に不滅の栄光を与えられます。
しかしかかる熱情を無分別に輝かせることはなく、
真のものに対する陛下の愛情は充分あっても
偽りの信仰を持つ者たちには全き不快感を感じずにはおられないのです。
きわめて巧妙な仕掛けでその身を守っていても、
この男には陛下をだますことは出来ませんでした。
すぐに陛下はその畏(かしこ)きご洞察によって、見抜かれました、
全く以て卑劣なこやつの心の内を。
貴方を非難することで、奴は自らの本心を洩らしたのです、
そして最高の公正さでもって鳴る陛下の御前(おんまえ)で、
名うてのペテン師は馬脚を現したのです。
奴は別の名前で手配中の人間でした。
実に非道極まりない悪業の数々を重ねており
それについて書けば一巻の物語になるでしょう。
即座に、我が陛下は御不快を示されました
奴の卑劣な忘恩と不誠実に。
陛下はこの結果を奴の別の犯罪と結びあわせ、
これまでその振る舞いが行き着くところまで

見届けるようにと私に命じておられたのです、
そして奴が貴方に対する全ての償いをさせるようにと。
ええ、タルチュフが自分のものだと主張する貴方の書類全てに関して、
お上は奴から身ぐるみはいで貴方の手に戻すよう望んでおられます。
至高の権力でもって、お上は束縛を解いたのです
貴方の財産を奴に譲り渡した契約の、
そして貴方の明かるみに出た秘密をお許しになっておられます
ご友人が逃れる時に貴方がとばっちりを受けて得た科(とが)を。
これは貴方のかつての功績に対するご褒美なのです、
貴方がお上を支えるうえで忠誠を示したことはよく知られています。
功績あった人間の罪はその功績により埋め合わせられるということを
お上は思っても見ないときに御沙汰されるのです、
お上に於かれては昔の善行はいつまでも効力を有し褒賞され得るということを。
お上は悪い行為よりよき行為をしっかり覚えておられるのです。

ドリーヌ：
ああ何と有難いこと。

ペルネル夫人：
いや私はほっとしたよ。

エルミール：
素晴らしいお裁き。

マリアーヌ：
信じられない。

オルゴン：(タルチュフに)
この。馬鹿者めが……

クレアント：
ああ。兄弟、止めなさい。
自分から下劣な方(ほう)へ降りてゆくことはないでしょう。
哀れな人間は哀れな運命に任せておきなさい、
奴が打ちひしがれているみじめな思いを一緒になって味わう必要はないのです。
むしろ願いましょう、いつかあの男の心が
人間らしさを回復し美徳に包まれて幸せになるよう、
あの男が自らの悪徳を恥じ人生をやり直し
陛下のお裁きが和らげられることを。
そして一方、貴方は跪いてゆかねばなりません

かくも粋な裁定を下さった大御心(おおみごころ)にお礼に。
オルゴン：
そう、その通り。喜んで陛下の御足(みあし)にぬかずいて
我々にお上がお示しになった思し召しのすばらしさを崇め奉ろう。
そして、この第一の責務がいささか終わったら、
別の人間の正しき心遣いに思いを致さねばならない、
そうだヴァレールの誠実かつ天晴れな恋の焔を愛で
めでたき婚姻の儀を執り行うこととしよう。

あとがき

あまり努力はしないが、運がいい。
芝居で食い詰めて入った翻訳業界だが、
時代の風に乗り、翻訳者・翻訳経営者・翻訳教育者として経験を積んだ。
ありとある分野・状況で鍛えられたから、
「商品としての翻訳」については誰よりも分っているはずだ。

今回書肆のご好意を得、文学作品を手がけることとなった。
「翻訳が求める基準は、対象物による違いはない」と思っているが、
このような古典の翻訳にはいろいろな考え方があるだろう。
拙訳をきっかけに戯曲の翻訳論が盛んになってくれれば嬉しい。

翻訳にあたって次のテキストを使用した。
  L'Ecole des femmes : Livre de Poche
  Les Fourberies de Scapin : Livre de Poche
  Le Tartuffe : folio classique
  L'Avare : Livre de Poche

〈訳者紹介〉
柴田耕太郎（しばた　こうたろう）
早大仏文科卒、翻訳業界40年
現在翻訳教育家：アイディ「英文教室」主宰、大学講師
著訳書に
『英文翻訳テクニック』（ちくま新書）
『翻訳力錬成テキストブック』（日外アソシエーツ）
『現代フランス演劇傑作選』（演劇出版社）など

モリエール傑作戯曲選集 1	2015年11月10日初版第1刷印刷
	2015年11月19日初版第1刷発行
	著　者　モリエール
	訳　者　柴田耕太郎
定価（本体2800円+税）	発行者　百瀬精一
	発行所　鳥影社 (www.choeisha.com)
	〒160-0023　東京都新宿区西新宿3-5-12トーカン新宿7F
	電話 03(5948)6470, FAX 03(5948)6471
	〒392-0012　長野県諏訪市四賀229-1(本社・編集室)
	電話 0266(53)2903, FAX 0266(58)6771
	印刷・製本　モリモト印刷・高地製本
乱丁・落丁はお取り替えします。	© SHIBATA Kotaro 2015 printed in Japan
	ISBN978-4-86265-537-0　C0098